転生したら最愛の家族にもう一度出会えました

前世のチートで美味しいごはんをつくります

4

あやさくら

Illustration CONACO

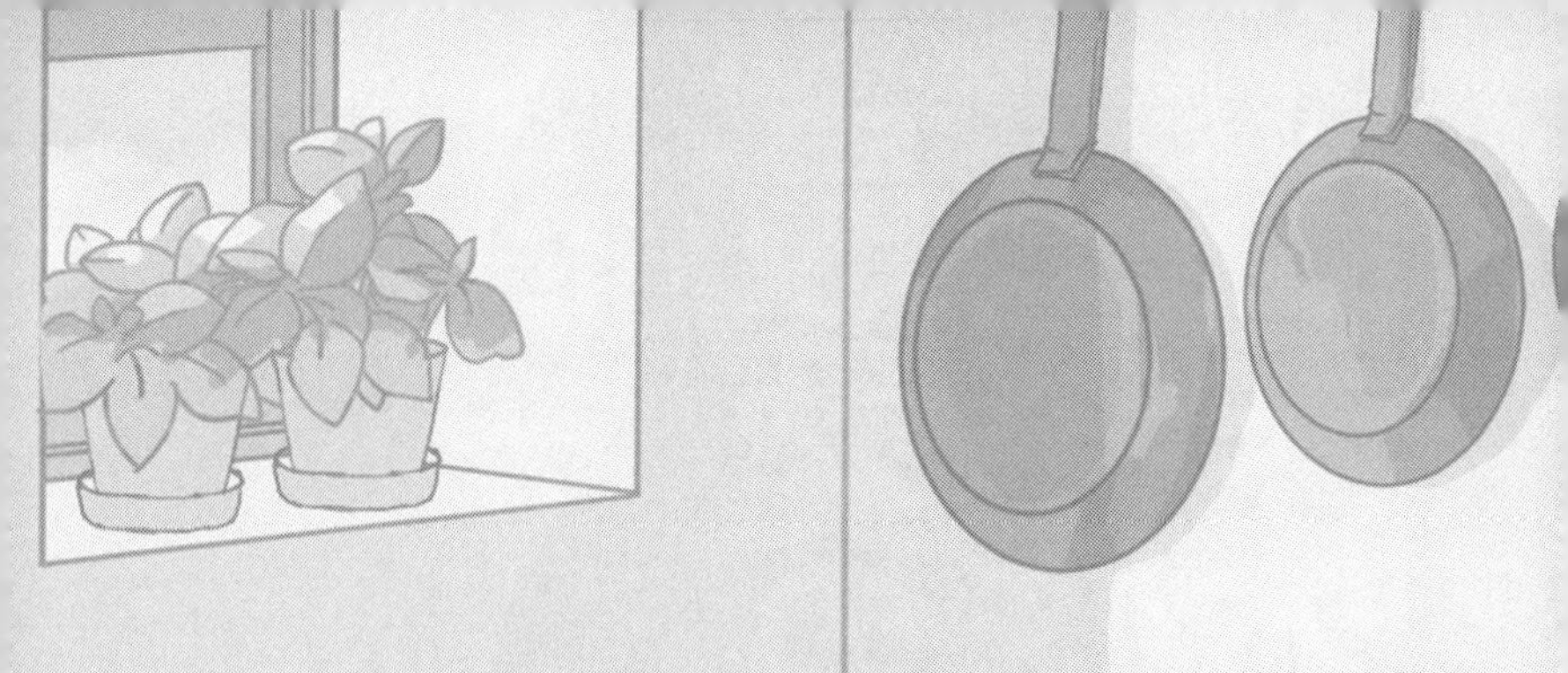

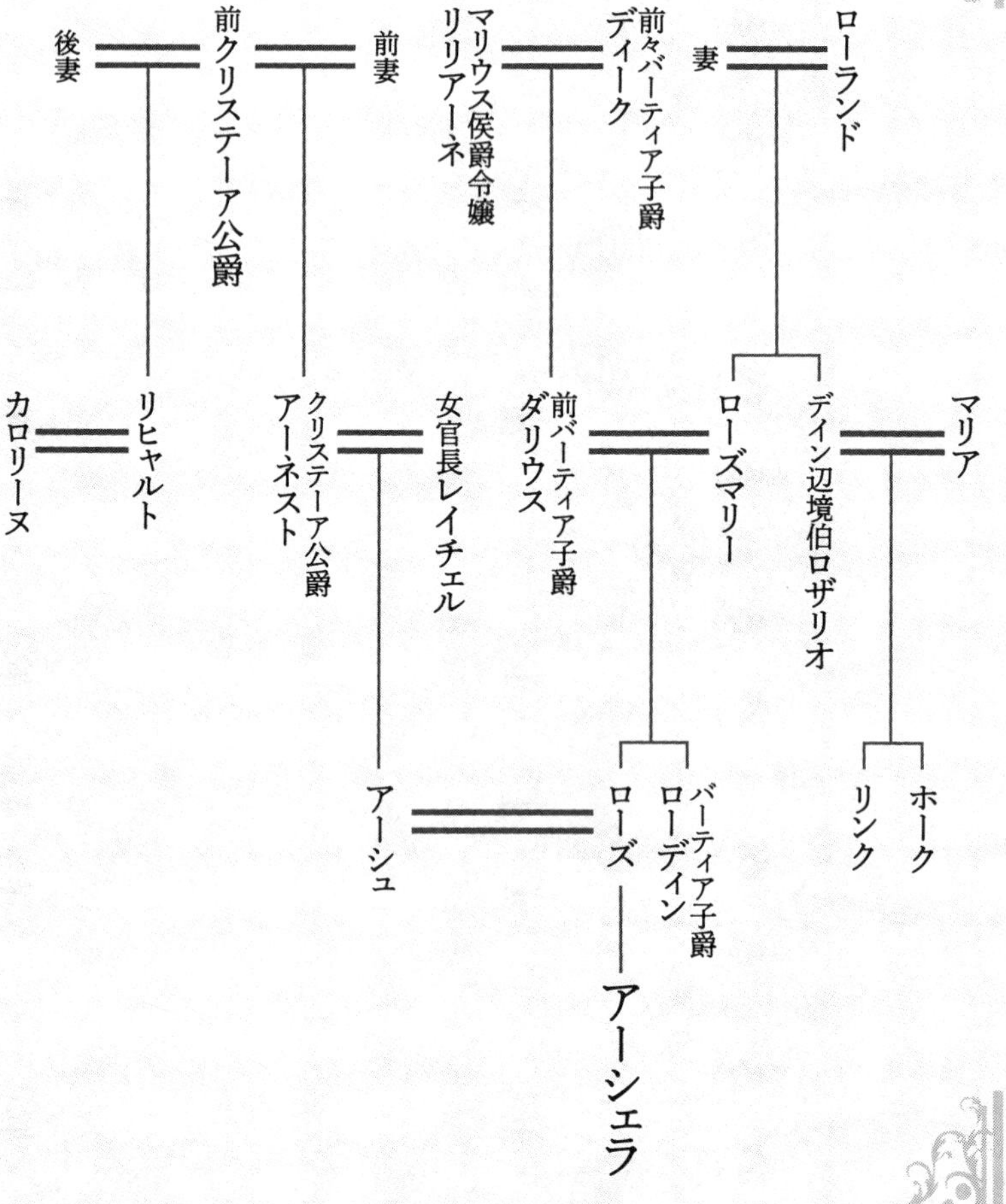
ローランド
妻
前々バーティア子爵ディーク
マリウス侯爵令嬢リリアーネ
前妻
前クリステーア公爵
後妻
マリア
ディン辺境伯ロザリオ
ローズマリー
前バーティア子爵ダリウス
女官長レイチェル
クリステーア公爵アーネスト
リヒャルト
カロリーヌ
ホーク
リンク
バーティア子爵ローディン
ローズ
アーシュ
アーシェラ

4つの公爵家

クリステーア公爵家	クリスティア公爵家	クリスウィン公爵家	クリスフィア公爵家
ローズの嫁ぎ先。後継者のアーシュは行方不明。		現王妃の実家。親族にカレン神官長もいる。	当主は公爵家の中で最も若く、元は魔法学院の教師。

アースクリス国周辺地図

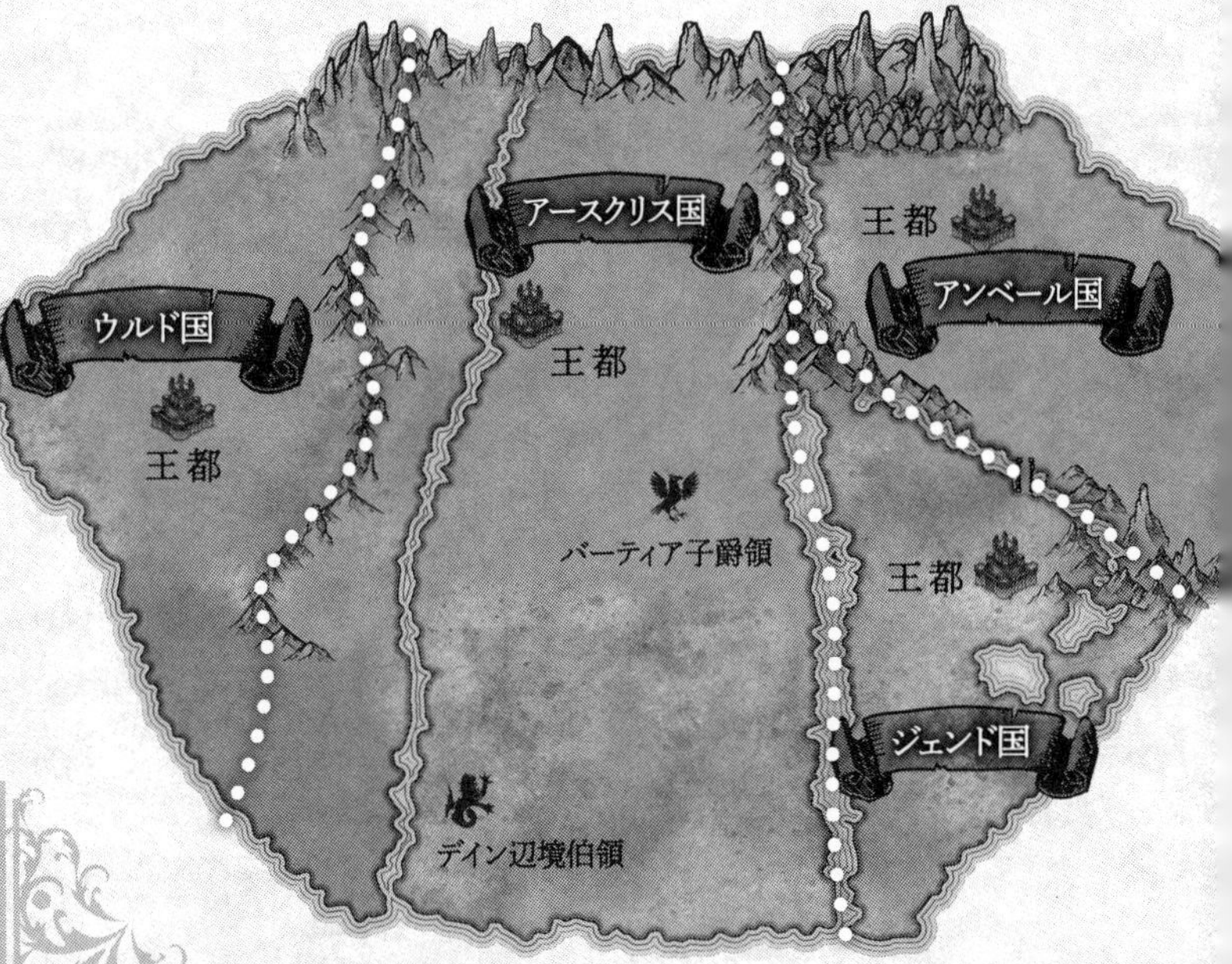

STORY

クリステーア公爵家の血を引くにもかかわらず、子爵家の拾いっ子として育てられたアーシェラは、相も変わらず前世の知識を生かし、絶賛大活躍中。

加えて最近は、彼女に与えられた女神様の加護が広く影響を及ぼすようになり、ついには敵国に囚われた実の父アーシュを救い、彼を苦しめる闇の魔術師を打ち滅ぼしてしまった。

その奇跡を目の当たりにしたアーシュや敵国の要人らは、創世の女神様の意思を知り、この戦争を終わらせ、真に正しい道を模索し始める。

そんなことは知らないアーシェラは、ある日、同じく女神様の加護を持つ王妃からある秘密を聞かされる。

王妃は輪廻転生の回数が多く、過去世の分だけ知識が蓄積されており、それを使って敵の侵攻を防いだのだという。

その際、アーシェラもその〝知識の引き出し〟を持っているのではないかと指摘され、ますます彼女への皆の期待が高まるのだった。

アーシェラ
(4)

バーティア子爵家の拾い子。農家の娘だった前世の知識を生かし、今世で色んな『美味しい』を提供中。

ローズ
(22)

アーシェラを拾ったバーティア子爵家の娘。アーシェラの実の母だが、訳あって本人にもアーシェラにも秘密にされている。

フィーネ
(27)

アースクリス国の王妃で、アーシェラと同様に女神様の加護を持つ。クリスウィン公爵家の人間らしく、非常に食欲旺盛。

リンク
(22)

デイン辺境伯の次男で、ローズとローディンの従兄弟。ローディンと共にバーティア商会を経営し、アーシェラを育てる。

ローディン
(20)

ローズの弟で現バーティア子爵。自領でバーティア商会を経営している。現在ウルド国へ出征し、家族と離れ離れに。

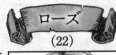

1　愛おしい記憶（ローディン視点）

アースクリス国を出て、ひと月。アースクリス国軍は、ウルド国での拠点である友軍のダリル公爵の領地に到着した。

やはり冬の行軍は身体的に非常にきつい。だが、本格的な寒さはまだまだこれからだ。

「お、今日はカボチャの味噌汁か」

「ああ、甘くて美味いよな」

そんな会話が食堂のあちらこちらから聞こえてくる。

王宮での試食会で兵糧に採用された米や味噌は、アースクリス国の者たちにとって未知の食材だ。貴族たちには受け入れられたが兵たちにはどうか、と少し心配をしていたが、久遠国《くおんこく》の主食である米は腹持ちが良く、さらに味噌汁は身体が芯から温まると、かなりの高評価を得た。

味噌汁のレシピは、バーティア邸のトマス料理長たちがアーシェに聞きながら作成したものだ。それがこうして採用されているため、軍で出る味噌汁は商会の家で食していた味そのまま。それゆえにこの味は、道中の戦闘で疲弊した私の心をずっと癒してくれていた。

クリスフィア公爵がかつて「食べなれた味が心を癒す」と言っていたことを思い出して、その通りだな、としみじみ感じたものだ。

そして、今日の味噌汁の具材はカボチャである。

「カボチャが少し溶けて、味噌汁がほんのり甘くなったところがまた美味《うま》いんだよな」

と話す同僚の魔術師たちに相槌を打つ。

「――ああ、本当に美味い」

実はこのカボチャの味噌汁は、私にとって思い入れがあるものだ。

私はアーシェの四歳の誕生日に、リンクや祖父と一緒に魔法付与した調理道具をプレゼントした。

もちろん、幼児のアーシェが使うため、サイズはすべて小さいものになっている。

魔道具の所有者登録をしたので、ナイフは所有者であるアーシェを絶対に傷つけないし、フライパンや鍋は火傷《やけど》をしないという優れものだ。

そのプレゼントをとても喜んだアーシェが、魔道具の小さなナイフで一番初めに切ろうとしたのが、カボチャだった。

なぜカボチャかというと、「このナイフは硬いものでも軽い力で切れるんだよ」と教えたら、アーシェが目を輝かせて、野菜の中でも特に硬いカボチャを切ってみたい！　と所望したのだ。

その時バーティア邸にあったカボチャはとても大きく、ずっしりとしたものだった。

とてもアーシェ一人で切ることができないだろうと皆で手伝おうとしたら、「あーちぇ、ひとりでやりゅの！」と言って、床に置いた大きなそれに魔道具の小さなナイフで挑んだのだ。

そしてアーシェが一生懸命切ったカボチャで作ったのが、味噌汁だったのである。

初めて食べたカボチャの味噌汁は、ほくほくした食感と煮溶けた部分がとろりと甘く、出汁のきいた味噌汁と相性が良い。絶妙な美味しさだった。

アーシェが満足そうに「おいちいね」と笑う。その言葉に頷きながら、美味しさはもちろんのこと、大きいカボチャを一生懸命に切っていくアーシェの姿が可愛すぎて、身体だけでなく心もほんわりと温かくなったことを思い出す。

甘くて美味しい——そして愛おしい記憶である。

2　たまごのきょうふ

今日はクリスウィン公爵家のアルくんの七歳の誕生日。

そして、私はクリスウィン公爵家の厨房にいる。

領主家族の誕生日にはいつも領民から野菜や卵、肉が贈られてくるらしい。その食材を使って、料理を何品か作るのが恒例だそうで、私も参加させてもらうことになったのだ。

わらびの試食をしている時も思ったけど、クリスウィン公爵領って、領主家と領民との距離がとっても近いよね。

さて、領民から贈られた山芋でとろろやお好み焼きは作ったけど、時間的にあと一品くらいなら出来るかな?

次はストーンズ料理長にやってもらおう。

山芋料理をブロン副料理長や他の料理人さんたちがやっていたせいか、さっきから『私もやりたい!』と視線で訴えていたのだ。

厨房に戻り、フライパンにお出汁とめんつゆを入れ、くし切りにした玉ねぎと一口大に切った鶏肉を入れて煮立たせる。

そこに溶いた卵液をたっぷり流し入れて、蓋をして少し加熱。ほどよい半熟状態で火を止めてミツバを散らした。

そう、これは親子丼だ。

それをとろろご飯と同じく深めの皿にご飯をよそって、具をのせ、つゆだくにした。

ああ。半熟具合が最高～！

――そう思っていたのに。

「完全に固まっていない卵を食べて大丈夫なのでしょうか？」

「お腹を壊すのではないでしょうか？」

「このままではダメです！　もう一度加熱しましょう！」

そんな会話が料理人さんたちの間で飛び交い、盛り付けを止められてしまった。

え？　何を言っているのかな？　今がベストなんだけど。

もっと加熱したらトロトロの美味しいところが固まってしまうよ。

「卵は完全に火を通さなければお腹を壊してしまいますよ」

ブロン副料理長が私にそう言った。

「おにゃかこわす？　って……このたまご、ふるい？」

「いいえ。産みたての卵を毎日仕入れております。この領民の皆さんからの贈り物の卵も今朝のものので、ちゃんと浄化魔法もかけております」

「しょれならだいじょぶ。なまでもたべりぇる」

「え？　生でも⁉」と料理人さんたちが驚いている。

確か冬場は二か月弱、春と秋でもだいたい二十五日間くらいは食べられるはずだ。

前世では本来季節ごとに変わる賞味期限を、年間通して『パック詰めから二週間』を目安に統一しているという話を聞いたことがある。

そこから考えれば、今朝産みたてでさらに浄化魔法をかけて綺麗にしている卵なら、絶対大丈夫なはずだ。

それなのに、私が食べられると伝えても、料理人さんたちは揺るがない。

『旦那様たちに危ない料理は出せない』というオーラがありありと見えている。

むう。その危ないとあなたたちが思っているものは、私が目の前で食べれば安全だと納得してくれるのかな。

そんなことを言ったら、これから作るとろとろオムライスだって、仕込んでおいた半熟卵だって食べられないじゃない。

とろとろオムライスのとろとろは半熟なんだからね！

料理人さんたちの『絶対引かないぞ』という緊張感漂う空気に、のんびりした声がかけられた。

「ん～？　卵ってお腹壊すのか？　俺は半熟の方が好きだが、一度もお腹を壊したことはないぞ」

リンクさんが当たり前のように告げると、料理人さんたちが「え⁉」と目を見開いた。

「以前は、しっかり火を通したオムレツや目玉焼きばかり食べていたが、バーティアの商会の家では基本加熱を控えて半熟にしている。ずっと食べてきたが、問題はなかった」

そのリンクさんの言葉に、ローズ母様もにこやかに笑って同意した。

「ええ。逆になぜ今まで半熟にした卵料理が屋敷で出てこなかったのかしら、と思ったわ。――大丈夫。お腹は壊しませんわ。私たちが保証します」

リンクさんやローズ母様、ローディン叔父様は、全員貴族。

料理をしたことのない全くの初心者だったので、私が半熟に仕上げた卵料理を何の疑いもなく受け入れて食べていた。

つまり、『完全に火を通さない卵は危険』という料理人さんたち共通の認識が、ローズ母様たちにはなかったのだ。

私もそんな認識があったとは知らなかった。

何しろ前世では当たり前のように『卵かけごはん』を食べてきたのだ。

殻に付着したサルモネラ菌のせいで十分な加熱をしないと食中毒を起こすということは知っていたけれど、綺麗にされて売られている卵を日常的に食べていたので、全く抵抗感がなかった。

ここにある卵も浄化魔法をかけているので大丈夫なはずだ。けれど、料理人さんたちの認識は、長年積み重ねた経験と危機管理意識の結果なのだろう。

ちなみにバーティア領では、流通する卵に浄化魔法をかけることを義務付けている。

商会にはひいお祖父様が採用した魔力持ちの従業員が数人いるので、各農家さんから毎日決めた数量の卵を仕入れ、浄化した上で流通させている。そのおかげで卵由来の食中毒の患者はここ数年出ていないということだった。

つまり卵の浄化によって領民の安定的な収入と健康を維持しているのだ。

それに、バーティア領では半熟の味付け卵が飛ぶように売れている。バーティア本邸でとろとろオムライスを作った時、クリスウィン公爵家の料理人さんたちみたいな抵抗がなかったのは、バーティアの料理人さんたちは、半熟卵が安全だと理解していたからだろう。

うん。何事も経験することが理解への近道だ。

「ふむ。そうだな。商会の家で食べた目玉焼きは黄身がトロリとしていて美味かったな」

もう少し火を通すことを主張している料理人さんたちは、そんなディークひいお祖父様の言葉と、生き証人のリンクさんとローズ母様のおかげで、やっと懐柔できた。

「それに、俺は『鑑定』を持っている。毒の混入はもちろん、食中毒を引き起こす食材も分かる」

リンクさんがそう言うと、クリスウィン公爵やリユードベリー侯爵、王妃様も頷いた。

「「これは大丈夫」」

どうやらクリスウィン公爵家の皆さんも鑑定してくれたようだ。

「だから早く盛り付けなさい」

「そうだ。冷めてしまうぞ。温かいものは温かいうちに食べるのが一番だ」

「ほら、ぐずぐずするな」

「「わ、分かりました!!」」

王妃様やリユードベリー侯爵、クリスウィン公爵が急かすと、そこでようやく盛り付けをしてもらえることになった。

——ああ。やっと食べられそう。

なんだかどっと疲れちゃったよ。

「とりにくとたまごのおやこどんでしゅ」

領民の皆さんから貰った卵と鶏肉、そして玉ねぎで作った、シンプルだけど出汁が利いた美味しい親子丼だ。

「ほう。鶏肉が親で、卵が子なのだな。『どん』とは大陸で食べたことのある、『丼《どんぶり》』という意味だな」

クリスウィン公爵は、私が詳しく言わなくてもちゃんと理解してくれた。『どん』が『丼』ということも。

クリスウィン公爵も久遠大陸《くおんたいりく》に行ったことがあるんだ。

丼については聞いたことがあると料理人さんたちも口々に話している。

「旦那様が大陸にお仕事で行かれた時に食されたとおっしゃっていたものですね」

ストーンズ料理長が思い出しながら頷いている。

「うむ。あれは生の魚を捌いた『刺身』なるものをのせた丼で、海鮮丼と言ったな。なかなかに美味かったのを憶えている」

え!?　海鮮丼!?　てことは、お刺身を食べたのか!!　うらやましい～!!

こっちの世界ではまだ生のお魚を一度も食べたことがないのだ！

米と醤油に味噌。これらの日本的な調味料がある久遠大陸には、やはり食生活に生魚が定着しているようだ。

「おいししょう……」

「旦那様から、東の大陸では魚を生で食べると聞いた時は信じられませんでしたが、大丈夫なのでしょうか？」

アースクリス国では、野菜や果物以外の食材は基本しっかりと火を通すというのが常識だ。

だから、卵も固ゆでやしっかり焼いたオムレツにし、肉や魚も中心まで火を通す。

ストーンズ料理長をはじめ、料理人さんたちが生の魚に抵抗感があるのは仕方がない。

「大陸でも、魚は新鮮でなければ生で食べないそうだ。だとするとデイン辺境伯領なら食べられそうだな。海沿いでもあるし」

うんうん。海鮮なら、デイン辺境伯領だよね！　海に面しているし!!

「こちらでも馴染み深い、イカとエビ、ホタテが美味かったな」

うわ！　どれも大好物～!!

「アーシェの目がキラキラしてるわ」

「刺身って、美味しいんだろうな」

ローズ母様もリンクさんもくすくすと笑っている。

先日判明した私の『知識の引き出し』――前世の知識を持つという特殊な事情は、家族にすんなりと受け入れてもらえた。

母様もリンクさんもひいお祖父様も、こんな私を『気味が悪い』と突き放すことはない。

そして私がしたいと思うことを、否定せずにやらせてくれる。

本当にありがたい。

「じゃあ、今度一緒にデイン領に行った時に刺身とやらをやってみるか」

「あい!! やくしょくでしゅ!!」

やった～！ お刺身!! すごく楽しみだ!!

「さて、じゃあ親子丼だな。卵にミツバの緑が映えて美しいな」

そう言って、クリスウィン公爵がスプーンで一口。次いで他の皆も一斉に頬張った。鑑定で食中毒の恐れがないと判明したため、すっかり抵抗感がなくなったらしい。

料理人の中にも鑑定持ちがいれば、生卵の誤解はすぐに解けたはずだけど、そういった人は少ないのだ。仕方ない。

「ほう。優しい味だな。鶏肉が柔らかく、玉ねぎの甘さがいいな。何より固まりきっていない卵がとろりとして美味い」

「本当ですね。固まっていない卵を食べるのは初めてですが、この滑らかさは感動です」

「うわあ～！ おつゆが美味しい!!」

「玉ねぎが甘くて美味しいわ！ 温かいおつゆがご飯に染みて美味しい」

リュードベリー侯爵にアルとアレン、そして王妃様も、みんながトロッとした卵の滑らかさを美味しいと感じてくれたようだ。

おかわりしたそうだったけど、試食で全部なくなってしまっていた。

「大丈夫ですよ。この手で作らせていただきましたし、調味料の分量も書き留めさせておりました。再現できます」

さすがストーンズ料理長。

どうやら、料理人さんたちも食べてみて半熟状態の卵の美味しさに目覚めたらしい。

鍋の底に残った汁まで完食していた。


さっきの緊張感は何だったんだろう――……はあ。

◇◇◇

「やっぱり、卵は半熟なところが美味いんだよな。浄化魔法をかければ安全に食べられる」

バーティアの商会の家で、ずっと半熟の卵料理を食べてきたリンクさんが料理人さんたちに向かって言った。

「バーティアの領民の家で卵拾いをしたことがある。鶏を放し飼いにしているから、時折拾い残しがあるが、鑑定してみたら産んで数日経ったものでも、完全に火を通さなくても食べられることが分かったんだ」

そうなのだ。

少し前に、体調を崩して療養していた農家さんの卵拾いのお手伝いをしたことがある。

夫に先立たれ、さらに息子さんが出征したという母親が一人で鶏の世話をしていたが、熱を出して寝込んだために、数日間採卵作業ができなくなってしまったのだ。

そのせいで、卵をすべて廃棄するか、二束三文で売らなくてはいけなくなった。

前世の記憶があった私は、寒くなってから産卵した卵はすぐに傷まないことを知っていた。廃棄するなんてもったいなさすぎる。

それならば、と。浄化魔法をかけた後、リンクさんに頼んで鑑定してもらった。

そしたら、思った通り全部生食しても大丈夫な状態だったので、そこにあったすべての卵を買い取り、商会に戻って半熟の味付け卵を大量に作って販売したのだ。

鑑定で問題なしとの結果は出たものの、産卵日不明の大量の卵をそのまますべて売りさばくのは難しい。

ならば、調理して『お惣菜にしよう』と考えた。

それに、加工食品の方が収益も高くなるのだ。

同じ一個のじゃがいもでも、調理して売れば生のじゃがいもの何倍もの利益が出るのと同じだ。

最初は『半熟』の卵に腰が引けていた商会の皆も、リンクさんの『鑑定』によるお墨付きを得た上で試しに一個ずつ試食させたら、すぐにその美味しさの虜になった。

今までパサパサの卵料理しか食べたことがなかった彼らだったが、半熟卵のトロリとした滑らかな食感、そして、卵に染み込んだ旨味に心を奪われたらしい。商会の従業員全員が大量に仕入れた卵の調理を自ら志願し、総出で味付けの半熟卵を作ったのだ。

それらをお試し価格で売ろうとしたところ、調理した彼ら自身が「家族や友人に食べさせたい」とすべて買い占めてしまったことにはすごくびっくりした。

そして、彼らが家族や親戚、友人に食べさせたところ、その美味しさに皆驚き、結果もう一度食べたい、と領民の間で噂が広まり、やがて味付けをした半熟卵が人気商品として定着したのだ。

――商会の皆が優秀なセールスマンだったことを、あらためて認識した出来事だった。

味付けの半熟卵が普及するに伴って、目玉焼きを半熟に作って食べる人も増えてきた、と聞いている。

そんな話をリンクさんがすると、ここにいる私たちだけではなく、バーティアの領民全員が、完全に火を通さない卵でもお腹を壊さないことの証人になっていると気づき、料理人さんたちも深く納得してくれたみたいだ。

「そうね。オムライスも完全に火を通さないとろとろの卵をのせるととっても美味しいし」

「うむ。オムライスは絶品だったな」

そんな母様やひいお祖父様の会話を聞いていた王妃様が切り出す。

「ねえ、ローズ。オムライスは作らないの？」

「え？　とろろご飯に、お好み焼き。親子丼まで食べたのだから、オムライスは夕食でのお楽しみにしましょう」

「えええ～!!」

母様の答えに、王妃様が悲痛な声を上げた。

試食といえど、結構な量を食べていたよね？　――それも主食となるものばかり。

「絶品って聞いたら、夕食まで我慢できないわ！」

普通の人ならお腹いっぱいだろうけど、まだまだ入るのがクリスウィン公爵一族だ。

「お願い！　ローズ～!!」

一生懸命訴えているのは王妃様だけど、リュードベリー侯爵やアルにアレンも琥珀色の瞳をキラキラさせて「その通り」と同調している。

「うむ。ローズさん、私からもお願いする。うちの料理人たちにもオムライスを食べさせて、皆が作れるようにしたいのだ」

クリスウィン公爵の後押しを受けて、王妃様が「そう!!」と縦に頭を振った。

「アーシェ。いい？」

母様が私に確認してくる。

母様はオムライスにケチャップでメッセージを書くことがサプライズになることを知っていたので、パーティーの時にそれをしようと思っていたのだろう。

「いいでしゅ」

私も母様と同じで、夕食でのサプライズにしようと思っていたけど。まあ、もったいぶってもしようがない。今やっても喜んでくれるだろうし。

母様が指示をして、料理人さんたちがオムライスを作り上げる。

とりあえず一つだけ作ってもらい、アル君の前に置いた。

真っ赤なケチャップライスの上に、柔らかい黄色のオムレツ。付け合わせのブロッコリーの緑が綺麗だ。

「あれ？　一つだけ？」

「お誕生日ですから。まずはアルくんに」

王妃様にそう答えると、母様がオムレツにナイフを入れる。

オレンジ色に近い黄色のとろとろ卵のドレスがとろり、と真っ赤なケチャップライスを包んだ。

「わあ！　きれい!!」

アルくんの言葉に、クリスウィン公爵が期待たっぷりに頷いた。

「とろとろの卵が美味いのを知ったからな。これも美味いぞ!!」

「はい、アーシェ。お願いね」

みんなの注目の中、卵の上に『おめでとう』をケチャップで書く。

「あい。あるくん、どうじょ」

「わああ！　すご〜い！『おめでとう』って書いてある！　うれしい!!　楽しい!!」

琥珀色の瞳をさらにキラキラさせて、とろとろのオムライスを一口。

「おいし〜い!!」

スプーンを握りしめて、アルくんが大きな声を上げた。

うん。子供は素直だから、美味しいのも、嬉しいのも、ストレートに伝わってきた。

「確かに。これは楽しいものだな。イニシャルだけでも嬉しい」

次々と作られるオムライスに、イニシャルをケチャップで書いていく。

クリスウィン公爵は自分の前に置かれたオムライスに目を細めて、口元を綻ばせ、スプーンを口に運んだ。

「これも美味いな」

「真っ赤なライスには驚きましたが、トマトケチャップが絡んで、とても美味しいものですね」

リュードベリー侯爵がにこにこと笑う。

「美味しいし、楽しいし、幸せ～!!」

王妃様が明るく笑いながらオムライスを頬張る。

――それにしても。試食でこんなに食べて後でお腹いっぱいにならないのかな？

そう思っていたら、しっかり晩餐の時にもびっくりするくらい食べていた。

◇◇◇

今日のアルくんの誕生日パーティーは、誘拐事件騒動の後だったので、クリスウィン公爵家の家族と私たちだけとのことだった。

「――魔法学院でのカレン神官長のエピソードを思い出すな」

リンクさんがクリスウィン公爵家の皆さんの食べっぷりを見ながら、ポツリと言った。

ああ。訓練の際に三日間保たせるはずの食料を一日で食べきったという話だね。

「ええ。私も魔法学院にいた時、王妃様とよく一緒に食事をしたけれど、驚きの連続だったわ」

久しぶりの驚きだったというローズ母様の視線の先には、たくさんのバースデーケーキがあった。

『7』という年齢を表す数字のロウソクが、七種類のホールケーキに一つずつ立って次々と運ばれてきたのだから、私こそ驚いた。

ホールケーキが七個って、すごくないだろうか？

バースデーキャンドルをアルくんが一つずつ吹き消すと、七種類のケーキがカットされて一皿に盛り付けられてきた。

――え？　ケーキ、一人で七カットも食べるの？　とびっくり。

すでに食べきれない状態の私とローズ母様にサーブされたケーキは、王妃様やクリスウィン公爵家の皆さんのお腹に収まった。

――底なしですか？　皆さんの胃は。

いっぱい作った味付けの半熟卵を、翌日の朝食に出してもらうことにしておいて良かった。

あの勢いでは翌日まで残らなかっただろうから。

うーん。

生卵の件は別として。

――食べ過ぎで、お腹壊さないのかな？

3　ふたはしらのかみさま

アルくんの誕生日の翌日。

朝食に出してもらった味付けの半熟卵は大好評だった。

しっかりと旨味が染みた半熟卵は、白いご飯にもパンにも合う。

クリスウィン公爵家の皆さんは、前日の晩餐であんなにたくさん食べたにもかかわらず、朝食の量がすごかった。

おかわりをサーブするためにメイドさんが忙しそうに動いている。

前世で好きだった大食いの番組をリアルタイムで観ているみたいで面白かった。

◇◇◇

朝食の後、大事な話があるということで部屋を移した。

行き先は、先日と同じ応接室で、顔ぶれも同じだ。

「ウルド国にいるクリスフィア公爵から連絡がありました。ウルド国にある女神様の神殿で菊の花が根付いたそうですよ」

先に王妃様やクリスウィン公爵、リュードベリー侯爵は報告を受けていたらしい。

リュードベリー侯爵が代表して報告書の内容を読み上げて教えてくれた。

「まあ、そうなのですね」

「良かったです」

ローズ母様やリンクさん、ひいお祖父様が安堵したように、笑顔になった。

「おじしゃま……」

出征前、カレン神官長がクリスフィア公爵とローディン叔父様に、ウルド国の女神様の神殿への菊の花の護送と移植を頼んでいた。

その菊の花が根付いたのであれば、菊の花を護送して行ったローディン叔父様も今は無事なはずだ。近況が知れて良かった。

私の呟きに、にこりと王妃様が微笑む。

「バーティア子爵は主に魔術師たちと行動を共にしているそうよ。ダリル公爵領までの道中の戦闘では、魔術師が兵たちとうまく連携をとってくれたおかげで、こちらの軍勢に大きな被害は出なかったのですって」

「ということは、兵力はそのまま維持できているということだな」

「ええ。その通りです」

クリスウィン公爵とリュードベリー侯爵が満足そうに頷く。

「とはいえウルド国の王都攻略にはまだ少しかかりそうです」

「それはそうだろうな。地の利はあちらにある。焦らずに戦略を練り、確実に攻略せねばならん」

「ダリル公爵はウルド国のおよそ半数の貴族を味方につけているとはいうが、その中には王族側の間者が潜り込んでいるだろうな」

何度も敵国の内通者をあぶり出してきたひいお祖父様の言葉は真実味を帯びている。

「そうですね。あちらの間者を逆に利用してウルド国の王族側を攪乱できればいいですね。あ、そういえば……」

リュードベリー侯爵が身を乗り出して、以前内通者を暴いた時の要点についてひいお祖父様に尋ねた。そこにリンクさんやクリスウィン公爵も加わり、いつの間にか男性陣四人は戦略的な話に夢中になっていった。

その内容はちょっとどころか、かなり危ない話ばかりである。

「こうなれば話は長くなるわ」と王妃様がお茶菓子の追加を頼もうとしたけど、ふと私とローズ母様を見た後、少し高い声を上げた。

「――お父様、お兄様。戦争のお話は後ほど、男性方だけでお願いしますわ」

王妃様が男性たちの話を遮るように言い、同時にクリスウィン公爵とリュードベリー侯爵を少し睨んだ。

王妃様の向かい側に座っていたローズ母様が、内通者や暗殺者といった物騒な話に徐々に不安そうな表情になってきたからだろう。

「あ、ああ。すまない。パーティア先生と軍事的な話ができる貴重な機会だったから。つい、夢中になってしまったな」

「そうだった。フィーネはいつもこの話に参加していたから、当たり前のように話し込んでしまったな。ローズさんやアーシェラちゃんがいるところで血生臭い戦争の話などするべきではなかったな。申し訳ない」

気を許してくれているからこそ重要な話をしていたのだろうけど、少しキツい話があったのも事実だ。王妃様が遮ってくれて良かった。あのまま続けられていたら夢に見てしまいそうだった。

「――それで、菊の花は花畑になったのかしら？」

王妃様の問いに、リュードベリー侯爵が答えた。

「いや、アウルス領を含めた三領に根付いたという報告だけだったね」

「まあ、そうなの？」

「アースクリス国では比較的すぐに花畑が形成されたが――ウルド国では菊の花が固い蕾をつけただけで、しばらく咲かなかったそうだよ。アウルス子爵領でまだ一輪。他の二か所でもやっぱり固い蕾のままらしい。だが、アースクリス国で見られたような一晩で姿を消すという状況にはならず、何日もそのままの状態のようだ」

アースクリス国のすべての教会に配布された菊の花は、根付くと直径十五～二十センチもある大輪の花を咲かせ、根付かない時は一晩で消え去ってしまう。

けれど、ウルド国の女神様の神殿に植えた菊の花は、根付いたとはいうがほぼすべてが固い蕾で、アウルス子爵領で一輪だけ、まだ『ほころびかけている途中』の状態らしい。

「それは初めての現象ですね」

確かに。バーティア領の教会に根付いた菊の花は、蕾の時間も短く、鮮やかな黄色の花畑が一面に広がって、いつも満開である。蕾のまま何日もというのは見たことがない。

ウルド国はセーリア神という、かつてのウルド国があった辺りの大陸の神様を主神としている。

実は、アースクリス国には三国からの移民もかなり昔からいるそうで、セーリア神の神殿も小さいながらいくつかあるという。

その一つがクリスウィン公爵領にあると聞き、今日はセーリア神殿に行ってみることになった。

◇◇◇

その日の午後、アースクリスの女神様の神殿にお参りした後、すぐ近くにあるセーリアの神を祀っている神殿に赴いた。

「おおきい」

正直に言ってびっくりした。

てっきり小さいものかと思いきや、重厚な佇まいの立派な神殿があった。もちろん、アースクリスの女神様の白亜の神殿よりは小さいけれど。

「ようこそいらっしゃいました」

神殿の入り口で声をかけてくれたのは、昨日わらびのアク抜きに積極的に参加していた、クリスウィン公爵領にある商会の代表、サンダーさんだ。

数代前にアンベール国から移住してきたサンダーさんの一族は、その時からずっとセーリア神の神官をしているらしい。

サンダーさんは三十代で、こげ茶色の髪に赤紫色の瞳をしている。

その瞳の色はアースクリス国では非常に珍しい。それもそのはずで、髪や瞳に赤紫や紫を持つのは、アンベール国の王家や公爵家に連なる者の証だという。

実は、サンダーさんはアンベール国での政権争いで陥れられた公爵家の末裔なのだそうだ。

「曽祖父はどろどろとした争い事が嫌いでしてね。もともと大神官として神職を預かる家でしたから、政権争いからとっくに身を引いていたのですが、若くして公爵位を継いですぐの頃、あくどい貴族にありもしない罪をでっち上げられ、『公爵家に叛意あり』とそそのかされたアンベール国の王族に反逆者扱いされたのですよ。曽祖父は『公爵』という煩わしい身分を捨て、アースクリス国に逃れてきたのです」

そうなんだ。

「亡命を手助けしてくださったのは、当時外交官として来訪されていた数代前のクリステーア公爵でした」

「まあ、そうでしたの」

「ですので、クリステーア公爵家の若奥様とお嬢様にこうしてお会いすることができて、嬉しいのです」

　サンダーさんはローズ母様や私に深く深く頭を下げた。

「冤罪だというのに、誰も信じてくれない。誰も信じられない。冷たい牢の中で処刑を待つ身だった曽祖父とその一族を当時のクリステーア公爵が秘密裏に助け出し、アンベール国外に脱出させてくれました。そして、政争に煩わされることのない一庶民としての再スタートを望んだ曽祖父に、ここクリスウィン公爵領にあるセーリア神の神職を任せてくれたのです」

　アンベール国の公爵様だったサンダーさんのひいお祖父さんは、アースクリス国にあるクリスウィン公爵領のセーリア神の神殿に落ち着き、やがて愛する人を得た。

　そして、生きていくために名を変え、髪や瞳の色を魔法で変えたのだという。

　生まれた子や孫のほとんどはアースクリス国人の妻の色を引き継ぎ、ひ孫であるサンダーさんだけは隔世遺伝で赤紫色の瞳を持って生まれたそうだ。

　それにしても、他国の王族に近い公爵様を亡命させるって、すごいことだと思うけど。

　その時だってアンベール国は敵国のようだったのに、そこの公爵を簡単に信じていいものなんだろうか？　と単純に思う。

「先々代のクリステーア公爵は冤罪だと見抜いたのだな。おかげで、クリスウィン公爵領にサンダー商会が出来て、ありがたかったな」

　名を変え、アースクリス国の一庶民として再スタートを切った元公爵のサンダーさんの曽祖父は、やはり一般人とは違い、人をまとめる力があった。

彼はクリステーア公爵から援助を受けてサンダー商会を立ち上げ、数十年もの月日が経った今ではその商会は外交を手掛けるクリステーア公爵家、内政を手掛けるクリスウィン公爵家、そしてアースクリス国の王家からも信頼を得て、手広く商売をしているそうだ。

「海産物を主に扱うデイン商会さんも、新しいものをどんどん作り出すバーティア商会さんも、これを機会にサンダー商会と深くお付き合いしていただければ幸いです」

にこりと笑うサンダーさん。商魂たくましいなあ。

サンダーさんの手には、黒表紙に金縁の聖典があった。

この聖典は、サンダーさんの曽祖父だった元公爵様がアンベール国からただ一つ持ち出した、大切なもの。その国の大神官に代々受け継がれる大事な聖典なのだそうだ。

「――私は、アースクリス国で生まれ育ったため、セーリア神の神官であるとはいえ、アースクリスの女神様も信じております」

私たちに神殿内を案内しながら、サンダーさんがぽつりと言った。

「かつて、曽祖父はアンベール国で、アースクリスの女神様の神殿が崩れ去るのを憂いていたとのことです。公爵家は王家に繋がる家です。なので、流民であった祖先を受け入れてくれたアースクリス国からのたった一つの条件である『誓約』のことも伝えられていました。曽祖父やその前の先祖たちは、王家や他の貴族が都合のいいように事実を隠蔽して民を煽動し、アースクリス国に牙を剝こうとするのを、公爵として、大神官長として何度も止めてきたと言われてます。――だからこそ、疎まれてしまったのでしょうね」

敵国だからといって、すべての人が悪人だというわけではない。

サンダーさんの先祖のように――今、悪政を敷く王権に歯向かい、正しい道を選び取ろうとする人たちもいるのだ。


案内されて足を踏み入れた聖堂は天井が高く、窓が少ないにもかかわらず明るかった。

たぶん魔道具の灯りで明るさを調節しているのだろう。

正面中央の大きな壁画に描かれていたのは、金色の長い髪をした金銀のオッドアイの美丈夫な神様で、その隣には銀色のフクロウが描かれていた。

「――セーリア神と、神獣様です」

セーリアの神様は男神。

「壁画に描かれている銀色のフクロウは、セーリアの神様の使いなのです」

「しょうなんだ」

まずは祭壇にお供えをして、手を組んでお祈りする。

お供え物は、ドーナツにした。

神殿への供物は、クリスウィン公爵領に身を寄せている難民や保護されている人たちに回されるということなので、王都でツリービーンズ菓子店が捧げているお供えと同じものを、と思い、菓子箱にたっぷり用意してきた。

このドーナツはバーティア子爵邸の料理人さんが作ったものだ。

実は、ツリービーンズ菓子店の隣にバーティア商会の王都支店を作ることになったその日の夕方、さっそくバーティアの王都別邸の料理人さんたちがあんこ作りやドーナツ作りの特訓をしたのだ。

料理人さん全員が納得できる仕上がりになるまで作り続けた結果、その努力の結晶である大量のドーナツが私の魔法鞄《マジックバッグ》に入っている。

ちなみにその翌日デイン辺境伯家別邸でも同じことをしたので、その分も一緒に収まっていた。

『なんだこれは。初めて供えられたものだな』

不意に、不思議に響く声が祭壇の上からした。その方向へ目を向けると――見事なタテガミの
――金色の光を帯びた小さなモノが宙に浮いていた。

――えええええええっっ!?

びっくりしすぎて声が出ない。

――金色のタテガミのある猫がふわふわ浮いている?

金色の体毛に金色のタテガミ、金色の瞳を持った成猫ぐらいの大きさの猫――猫?

違う――猫っていうより、獅子《ライオン》に見える。

――金色の、獅子《ライオン》。

そうだ、これは猫じゃなくて獅子《ライオン》だ。

どこからともなく、『正解』と誰かが教えてくれた気がした。

――なんで浮いているんだろう。

それになんでちっちゃいんだろう?

子供のライオンならまだタテガミはないだろうし？

こっちの世界では成獣でも小さいのかな？

いやいやいや、金色のオーラを纏っている時点で、野にいる獅子《ライオン》とは違うよね？

獅子《ライオン》の精霊なのかな??

それにしても。

金色に光る獅子《ライオン》の姿は誰にも視えていないのか。みんな普段通りの表情だ。

ねえ、目の前の祭壇のちょっと上に、金色の小さな獅子様が浮かんでるよ。

ほら、祭壇の周りを右に左にちょろちょろ動いてるけど――誰にも視えていないの？

リンクさんもローズ母様も、神様の壁画や聖堂の中をゆっくりと見回している。

クリスウィン公爵やリュードベリー侯爵、ディークひいお祖父様も同様だ。

誰も何も言わないから、どうやら動き回っている金色の物体が視えていないらしい。

私だけなのかな？

あ。王妃様が目を見開いて祭壇の上方を見て固まってる。そう、今はそこにいるんだよ！

ということは、王妃様にも視えているのだろう。

――やっぱり。私の見間違いではないよね？

でも、視えているのは私と王妃様二人だけなの？

頭が混乱しているうちに、獅子はふわり、と金色の光の名残を残して消えてしまった。

「……っ」

びっくりしすぎて言葉が出ないまま、金色の獅子が消えた辺りを見つめていると、王妃様が私の側に来て小さな声で「あとでね」と言った。

王妃様は、さっきの金色の獅子について何か知っているみたいだ。

◇◇◇

「セーリアの神様は、ウルド国だけではなく、ジェンド国やアンベール国でも信仰されているのですよ」

セーリア神のことを知らない私にサンダーさんが教えてくれた。

「セーリアという国がこの大陸から遠い遠い場所にあります。ウルド国、ジェンド国、アンベール国はその大陸の周りにあった島国だったのですが、ある時天変地異によって島国が切り離されて沈んだのだそうです。脱出した者の船は——なぜなのかは知りませんが、セーリア国には行かず、このアースクリス大陸へたどり着いたといいます」

「どうちて？」

不思議だ。すぐ近くのセーリア国の方が移住先としてはものすごくいいのではないだろうか。

私の疑問にサンダーさんは分からない、と首を振った。

『お前らの祖先が、神様を怒らせたからだ』

あ、またさっきと同じ声が聞こえた。

声がした方向に目を向けると、セーリア神の壁画の前に金色の獅子が浮かんでいた。

「かみしゃまがおこった？」

心に浮かんだまま小さく疑問を口にすると、金色の獅子は、同じく金色の瞳を意外そうに見開いた。

『ほう？　我が視えておるのか』

獅子が面白そうにそう言った次の瞬間、周りの空気の色が変わった。どこまでも白い空間だ。

「――ふえ？」

どこ？　ここ？

ローズ母様や王妃様はどこ？

別の空間に連れてこられたのだと、頭の片隅では理解していたけど――ここはどこなんだろう。

さっきまで、神殿の長椅子に座っていたはずなのに、ここには何もない。

ただただ白い空間だ。

『――なるほど。魂の色彩《いろ》がオパールのようだな。小さき者よ。そなた、女神様の愛し子だな』

気が付くと、金色の獅子が目の前にいて、金色の瞳でじっと見てくる。

びっくりしたけど、獅子の大きさは成猫くらいだったので、どことなく可愛らしい。

獅子の精霊なのかな？

でも、コミュニケーションを取るには、まず挨拶しなきゃ。

挨拶は基本。相手を知るためにも、人間（？）関係を作るためにも大事なことだ。

相手が精霊なのか何なのかは分からないから、まずこちらから名乗ろう。
「はじめまちて。あーちぇらでしゅ」
ぺこり、と頭を下げると、獅子が答える。
『うむ。アースクリス国で言葉を交わすのはそなたがはじめてだな』
そうなの？
『我はセーリアの神の使いだ』
小さな獅子がそう名乗る。その声には荘厳さと力強さが宿っていた。
神の使いというなら、『神獣』ということだろう。
あれ？　でも、セーリア神の使いは、銀色のフクロウだったはずだけど。
――でも、この獅子も神獣だ。
こうやって直接会ってみて、分かった。
生物的な獅子ではありえない。
圧倒的な力が凝縮された――超越的な存在だ。
ふと、瞳の奥が熱くなって――獅子の後ろに何かが視えた。
獅子よりも、圧倒的な力を持つ、銀色の――
「ぎんいろのかみしゃま……」
見えたままに、ぼそりと呟くと、金色の獅子がにやりと笑んだ。
『ほう。我が神が視えたか』

「へきがの、きんいろのかみしゃまと、おんにゃじかお！」

壁画に描かれた金色の髪の神様は、右目が銀色で左目が金色だ。

目の前の獅子に重なるように見えたのは、銀色の髪に、右目が金色で左目が銀色のオッドアイ。

壁画の神様と対照的な色を持つ神様が――視えた。

「ぎんいろのかみの、かみしゃま！」

獅子の神獣は満足そうに頷いた。

『そうだ。我が神はセーリアの一柱』

んん？　それならどうしてセーリアの神殿に銀色の神様の壁画がないんだろう？

「へきが。きんいろのかみしゃまだけ？」

『ああ。だがセーリア大陸をお創りになられたのは、まぎれもなく二柱の神様なのだ』

神獣がそう言うならそれが事実に違いない。

それならなおさら、どうして一柱の神様だけ壁画に描かれているんだろう？

◇◇◇

セーリア神は二柱だと神獣が言う。

あ。それなら。

私は魔法鞄からお菓子の箱と聖布、綺麗なお皿を呼び出した。

この魔法鞄にはお菓子だけではなく、食器やフライパンなどの調理器具も入っている。

前世で災害を経験したので、有事の備えは絶対に必要だと認識している。

なので、防災鞄よろしく魔法鞄にはいろんなものを入れているのだ。

「せーりあのぎんいろのかみしゃま。しんじゅうしゃま。どうじょ」

折り鶴用に聖布を大小持ち歩いていて良かった。

菓子箱に入っているものを金色の大きな聖布を敷いたお皿に載せかえて、獅子の神獣の前に差し出す。

『ほう。先ほどのお供えと同じものだな！』

「あい。どーなつでしゅ」

さっきは知らなかったから、金色の神様にだけ捧げた。

けれど、セーリアの神様は二柱。

銀色の神様にもお供えは必要だろう。

『変わった子供だな。アースクリスの女神様の愛し子のくせに、先ほどもセーリアの金色の神様に祈りを捧げていたな』

その言葉は私にとって不思議だった。

「どうちてでしゅか？　いろんなかみしゃまにおいのりしちゃだめにゃの？」

『そういうわけではないが。この国でも、創世神のみを信仰しているのであろう」

「ひとしょれじょれでしゅ」

主神はアースクリス国の女神様だけれど、私は、他の神様も精霊もいて当たり前だと思っている。もともと、八百万《やおよろず》の神々がいると言われた世界《日本》での人生を前世に持つ私だ。

万物には神様や精霊が宿ると信じられていたし、そう思ってきた。

それに前世でも母方に『視える』人がちらほらいたので信じずにはいられなかった。それでも、山の別荘に天狗様がいたという話には驚いたものだが。

まあ、日本という国はいろんな神様を信仰し、どの国の宗教も私が生きていた時代ではある程度受け入れられていた。

だからニュースなどで考えの違う宗教同士による争い事が起きているという話を聞いて、なぜ寛容に許し合わないのだろうと不思議だった。それは転生してからも同じだ。

信仰自体に争う必要などないだろう。

信仰心とは強要されるものではないし、強要したところで反発を生むだけだ。

どの神様を信仰していても問題ないと思う。

そして、たくさんの神様がいるのだから、色々な神様に感謝を捧げたりお祈りするのに何の問題があるだろう?

「かみしゃま、いっぱいいいりゅ」

「確かにな」

神獣だって言うのだから、その通りなのだろう。

「いろんなかみしゃまがいりゅ。あーすくりしゅのめがみしゃま。せーりあのかみしゃま。くおんこくのかみしゃま。たいりくをちゅくったいろんなかみしゃま。それに、みじゅのかみしゃま。かぜのかみしゃま。つちのかみしゃま。ひのかみしゃま。うみのかみしゃま。やまのかみしゃま。かわのかみしゃまに、ひかりのかみしゃま。かたなかじのかみしゃま。のうこうのかみしゃま。もりのかみしゃまに……」

数多ある世界も。太陽も月も星も。人が作れるものではない。

野を駆ける風が種を運び、種は土に宿る。種は水と太陽の光を得て芽吹き育つ。そして、火は不浄を焼き、恵みをもたらすのだ。

それらはすべて創世神や従属神、万物に宿る精霊様のおかげなのだ。

だから、別の大陸の神様に対して祈りを捧げることに抵抗などない。

だが、どうやらこちらの世界ではそういう考えは特殊らしく、金色の獅子は驚いているようだ。

『なるほど、随分と懐が深い魂なのだな。興味深い』

最初、珍しいものを見るかのようだった金色の獅子の瞳が、柔らかくなったような気がした。

「せーりあのかみしゃま。はじめまちて。あーちぇらでしゅ」

おそらくは、獅子の神獣を通してこちらを見ているだろう銀色の神様にペコリとご挨拶。

「どーなつ、どうじょ」

『うむ。いただくぞ』

その言葉と共に、ドーナツがふわりと浮き上がった。

ドーナツは三種類。

シンプルなリングドーナツとあんドーナツ、カスタードクリーム入りのドーナツだ。

『ふむ。初めての味だな。なかなかに美味い』

器用にリングドーナツを一口で食べ、満足そうににっかりと笑む。

そして、すぐさまカスタードクリーム入りを一口で頬張る。

『この中に入っているクリームは滑らかだな。セーリアのものとは少し違うが、美味い』

「さいごのひとちゅには——あ」

あずきあんが入っているのだと説明しようとしたが、すでに獅子の口に放り込まれた後だった。

『はうう〜〜!! これはまた、滋味深き味だな！』

金色の瞳が、きらきらと輝いた。

獅子の神獣様は、あんドーナツをいたくお気に召したらしい。

ぴょんと跳ね上がり、『うーまーいー!!』と、くるくると私の周りを跳び回った。

全身で美味しいを体現している。なんだか小さい子供みたいで可愛い。

「あずき、というまめをちゅかったおかしでしゅ」

ポリフェノールを含んだ栄養素たっぷりのあずきあんは私の大好物だ。

米ももち米もあるので、いつかは大福やおはぎも作れるだろう。ふふふ。楽しみだ。

『これはセーリアにはないものだな!!』

そうなんだ。小豆にも採れる場所と採れない場所があるんだろうな。

「せーりあ、とおい？」

『ものすごく、な。お前の言う銀色の神様があの馬鹿者たちを視界に入れたくないとお怒りだったため、この大陸まで遠ざけられたのだ』

そういえば、先ほど三国の祖先が神様を怒らせたと神獣様が言っていた。

「どうちてでしゅか?」

『あやつらは、今アースクリス国にしていることを、かつてセーリア国にしたのだ』

――なるほど。そういうことだったのか。

◇◇◇

神獣様はあんドーナツをいくつも頬張りながら、教えてくれた。

『セーリアの銀色の神様は兄神様でな。金色の弟神様と共に、少数の者にやり直しの機会を与え、このアースクリス大陸へと導いたのだ。……だが、またもや同じ過ちを犯したな』

困ったものだな、とため息交じりに言う。

つまり、ものすごーく遠い大陸のセーリアの神様が守る国を侵略しようとして、神様の怒りを買い放逐された。そしてその三国の子孫が、時を経てアースクリス大陸でも同じことをしているというわけだ。

『あやつらは、かつて放浪の一族でな。神を信じぬ者たちの集まりだったのだ』

昔々に放浪し、セーリア大陸のそばの島にたどり着いた。

もともと一つだったその一族が自然と三つの島へと分かれ、やがて三国となった。

そして神を信じぬゆえに、己の欲望のまま三度《みたび》セーリア国に侵略をしかけ、殺戮を繰り返したという。

『我が神は二度目までは罪に目を瞑り、やり直しを許した。——だが三度目は許さなかった。我は、あやつらを蹴散らした。そして二柱の神はあやつらが住む島を切り離し、沈めたのだ』

それはつまり三度目で堪忍袋の緒が切れたということなのだろう。

『——慈悲をかけて一部の民たちを弟神の神獣《フクロウ》に導かせたのも我が神と弟神二柱の意志なのだが、我があやつらを蹴散らしたということで、あやつらは我が神を崇めず弟神のみを信仰の対象とした。——本当に馬鹿者ばかりだな。怒りも、慈悲も、セーリア神二柱の意志であったというのに』

つまり、兄神の神獣である獅子が三国からの侵略者を蹴散らし、弟神の神獣のフクロウが、沈みかけた島から民をアースクリス大陸へ導いたという伝承をもとに、彼らの子孫であるアンベール国、ウルド国、そしてジェンド国の民は現在、フクロウを使いとするセーリアの弟神のみを崇めているらしい。

無神論者だった彼らの祖先は、アースクリス大陸に受け入れられた当初は、アースクリス国からの『たった一つの誓約』のこともあったため、女神様信仰をすることにしたのだそうだ。

だが、時が経ち、アースクリス国に対して離反の心を持った頃に、三国でセーリアの『弟神の神殿』を建て始めた——という流れらしい。

つまりは、三国によるセーリア神への信仰も、アースクリス国への反発による後付けだったのだと獅子は語った。

それも、対象としたのは弟神のみ。

己の一族の罪ゆえにかつて住んでいた地から放逐されたというのに。

――神の怒りも、慈悲も、二柱の神の意志だったというのに。

三国の上層部は、セーリア国に侵攻した事実を後世に残すことを厭い、隠蔽することを決めた。

『天変地異により住まうべき地を失った一族を、セーリア神の神獣であるフクロウがアースクリス大陸に導いた』

――と事実ではない作り話を民に植え付けることにしたのだ。

三国の上層部にとって幸いだったのは、その当時旅人がこちらに訪れることも、逆にこちらから行きつくことも不可能であるほど、セーリア国が遠かったということだ。

ゆえに隠蔽は容易く、代を重ねた結果、現在では三国だけでなく、一般のアースクリス国の人たちも『天変地異説』を信じている。

セーリア神信仰にしても同様だ。

セーリアの兄神の存在は最初からなかったものとされ、弟神のみ信仰した。

そしてそのまま代を重ねた結果、セーリアの主神は一柱だけだと多くの人々が思っているとのことだった。

「――――」

獅子の神獣から一通り聞いた後、なんだかその勝手さにふつふつと怒りが湧いてきた。

――ねえ。ずっと昔の移住者の偉い（？）人たち。なんだか自分勝手すぎない？

セーリア神を信仰？

都合のいいように事実を捻じ曲げて、一柱のみの信仰を何百年も続けているなんて。

そんなふざけたことをよくもやってこられたものだ。

嘘をつきとおせば真となる？　そんなはずはない。神様は増えたり減ったりもしないのだから。

「――ゆがんでりゅ」

心に浮かんだ言葉を口にすると、金色の獅子はまったくだ、とタテガミを揺らした。

『その通りだ。セーリア神は二柱。――だが、初代から数代のバカどもはともかく、代を重ね、何も知らぬ民の純粋な祈りは、遠く離れていても届く。ゆえに我がここに遣わされているのだ』

セーリアの兄神は神獣である獅子をアースクリス大陸に遣わしている。

彼らの祈りは弟神に対するものであり、自らに対するものではないと分かっているにもかかわらず。

――本当に慈悲深き神様なのだろうと思う。

『あいつらは、もともと好戦的な民族だったからな。いずれはアースクリス国にも同じことをしでかすとは思っていたのだ。――だがここの女神様たちは、かつてセーリアの島国を切り離しすべての民を放逐した我が神のようには思っておられぬようだな』

？　そうなの？

『そなたのような愛し子がおるのだ。女神様たちはどのような民をも受け入れるおつもりのようだ。

——愛し子は女神様の映し鏡でもあるのだ。そなたは先ほどたくさんの神がいると言った。そしてそれを自然と受け入れておった。それにアースクリス国の中にセーリアの神殿があることを許容し、祈りを捧げることも厭わぬ。……そのような考えを持つ者は珍しい。そなたの心持ちの本質は女神様に通じておるのだ』

金色の瞳が優しい。金色の獅子は金色の前足で、私の手の甲をぽんぽんとした。

あう。肉球が気持ちいい。

でもね、それは私だけではないと思うけど？

アースクリス国には結構そういう気質の人がいると思う。

クリスウィン公爵だって、領内にセーリアの神殿があることを受け入れているし、王家だってそうだ。

『ふふふ。まあ、自分では気づかぬものかも知れぬな。——この戦争は最後の機会であろうな。あの民族がこの大陸に調和するための。やり直しの機会は一度きりと見える。女神様は我が神より手厳しい』

調和？　ってなんだろう。

そういえば、ウルド国で女神様の菊の花が根付いたけど、咲かないのはそれと何か関係あるのかな？

『女神様の花は女神様の意思を表すもの。咲くべき時に咲くであろうよ』

確かに。菊の花をウルド国へ分け与えよ、と示したのは女神様だ。

女神様は超越した存在だ。

なぜ咲かないのかと、私たちが気を揉まなくても、咲くべき時に咲くだろう。

そう考えたらなんとなく気が楽になった。

『――さて、そろそろそなたを返してやろう。我の姿が見えて話ができる者とこの国で初めて会ったからな。なかなかに有意義だった。あんドーナツはこれまでの供物の中で、一番美味かったぞ』

ドーナツがあったから神獣に会えたのかな。

どうやら珍しい食べ物に目がないみたいだ。供物を捧げた祭壇の周りをうろちょろしてたし。

あんドーナツだって、ゆうに十個は食べていた。

そういえば、神様への供物はほとんどが自然の姿のままの野菜や果物丸ごとで、調理した物は少ない。

――そういえば。あれもあった。

この大陸でも少ない、バーティアでも作り始めたばかりの。

魔法鞄の中から小さな袋を取り出して金色の神獣に差し出した。

「ぎんいろのかみしゃま。しんじゅうしゃま。どーなつのほかに、これもどうじょ。――せーりあのしんでん、あーちぇのすんでりゅところにないから」

『うむ。貰っておこう』

バーティア領にはアースクリスの女神様の小神殿はあるけれど、セーリアの神殿はないので、もう獅子の神獣に会うことはないだろう。

◇◇◇

「「「――えええええっっ!?」」」

気が付いた瞬間。

みんなの驚いた声が聞こえた。

どうやら私は意識だけ別の空間に誘《いざな》われていたようだ。

「壁画が!!」

「壁画が変わった！」

サンダーさんやクリスウィン公爵、リュードベリー侯爵はもちろんのこと、そこにいる誰もが祭壇の後方を見たまま固まっている。

「へきが？」

顔を上げてみて、びっくりした。

「――ぎんいろのかみしゃま！」

――そう。

――壁画ががらりと変わっていたのだ。

「ど、どうしてこうなったのでしょう……」

サンダーさんが呆然と呟いた。

私が金色の獅子の神獣といた間、こちらでは時間が進んでいないようだった。

その証拠に、サンダーさんは私にセーリア神の説明をしている体勢のままだったのだ。

私が意識をこちらに戻されるまでの、ほんの数瞬、急に壁画が白く光り、その眩しさが落ち着いた後にはセーリア神の壁画が前のものとは全く違うモノとなっていた、ということらしい。

確かに、先ほどまで祭壇の正面には金色の神様とその右隣に銀色のフクロウがいる壁画があった。

それが。

今は、銀色の神様と金色の神様が二柱並んで立っている壁画に変わっていた。

そして、銀色の神様の隣には金色の獅子の神獣が付き従っていた。

「セーリア神は一柱で、金色の髪をした神様。そして銀色のフクロウを従えているはずです――」

黒表紙の聖典を持つサンダーさんの手がぶるぶると震えている。

「それなのに――これは……」

サンダーさんの驚愕は私の比ではないだろう。

何も知らなかった私は、セーリア神が実は二柱だったと言われ、さらにそれが神獣様からの説明だったから、すぐに納得できた。

けれど、サンダーさんはもともとアンベール国の公爵家の末裔。

それも大神官を代々勤め上げてきた家系だ。

大神官に代々受け継がれ、アンベール国を脱出する時にただ一つだけ持ち出してきたというその大事な聖典の内容が、一柱の神様だけのもの――それも嘘だらけのものだとは知らないのだ。

真実を知ったらどんなに衝撃を受けるだろう。

「――先ほど、こちらの獅子の神獣を視ましたわ」

王妃様が壁画の金色の獅子を指し示し、はっきりと言い切った。

壁画の神獣は、さっきまで一緒にいた成猫サイズではなく、立派な獅子だった。

おそらくこっちが本当のサイズだったのだろう。

個人的には小さい方が親しみやすくていいけど。

「ほ、本当でございますか？」

サンダーさんが瞳を大きく見開いて王妃様を見た。

「私にはアースクリスの女神様方の御加護があります。――でも、信じられないのも仕方ありません。ではこうしましょう。『セーリア神にかかわる旨について、真実を話すことをここに誓う』」

最後の言葉は『言霊』だった。

つまり、王妃様が真実のみを話す『誓約魔法』を自ら行使したということだった。

『誓約』を口にしたことで、足元に金色の魔法陣が現れた。

そして、魔法陣は金色の光を放ち、王妃様の身体を包み込む。

『――私の言葉は真実なり。心して受け止めよ』

王妃様の声に言霊がのせられ、不思議な響きを放った。

「はっ！　はい!!」

『この世界を開闢《かいびゃく》されし数多の神々。その神々のうちの三柱はアースクリス大陸を創造された女神様』

「はい」

こくりと、サンダーさんが頷く。

『数百年前、アースクリスの女神様方の双子の弟神様のお創りになられたセーリア大陸において、罪を犯したウルド国、ジェンド国、アンベール国のあった島が沈んだ』

銀色の神様と金色の神様は、アースクリスの女神様たちの双子の弟神だったのか。

「!!」

サンダーさんが雷に打たれたように、赤紫色の瞳をめいっぱい見開いた。

『姉神様であられたアースクリスの女神様たちは、双子の弟神の慈悲の意思を汲み、罪を犯した一族をアースクリス大陸に迎え入れた』

「…………」

サンダーさんは口を開いたまま言葉も出てこないようだ。相当衝撃を受けたらしい。どんどん顔が青褪めていった。

『しかし、その一族はアースクリス大陸へと民を守り導いたフクロウを神獣とする金色の神様のみを崇めることにし、セーリア大陸に侵略した際に一族を誅した獅子の神獣を従える銀色の神様を無きものとして扱った――これが真実である』

「…………はい」

そこで、ふわり、と、王妃様の足元の魔法陣が溶けるように消えていった。

誓約による真実を述べる魔法は終わったようだ。

「――開闢記にもセーリア大陸の神は二柱だと刻印されているし、アースクリスの文献にもそう記載されている。だが、ウルド国、ジェンド国、アンベール国でこのことを知っている者は少数だろうな」

「徹底して洗脳したみたいですからね」

クリスウィン公爵やリュードベリー侯爵はセーリア大陸の主神が二柱であることを知っていた。

ウルド国やジェンド国、アンベール国が隠蔽しても、真実は残るものだ。

アースクリス国には正しき歴史が残っていた。

これはれっきとした事実なのだ。

王族はもとより、上級貴族になるほど正しい知識を教師から教えられる傾向にある。

リンクさんやローズ母様も家庭教師に聞いたと話しているので、アースクリス国の貴族はほとんどの者がこのことを知っているらしい。

しかし三国では、過去の上層部の思惑通り徹底した隠蔽が功を奏し、真実を知る者など全くと言っていいほどいないため、アースクリス国と三国の人間では話がかみ合わない。

また、アースクリス国の貴族の間でも、三国との余計な争い事を回避すべく自然と口をつぐむことが暗黙の了解となっていたため、アースクリス国の民にも三国の主神であるセーリア神が二柱の神様であることは広まらなかったらしい。

「……大神官に与えられたこの聖典は――過去の罪の隠蔽や民を洗脳するための重要なアイテムだ

ったということなのですね」

サンダーさんが手に持っている黒表紙の聖典には、彼が言った通り、三国が犯した罪を隠し、民を洗脳するための内容が堂々と記載されている。

国の神殿の頂点に立つ大神官――自らの祖先が関わったであろう、愚かな隠蔽工作。

曽祖父がアンベール国を脱出する時に唯一持ち出してきた聖典が、罪の上塗りの証拠であったことを知り、ショックのあまりサンダーさんはがっくりと膝をつき、項垂れた。

同時にその手から聖典がどさり、と重そうな音を立てて床に落ちる。

気力を失ったサンダーさんが、のろのろと、それを拾おうとした時。

「――えっ!?」

急に聖典を中心に魔法陣が現れ、聖典が浮き上がり――空中で金色と銀色の光を放ったのだ。

聖典の表面から黒い破片が剥がれ落ち、キラキラと光を放ちながら消えていく。

――それが人による技ではありえないことは、この場にいる誰もが悟っていた。

◇◇◇

――黒表紙に金縁がされていた聖典は、一瞬で変わった。

新たな聖典には、白地に金と銀の縁取りがされ、表紙には獅子の神獣が、裏表紙にはフクロウの神獣が刻印されていた。

浮かび上がった聖典は光を放ちながらパラパラとページをめくられ、やがて閉じられると、サンダーさんのもとへ浮かんで行き、その両手に収まった。

奇跡のように姿を変えた聖典をサンダーさんが呆然と見ていたら、その目の前で、ぱらり、と最初のページが開かれた。

そして、そのページの文字が浮かび上がり、空間に映し出されたのだ。

そこには、聖典の序章にして、セーリアの双子の神と、ウルド国・ジェンド国・アンベール国の正しき歴史が記されていた。

――そう、セーリア国に侵攻し、殺戮を繰り返した事実が。

「……私の先祖は……本当に本当に愚かだったのですね……」

その文言を読んだサンダーさんががっくりと肩を落とした。

『天変地異により住まう土地を無くして、アースクリス大陸にたどり着いた』

そう教えられてきたが、その実、セーリアの国に攻め込んで二柱の神様の怒りを買い、放逐されたのだ。

そして二柱の神様の慈悲により新天地を与えられたというのに、勝手な思惑で一柱のみの信仰を始めてしまった。

数代前にアンベール国から移住してきたサンダーさんの一族に何百年も伝え継がれてきたその教えが、まさか間違ったものだったとは。

先ほどの黒表紙の聖典は、三国の中でも大神官にのみ与えられる最も重要なもの。それが姿ばかりか、内容まで変わってしまった。

つまりは、三国の信仰が間違っているという証明なのだ。

「そして、今――セーリアの国にしたのと同じことを、アースクリス国にしているのですね……」

壁画が変わったこと。

聖典が書き換わったこと。

そして、聖典の中で語られた真実。

それが紛れもない真実なのだ。

「それにしても、なぜ今――」

サンダーさんが首を傾げた。

確かに。なぜだろう？

「――アースクリスの女神様の加護をいただいている、私がいたからでしょう。そして、ここにセーリアの銀色の神様の神獣様がいらっしゃった。――女神様は必然を与える。これは必然であったのでしょう。セーリア神の神官を引き継いだあなたに真実を告げるから、ここで正すべきである、と」

王妃様はそう言いつつ、私を見るとふわりと微笑んだ。

私が女神様の御加護を得ていることは極秘事項である。王妃様は私の存在を隠し、その上で彼を納得させるために、あえて自らを表に出したのだろう。

「――必然……では、私の役目は……」

アースクリスの女神様は必然を与える。

「サンダーさん。あなたはアンベール国のセーリア神の大神官の直系。そしてアースクリス国で生まれ育った、女神様を信じる者。そんなあなただからこそ、女神様もセーリア神も真実をお示しになられたのでしょう。――それと、過ちは遠い先祖の罪で、あなたのものではない。お姿を現されたもう一柱の神様は、罪を裁くために現れたのではないはずです。罪を裁くおつもりなら、聖典を正しきものに変える必要はなかったでしょう。あなた方がすべきことは、過ちを正し、これから正しく生きることです。その姿を女神様や二柱の神様に見せてくだされば良いのです」

「はい。――肝に銘じます」

サンダーさんはそう答えた後、すぐに王妃様とクリスウィン公爵、リュードベリー侯爵の前で深く頭を下げた。

「王妃様。女神様は必然を与えます。ならば、私は先祖によってセーリア神への歪められた信仰を正す役割をしたいと思います。時間がかかるのは承知の上です。――でも、もうやり方は分かりました。祖先と同じことをすればいいのです」

にっこりとサンダーさんが笑った。

「『嘘をつき通せば真となる』。先祖はまさしくこれを狙って、そしておおよそ成功したのですね。ならば、私は同じ時間をかけて、真実を人々の心に植え続けます。私は商会を営んでいて外国とも付き合いがありますから、フットワークが軽いのが自慢です。――私はこの先の人生において、三国を含めたセーリア神の信仰を正しきものにすることに尽力したいと思います」

サンダーさんの赤紫の瞳からは先ほどまでの絶望が消え、代わりに強い意志の光が見えた。

少し立ち直ってくれたみたいで良かった。

――それにしても、なんで銀色の神様が現れたんだろう？

『――お前が、このアースクリス国の土地の物を、我が神に捧げたからだな。それで繋がりが生まれたのだ』

壁画の中から獅子の神獣の声がした。

それは王妃様にも聞こえたようで、私をちらりと見て微笑んだ。

『この土地で実ったもの。――木の実は大地と水と太陽、色々な力が年月をかけて凝縮した力の塊だ』

実は、さっき獅子の神獣に渡したものは干し柿。

それも、バターを挟んだ干し柿のバターサンド。

『あの柿を我が神はいたく気に入ったようだ。全部我が食べようとしたら吹き飛ばされたぞ』

え？　あの美丈夫な銀色の神様が獅子の神獣を吹き飛ばした？　うわあ、見てみたかった！

その時、ふわり、と獅子の神獣が私の目の前に現れた。壁画のサイズのままで。

『この大陸と、我が神との繋がりを作りし子よ。――我はそなたを守護しよう』

「しゅご？」

『命の危険から守るということだ。愛し子は何かと狙われるからな』

「あーちぇ。めがみしゃまのかごありゅよ？」

王妃様も加護のおかげで助かったことがあると言っていた。それに護衛もいるし。

ここに神獣様まで加わったら戦力過多ではないだろうか？

『だから余計に危険なのだ。……それに、お前についていると面白そうだからな』

うん？　面白いって何？

「よろしくお願いいたしますわ。神獣様」

王妃様が獅子の神獣の言葉に答えた。

『そなたは、女神様のもう一人の愛し子だな』

「はい。お話に途中で割り込むことになり申し訳ございません」

そう言い、王妃様は深く頭を下げた。

『ではそなたからあの神官に伝えておけ。別の神殿に行った際に、その土地の実りを我が神に捧げよと』

壁画と聖典くらいは変えてやろう、と獅子の神獣が笑った。

それはすごいことだ。サンダーさんの活動にとってこれ以上はない後押しになるだろう。

「承りました」

私と王妃様はいつの間にか先ほどと同じ空間に連れてこられたらしい。

どこまでも白い空間に、元の大きさに戻った獅子の神獣様と、王妃様、そして私だけだ。

「私《わたくし》はアーシェラのもう一人の母です。神獣様のお声を聴くことのできないアーシェラの母の代わりに、私からお願い申し上げます。――この子は長じるにつれ、危険な目に遭うことでしょう。私たちの愛しい娘に神獣様の守護をいただけるのであれば、これ以上はない幸いです」

『うむ』

「しんじゅうしゃま。せーりあにもどらなくていい？」

獅子の神獣はもともとセーリア大陸の神様の随獣だ。アースクリスに来るのも大変なんじゃないかな？

『人間は何か月もかかるが、神は空間を一瞬で飛ぶ。我ら神獣も同じだ』

そうなんだ。

『必要な時に呼べ。それだけでいい。我もウルドですることがあるしな』

「うるど？」

『ウルドには、金色の神様の使い《フクロウ》が行っている。どうやら、我を呼んでいるようだ』

「しょうなんだ」

『ではな。小さき者よ。必要な時は呼ぶのだぞ』

うん？　呼べって、どうやって呼ぶの？

「なんてよぶの？」

『我の真名は教えられぬ。我のことを思い浮かべて好きなように呼ぶといい』

と言われても、急には思いつかない。

「うーん。ししさま？」

でいいかな？

『む。……それは生物の名だ。では、我のことはイオンと呼ぶが良い。どこかの世界で百獣の王と呼ばれていたものからとった名だ』

こっちの世界では獅子と呼んでいるから、『百獣の王ライオン』はたぶん私が元いた世界のものかな？

でも、ライオンからイオンって……結構安直じゃないかな。覚えやすくていいけど。

「あい。いおん。よろちくおねがいちましゅ」

『次に会う時にも、あんドーナツを用意しておくのだぞ！』

そう言いおいて、イオンは金色の光の名残を残して消えていった。

――どうやら、あんドーナツ好きの神獣様にはまた会えそうだ。

次は小さいサイズの姿がいいなあ。肉球気持ちよかったし。

飛び回って全身で美味しさを表現する獅子様は可愛かった。

とりあえずは、あんドーナツをいっぱい魔法鞄に入れておこう。

4　その魔術、お返しします（ローディン視点）

アースクリス国を出て、道中いくつかの戦闘を経て、ウルド国のダリル公爵領に到着した。

一月も半ばを過ぎると、日中でも氷点下となり、冬の厳しさが骨身に染みる。

特に朝方は冷え切った空気が肌を刺すようだ。

太陽が顔を出し、朝日の眩しさに目を凝らす。

「ローディン。交代の時間だ」

城壁の見張り台で見張りをしていた私に、薬師であり魔術師でもあるドレンさんが後ろから声をかけてきた。

「ああ、ドレンさんが引き継ぎなんですね。これまでは異常なしです」

「さっむいな。確かに魔道具なしにここにいたら全員病気になっちまうな」

見張り台には外からの攻撃を防ぐ障壁《シールド》が張られている。

おかげで雪や風はしのげるが、石造りの城壁そのものから伝わる冷えだけは仕方がない。

その寒さは尋常ではないため、見張りに立つ者には外気温を遮断する魔法を込めた魔法道具《ペンダント》が渡される。

私やドレンさんには魔力があるため、魔力を込めた結晶石は必要ないが、魔術師ではない者たちが見張り台に立つ時は必要不可欠だ。

見張りは軍の兵と魔術師、二人一組で行うことになっている。

ドレンさんは私と一緒に見張り役をしていた兵のタイトさんを見ると、不思議そうに首を傾げた。

「ん？　あれ？　タイトじゃないか。昨日も見張りしていたよな」

「ああ、はい。僕は第三部隊の一番下っ端なので、頻繁に見張り役が割り当てられているんです」

私と同い年で黒髪に紺色の瞳のタイトさんは、魔術師ではないものの、剣の腕に優れ、多少であれば剣で魔法を薙ぎ払うことができる貴重な人材だ。第三部隊では一番使える人物なのだが、どうやら一番年下ということでいろんなことを押し付けられているらしい。

「体よく押し付けられたってわけか。まったく隊長は何をしているんだか。まあいい、それは俺から話をしておく。見張りは建物や土地を俯瞰して見て、地形をできるだけ頭に叩き込んでおく時間でもあるんだ。やらないということは、いざという時の判断材料を得る機会を自ら放棄しているということだ」

ドレンさんの言う通りだ。見張り台からただ遠くを見張っていればいいわけではない。自らの頭に記録することが重要であり、そしてその記録から異変を察知することが必要だ。

あちこちにある見張り台に立つのにはそういう意図もあって、全員が一度はすべての見張り台に立つことになっているのだが、時折こういうことが起きる。酷い寒さの中、見張りなどしていられないということだろう。

「私もクリスフィア公爵に報告しておきますよ。これは必要なことなのですから。タイトさんがこれまで何度も見張りの役目をしていたということは、すべての見張り台に立ったのですよね？　ではこれからはその役目を『勉強が必要な人間』に回します」

「タイト、数日後には王都を叩くと決まったんだ。休める時に休んでおけ」

ドレンさんはそう言って、タイトさんを先に帰らせた。

薬師のドレンさんは他の治癒師や薬師と一緒に皆の健康管理を担っている。

二属性を持つ強い魔術師でもあるため、隊員の不調などを感知して治療を施すのだ。そしてどうやらタイトさんには休養が必要だと見たようだ。

「まったく、第三部隊はどうなってるんだ。タイトや若い者ばかりこき使いやがって。あいつらだいぶ疲労が溜まってたぞ」

「出る杭は打たれるといいますからね。自分より優秀なのが目障りなんでしょう」

「言っとくがお前も標的になっているからな。まったく煩わしいな」

ドレンさんの言葉に苦笑しつつ同意した。

私は魔術師で、第三部隊の副隊長は兵士だ。

役割は違うのだが、なぜかいつも目の敵にされている。

その人物は、ランバース子爵家の子息。

緩やかな金髪に碧眼で、顔の造作もいい。それなりに剣の腕も立つのだが、なぜかやたらと私に突っかかってくるのだ。

そして面倒くさいことや責任は人に押し付け、手柄は自分のものにしたがる傾向がある。

はっきり言って私の嫌いな部類の人間だ。

◇◇◇

ダリル公爵の領地までの一か月、やはり道中での戦闘は避けられなかった。

私は他の魔術師と共に行動し、敵側の魔術師の攻撃を打破することに専念した。

こちらを窺う奴らの『魔術の目』を見つけて、確実に潰す。

味方の魔術師には慄かれたが、それが一番なのだ。

「ローディンお前さ～。専属の魔術師ができなかったことやってるって、分かってる？」

何度目かの戦闘の後で、ドレンさんに呆れられた。

「そんなことをいいますが、目を潰さないことには埒があきません。いつまで経ってもイタチごっこですよ」

戦闘での魔術師の役割は敵方の魔法攻撃を防ぐこと。そして敵へ反撃する。

魔力が強い者は魔法の攻撃力が強い上に発動が速い。

魔力が平均的な魔術師は、それを補完する魔導具を使うことで、その威力を増幅させる。

自身の魔力で行う魔法も魔導具で行う魔法も、どちらも同じ結果を生み出せるが、発動するまでの速さが違う。よって前者の方が明らかに高い成果が望める。

魔法で生み出す炎の強さは、それを生み出す者がどれだけの威力を欲しているかによる。

小さなロウソクに灯す程度の火が欲しい時。

暖炉の薪を燃やすくらいの炎が欲しい時。

――人をも殺傷する炎を発したい時。

望む威力が大きくなればなるほど、大きな魔力を必要とし、発動するまでの時間も長くなるのだ。

それが顕著なのが戦闘時だ。

私は、敵方の魔力を感知し、彼らが殺傷力の高い魔術を発動させると同時に、相手へと突き返した。敵は自分が放った魔術を直近で己に返され――結果、高い確率で自滅したのだ。

これは、敵の魔力を素早く感知し、敵の魔術が発動されるまでの短い時間で反撃の術を仕込んでおく、という難易度が高い方法だ。ゆえに、高位の魔術師たちでなければなかなかできないことであった。

専属の魔術師でもない私がそれをやってのけた時は、驚かれたものだ。

まあ、私の魔術の師が、魔法学院の元教師であり、デイン辺境伯領での戦闘でも功績を残した祖父ディーク・バーティア元子爵であることは皆知っているため、すぐに納得してもらえたが。

――私は、魔力感知の能力に長けている。

それは生まれつきではなく、実際の経験に基づいて、必然的に身につけたものだった。

魔術師の中には、小さな生き物の目を通して『視る』魔術を使える者がいる。ある程度の魔力がなければできないことだ。だからそれを扱う魔術師は下位ではありえない。

自らの視覚を生き物に移して、その生き物の目を通して情報を得る。

さらに力の強い者ならば、その生き物を通して、魔術を行使できるのだ。

そんな者たちがよく使うのはネズミやリスなどの小動物、虫、鳥などである。

――それはアーシェと姉の命を狙ってやってきた暗殺者たちを相手に学んだことだ。

二人を亡き者とするために、暗殺者に魔術師まで雇っていたのだ――姉の夫の叔父であるリヒャルトという男は。


初めてアーシェがリヒャルトの標的となったと確信したのは、アーシェが一歳の誕生日を迎えてすぐの頃だった。

居間でアーシェが遊んでいた時、手にしていたぬいぐるみが一瞬にして燃え上がったのだ。

あの時魔力感知が一瞬でも遅れていれば、アーシェは大怪我どころか火だるまになって焼け死んでいただろう。それだけの爆炎だったのだ。

まだ一歳になったばかりだったアーシェを。

――許せない。

その事件を皮切りに、一瞬でも気を抜けば狙われる、という緊迫した日々が続いた。

祖父に「魔力の目を探し出して叩き潰せ。そいつらは魔力で視覚を飛ばしている」とのアドバイスを貰った。

確かに。

商会の二階にある私たちの家、それもアーシェのいる場所には色々と仕掛けられている。

奴らは部屋の中を視ているのだ。

商会という職業柄、建物全体に侵入者防止の結界を張ることは難しい。

だが、代わりとなる策を講じ、目を光らせているのだ。

考えられるのは、ヒトではないモノ。

――どこかに媒介がいる。

そう考え、じっくりと観察してみると、冬だというのに羽虫がいた。

どこにでもいる、小さな虫。

なるほど。虫であれば換気のために時折開ける窓からも、暖炉の煙突からも容易に侵入できる。

気づかぬふりをして羽虫からは見えない死角で観察していると、それは部屋のとある場所に魔術陣を描き始めた。

強力な火の魔術陣。発動したら爆発的な炎を上げる、殺傷力の高い魔術陣だ。

そこには、明確な殺意があった。

アーシェと姉を殺害するための――魔術。

あの時、先に堪忍袋の緒が切れたのはリンクの方だった。

「なあ。そこのハエ。――俺たちが気づいていないと思ってんのか?」

リンクの怒りで空気が凍る。

瞬時に虫が氷結された。

そして私もその虫が逃げられないように魔力で閉じ込める。

『目』でもある虫が逃れようと暴れている。

虫を飛ばした魔術師も『目』の影響を受けて苦しんでいることが分かる。

私たちの足元で、時限的な魔術陣が瞬時に作動しようとしたのを、私がひっくり返す。

「私が見ていたのですよ？　発動させるわけがないじゃないですか」

最初から見ていたのだ。その上から魔術陣を描いておいた。

「どうぞ。お返ししますね」

指を鳴らして、魔術を反転させた。

――魔術返しだ。

一瞬にして凶悪な火の魔術は『目』である虫を燃え上がらせた。

――『目』を潰すことに躊躇はなかった。

魔術返しはそのまま相手にダメージが行く。

魔術師の媒介となった虫はそのまま灰となって消え去った。

そして、商会から少し離れた場所で、一人の魔術師がパーティアの護衛によって捕縛された。

身体のところどころに凍傷があるにもかかわらず身につけた衣服は焼け、全身ひどい火傷を負っており、虫の息だったという。

凍傷と火傷という相反する傷は、リンクの攻撃と私の魔術返しをその身に受けたということに他ならない。

己が発した魔術を返された上に、追加攻撃まで喰らったのだ。

自分がどんなに残酷なことをしようとしたか身をもって知っただろう。

◇◇◇

「よくやった。あいつは別件で指名手配されていた厄介な魔術師だった。魔力の『核』を潰したからな。もう魔力は使えん」

それから、祖父が自分の作った魔導具が使われたことを感知し、現場に駆け付けてきた。

そこで暗殺者の正体に気づき、同時に奴の魔術師としての力がなくなったのを確認して満足げに頷いていた。

祖父が言った通り、魔術師は魔力を完全になくしていた。

私は魔術返しと共に、魔術師の魔力の核を破壊するモノ――魔導具を打ち込んでいたのだ。

『魔術師殺し』とも言えるその物騒な代物は、それより前に祖父から渡されていたものだが、実際のところ、最大出力で使うことになるとは思っていなかった。

魔法学院の教師を長年続け、魔法省から一目も二目も置かれていた祖父は、バーティアの秘された場所でしか採取できない結晶石を使ってとんでもないモノを作り上げていた。

その結晶石はバーティアの血を受け継ぐ者しか正しく扱うことができない。

ゆえに、祖父がその結晶石で作った『魔術師殺し』は祖父と私にしか扱えないのだ。

ちなみに同じくバーティアの血を引く父は、結晶石自体に拒否されている。

――バーティアの結晶石は扱う者を選び、その目的をも自ら選ぶのだ。

結晶石を使い、魔力を込めて魔導具とすることも、それを使役することも、結晶石自体に認められた者にしかできない。

だからこそ、結晶石と扱う者の目的が一致すれば、想定以上の威力を発揮する。

この時は、血で受け継がれた魔力の核を打ち消してしまうというとんでもないことを成してしまったのだ。これがなくなれば魔術師はもう魔法を使えない。

アーシェや姉に対して執拗に繰り返される魔術による暗殺未遂。

『目』を見つけ、魔術を返すことでダメージを与えることはできるが、障壁《シールド》で防がれては意味がない。暗殺者が無傷であれば何度でも襲ってくるのは必定だ。

ならば、一時的にでも障壁を張る力をなくせないかと祖父は考えたらしい。

いわゆる魔力無効化だ。

その魔法は、自らに飛んできた魔力を魔術で消し去る。

それを応用し、障壁という魔力を一時的に無効化するための魔導具を結晶石で作ったところ、最大の魔力を込めて放つと『魔力の根源そのもの』である核を消し去る代物が出来上がってしまった。

手掛けた祖父も驚愕したが、『結晶石自体が目的を選び取る』という性質からそれが必然なのだと納得したという。

私が子爵邸に呼ばれ、出来上がった魔導具を祖父から受け取った瞬間、結晶石は私の魔力に同化して溶け込んでいった。

その力の扱い方も、同化と共に私の頭の中に浸透していった。

それを受け取った時は、暗殺を実行しようとする魔術師の障壁を突破する程度には力を抑えようと思っていた。

それでも十分にダメージを与えられると思っていたからだ。

けれど、あの時魔術師が火の魔術陣を描いていた場所は――アーシェのベビーベッドだった。

アーシェと、アーシェを寝かしつける姉を確実に殺害するために、魔術師はそこを選んだのだ。

――あれを見た瞬間、自分の中で、何かがぷつり、と切れた。

雇われの暗殺者――金欲しさに、可愛いアーシェと、たった一人の私の姉を残酷に殺そうとしているのだ。

――どうして、障壁を破るだけにしようと思っていたのか。

一度失敗したとしても、無事なら何度でも襲ってくる性根の腐った奴らなのだ――ならば。

「――アーシェと姉さんを殺そうとする奴に、容赦はしない」

奴には手加減など不要だ。

「――行け」

――魔術師としての『死』を与えてやる。

魔術返しと同時に魔導具の形を魔力の核を潰す矢へと変え――最大限の魔力を込めて、思いっ切り打ち込んだ。

『──っがあああッ!!』

断末魔のような悲鳴が脳裏に届き、手応えを確信した。

──罪悪感など欠片も感じることはなかった。

相手に苦痛を与えようとしていたのだから、自分がそうなったって文句はないはずだ。

自分がどんな魔術を相手に放ったか、その身で思い知ればいい。

──目を感知し、核を潰すことができるのは、相手より強い魔力を持った者にしかできない。

弱い魔力では、強い者の魔力を『視る』ことはできないのだ。

この時は、魔力の強いバーティア家に生まれたことを感謝した。

そうでなければ、姉も可愛いアーシェもとうに殺されていただろう。


その頃から、まだ歩けないアーシェを魔術師の攻撃から守るために、商会の仕事部屋の片隅にキッズコーナーを作り、見守ることにした。

姉はバーティアの血筋ゆえに魔力を感知することができ、ある程度対処することもできる。

だが、アーシェはまだ幼児。何も抵抗できないアーシェから狙われるのは間違いない。

商会の家の中で姉と二人きりで過ごしている時に、敵が攻撃してくれば、アーシェを守ろうとする姉が危険にさらされる。

だからこそ、アーシェがもう少し大きくなるまで、私やリンク、従業員には魔術師もいる商会の一角でアーシェを守ろうと思ったのだ。

たくさん見守る目がある方が安全だろうと。

キッズコーナーの中で、はいはいをするアーシェ。

アーシェは成長が遅いらしく、一歳を過ぎたが、つかまり立ちや、はいはいはできるけれど、まだ歩くことはできない。

商会の皆は信頼できる者たちばかりではあるけれど、アーシェは慣れるまでのしばらくの間、私とリンク以外の者に抱っこされることを嫌がった。

仕事のため、同じ建物の中でもあるし、少しの間だけだからと、魔術師でもある従業員に預けることもあったが、私たちの姿が見えないことがとても不安だったのだろう。

私やリンクを見つけた瞬間、あの大きな薄緑の瞳に涙をいっぱい溜めて両手を伸ばしてくるアーシェがとてつもなく愛おしかった。


やがて商会の仕事が忙しくなってきた頃、デイン辺境伯の口利きでセルトを雇うことになった。

黒髪に青い瞳。平民の色合いを持つセルトは、高位貴族の屋敷で何らかの罪を着せられ、放逐されたとのことだ。

平民を軽んじる貴族の屋敷ではよくあることで、気持ちのいい話ではない。

伯父であるデイン辺境伯の知り合いだというから、きっと悪い人物ではないし、仕事ぶりもすこぶる良かった。

落ち着いていて、洗練された物腰。

場の空気を読み、的確な対応ができる。

博識であり、仕事に対しても確かな目を持っていた。

しかも、武芸にも長けていることには驚いた。

だが一番驚いたのは、商会の従業員にも人見知りするアーシェが初めて出会った彼に手を伸ばしたことだ。

突然の『抱っこ』要求にセルトはもちろん、私たちも驚いた。

セルトはアーシェを見て、戸惑ったものの、要求通りに抱っこをした。

するとアーシェはセルトに身を預け、すぐにすやすやと眠ってしまったのだ。

アーシェは本当に心を許した人間のもとでしか眠らない。

そして、外から人が出入りする商会のスペースにいる時には眠ろうとしない。

けれどアーシェは昼寝が必要な幼児だ。

睡魔に逆らえず限界が来た時には、私やリンクのもとに寄ってきて、眠りに落ちる。

キッズコーナーにはアーシェの昼寝用のベッドを用意してあったが、アーシェは一人で眠りにつくのもとても怖がった。

——たびたび訪れる命の危険は、こんなに小さいアーシェにも影響を与えていたのだと気づかされた。

突然寝落ちしたアーシェを抱えて慌てるセルトに、

「——寝かせてやってくれ。こんなに小さくても自分が命を狙われているのが分かっているんだ」

とリンクが告げた。

——その時の、切なそうなセルトの表情はいつまでも忘れることができない。

バーティア商会に雇用される際に、もう一つの役目として、アーシェの護衛をデイン辺境伯と祖父から託されていたセルト。

伯父も祖父も、アーシェが人見知りすることを知っていたはずだが、なぜか顔合わせする前からセルトなら大丈夫だと太鼓判を押していた。結果的に、その通りだったが。

セルトはあの日、アーシェを起こさないように抱き直すと、私たちに向かってアーシェの盾となることを誓ってくれたのだった。

◇◇◇

ドレンさんと別れ、高い城壁の階段を下っているうちに夜が明けてきた。

太陽に照らされていく景色。同じアースクリス大陸だというのに、空気が違うように感じる。

ああ。やはりここは住み慣れたアースクリス国とは違う。

——体感的にも、心に受ける感覚も。

冷たい風が吹き抜ける。魔法で外気を遮断しているため身体は寒くはないが、心はなんだか寒い。

一人になると、思い出すのは家族や商会の仲間のこと。

——そして、何よりも、いつの間にか自分の宝物になっていた、アーシェのこと。

バーティアの小神殿で見つけた時は、こんなにも大事な存在になるとは思わなかった。

小さなアーシェにミルクを飲ませ、オムツを替えて、お風呂に入れて。

離乳食を作って食べさせ、着替えをさせて洗濯も。

貴族に生まれた私たちには、どれもこれもやったことがないことばかり。

やり方が分からず右往左往しながら、私と姉とリンク、三人でアーシェの世話をなんとかやってこれた。

大変だったが、なぜか楽しかった。

アーシェのキラキラした薄緑の大きな瞳。

私の名を呼ぶ可愛い声と、可愛い笑顔。

アーシェを抱くと、小さいのにしっかりとした命の重さを感じ――手や腕に伝わった重みと体温に心の中がじんわりと温かくなる。

笑顔も泣き顔も寝顔もどれもこれもが可愛い。

女神様の小神殿でアーシェを見つけてから数日。

そのたった数日だけで、血の繋がりなど関係なく、とてつもなくアーシェが可愛くて仕方なくなっていた。

反対するかもしれないと心配していた祖父や母は、驚くほどあっさりとアーシェを育てることを容認してくれた。

姉の心の傷を思えば反対などできないという配慮だったのかもしれない。

だがやはり、厄介だったのは父だった。

姉が子供を死産してしまった後、実家での静養が必要な姉をクズな父親は金を引き出すための道具としてクリステーア公爵家に置いておこうとした。

そのせいで、姉をバーティア子爵家に迎え入れることができなくなったのだ。

祖父や母の計らいでバーティア商会の二階に住居を構え、クリステーア公爵家にいた姉を連れてくる道中で立ち寄った女神様の神殿で、アーシェを見つけて連れ帰った。

父は、姉がバーティア子爵領に戻ったことを知り、激怒した。

けれど、クリステーア公爵家から姉の生活費としてまとまった金が送られてきたのを知ると、すぐに手のひらを返し、「勝手にしろ」と黙認したのだ。

そしてクリステーア公爵家から送られてきた金品は、自分の娘に渡すのではなく自らの豪遊のために懐に入れている。

金の無心をしなくても定期的にクリステーア公爵家から大金が送られてくるのだから、これ以上に美味しい話はないということだろう。

我が父ながら本当に情けない。

――そのクズな父親に「拾い子を今すぐ孤児院に入れろ」と何度言われたことか。

アーシェを育て始めてひと月ほど経った頃、実際にそれを実行しようと、商会まで押しかけて来たことがあった。

その頃にはすでにリンクも私もアーシェをもう手放せなくなっていた。

——父が襲来したその日、バーティア商会は騒然となった。

「孤児院に連れていく。赤子をすぐに連れてこい!!」とわめきたてる父を、父のすぐ後に駆け付けてきた祖父が見て激怒した。

父の行動は父付きの執事から祖父に逐一報告されているため、すぐに追ってこられたのだ。

祖父が魔法の拘束具を用いて父を縛り上げ、床に転がった自らの息子を冷ややかに見下ろしていた。

その紫色の瞳にはいまだかつて見たことのない、恐ろしいまでの怒りの炎を宿し、祖父の周りには魔力が渦巻いているのが見えた。

「——ダリウス。私をこれ以上怒らせるな」

その時の祖父は明らかに激怒しており——父もそれを感じ取ったのだろう。

父は祖父から子爵位を譲られてはいるが、未だ実権を握っているのは祖父だ。

それまで幾度失敗しても、これほどまでの殺意を向けられたことがなかった父は、生まれて初めて本気で祖父に殺されると思ったのだろう。ガタガタと震えていた。

祖父はその気になれば、痕跡も残さず父を葬り去ることができる力を持っている。

魔術師としても、軍に所属する者としてもその手腕は誰もが認める実力者である祖父。

この場で殺されなくても、いずれ秘かに始末されるかもしれないと思ったのだろう。

さっきの横柄な態度が嘘のようになりをひそめ、祖父の顔を見て青褪めていた。

——私もこれほどまでに激怒した祖父を見たことがなかった。

父はバーティア商会を立ち上げる時、祖父から商会に手を出すことを禁止されていた。

バーティア商会の利益を自分の都合で利用することはもちろん、商会のやり方に一切口出ししないことも約束させられていた。

だが頭の中がお花畑な父は、詐欺グループの『ちょろい奴ランキング』に入っているため、甘い話にふらふらと寄っていき、その軍資金として金を出させようとたびたび商会に来ていたのだ。

甘い話に浮かれ、祖父との約束もすっかり忘れていたようだ。

堂々と商会に現れて、一度はアーシェの存在を黙認したにもかかわらず「拾い子を孤児院に入れたくないなら代わりに金を出せ」と私に向かって言ったのだ。

二重の意味で腹が立った。

この商会の利益で父が作った借金を返済しているというのに。

さらにアーシェを、金を引き出すためのモノのように扱ったのだ。

これからもこの父は同じことを繰り返ししでかすのだろうと思うと、本気で、バーティアにはびこる毒草《クズな父親》を摘み取って切り刻んでしまいたくなった。

「ダリウス。お前には学習能力というものがないようだな——……商会に手出しをするなと言ったはずだ。その耳は飾りか。頭で理解できないのなら——」

その殺気で、次に続く言葉が容易に想像がついた。

「ち、父上。ではせめて拾い子を孤児院に……捨てられた子など由緒正しき我がバーティア子爵家に必要ない……――ひっ！」

シュッ！　と音がしたかと思ったら、父の目の横の皮が切られて血が滴り落ちた。

もちろんその風の刃は祖父が放ったものだ。薄皮一枚を正確に切るそのコントロールはさすがだと感嘆する。

祖父の双眸が怒りでぎらつき、恐怖で父は尻もちをついたまま後ずさった。

――その時、祖父付きの執事のビトーが主人の放つ殺気の中でも動じることなく、「旦那様、これを」と大きな箱を渡してきた。

こんな時になんだ？　と思ったが、その箱を見た瞬間、あれほど恐ろしかった祖父の表情が、ふっと柔らかくなった。

その箱には大きなピンクのリボンがかけられていて、この殺伐とした場に相応しくないことこの上ない。

だが、祖父はその表情のまま、ビトーから箱を受け取り、私へと差し出した。

「ローディン。出がけにローズマリーからこれを預かった。――アーシェラへのプレゼントだそうだ」

その大きな箱は母からの贈り物だった。

――母であるローズマリーは、姉がバーティア商会の家に着いたその日に訪ねてきた。

姉が結婚してすぐに、姉の夫であるアーシュさんがアンベール国で行方不明になり、その後クリステーア公爵家のリヒャルトにより嫁ぎ先での姉の立場が危うくなった。

その頃、姉のことが心配で私は母と一緒にクリステーア公爵家に赴いたが、「子爵家の人間ごときが公爵家に出入りするのは許さない」と、リヒャルトとその妻のカロリーヌに門前払いされた苦い記憶がある。

国と王宮が騒然としていたため、当主であるクリステーア公爵と王妃様付きの女官長であるレイチェル公爵夫人は王宮に詰めていて、公爵家では次期後継者候補としてリヒャルトとその妻が幅を利かせていたのだった。

だから、どんなに心配していても、姉の出産の時もその後も、クリステーア公爵家に行くことができなかった。

母が商会の家に訪れた時、姉は自分の部屋でアーシェに授乳をしていた。

母は、一年半以上ぶりに会う自分の娘と、娘が抱いているアーシェを見て、目を見開いて固まっていた。

まあ無理もない。死産して実家に戻された娘が、赤ん坊を抱いて授乳していたのだから。

私は弟ではあるが、さすがに授乳しているところを見るわけにはいかないので、母だけが部屋に入ってしばらく話をしていた。

授乳が終わり母が部屋から出てきた時にはその腕にアーシェを抱いており、満面の笑みを浮かべていたのには驚いたものだ。

てっきり反対されるかと思っていたが、母は私たちが驚くほどすんなりとアーシェを受け入れ、すぐにベビー服やおむつ、ベビーベッドなど子育てに必要なものを用意してくれた。

「ふふ。可愛いわ。赤ちゃんでこんなに可愛いんだから将来が楽しみね」

眠っているアーシェを抱きしめ、金色の髪を撫で、

「しっかりと育てなさい。いくらでも協力するわよ。——アーシェラちゃん。お祖母様よ〜」

と、とろけるような笑顔をアーシェに向け、その頬にキスを落としていた。

その日以降、私が子爵邸に戻ると、たびたび手縫いのスタイや靴下などを母は用意し、手渡してくれた。

可愛いベビー服もアーシェのために母自らデザインして作らせたのだと、驚きの才能を見せたのだった。

◇◇◇

「——ああ、夏用の服ですね。薄手の肌着も。良かったです。暑くなってきたので薄手の生地のものを購入しようと思っていたんです」

箱の中身を確認すると、新しいベビー服や手縫いのスタイなどがたくさん入っていた。

「刺繍を入れるのに少し時間がかかったそうだ」

母はアーシェへ贈る服には、必ず自ら刺繍を入れていた。

「な、なぜ。ローズマリーが……」

父は尻もちをついたまま、アーシェへのプレゼントの服を呆然と見ていた。

まさか、母がアーシェを受け入れているとは思っていなかったのだろう。

「――母上はアーシェラが身に着けるものすべてを用意してくださっています」

そう言うと、父が「馬鹿な」と呟いている。

父は母に弱い。というより、べったりと依存している。

母であるローズマリーは父の手綱を握り、余計なことをしでかさないようにしてくれていたはず――なのだが。

「父上。先ほど金が必要だと言っていた話についてですが――母上は賛成されていましたか？」

私が問うと、父は気まずそうに目を逸らした。

ということは、母に反対されたものの、その話が父にとってあまりに魅力的だったということなのだろう。

「バーティア領に近い鉱山だ。それを手に入れたら結晶石が手に入る!!」

父は結晶石の鉱脈を持たないことが、バーティア領が栄えない理由だと思っている。

父に教えるつもりはさらさらないが、バーティアはこのアースクリス大陸でも希少な結晶石が採れる地で、その特殊性ゆえに王家と強固な繋がりを持つ家だ。

そしてその結晶石の存在は、その石が特殊な力を持つために秘されている。

バーティア領にはそれ以外の結晶石も埋蔵されているが、山ではなく、地下深くの地層にあるせいで採掘は容易ではない。かなりの投資が必要なのだ。バーティア子爵家に出せる金額ではなかった。

ならば、と。採掘に時間と金がかかる地下よりも、すぐに採掘可能な鉱山を購入しようと思ったらしい。

父方の祖母の実家であるマリウス侯爵家は豊かな鉱脈が地表近くにあるおかげで、労せずとも大金が手に入る。

それを知っている怠惰な父が鉱山を欲しがるのも理解できるが、そんな父が詐欺グループに勧められたのは——結晶石が採れない山だった。

しっかりと結晶石に関する地質や歴史を勉強していたのならすぐに気づきそうなものだが——どこまで父が詐欺グループに舐め切られているのか、分かる事案だ。

父の行動は側付きの者から逐一報告されているので、父に接触してきた者も、話していた内容もすでに把握済みだ。

父は借金を重ね続けていたので、正規の金融機関から借りることはできない。

高利貸しにもデイン辺境伯家から脅しをかけているので、借金を断られていることは確認済みだ。

だからこそ、祖父に手出しを禁じられたバーティア商会からその資金を捻出させようと、安易に考えてほいほいと行動に出たのだろう。

どれもこれもが腹立たしい。

「ローズマリーはこの書類を見るなり投げ捨てたが、私には分かる!!　ここは私が買うべき土地なのだ!!」

——その愚かさに呆れてものが言えない。

祖父は父が示した書類を取り上げて、はあ、とため息をついた。

「――買うのはいいが、五千万リル以上は出さん」

「なっ！　十億リルのところを二億リルでいいと言っているのですよ！　結晶石を採掘すれば、購入した金額の何倍もの利益を得られます!!」

「数代前のカーマイン男爵がこの山の土地を購入した時は五千万リルだった。それだけの価値しかないのに二億リルだと？」

「……は？　カーマイン男爵……？」

祖父の言葉に、父がほうけたような声を出した。

それはそうだろう。その書類には実際の権利者であるカーマイン男爵とは別の者の名が記載されていたのだから。

「ダリウス。この土地は隣領のイヌリン伯爵が事業に失敗した時に、その借金の返済のためにカーマイン男爵に売った山だ。国の地質調査報告書もある。この山に結晶石の鉱脈はない。それにここはまだカーマイン男爵の名義のままであることは確認済みだ。お前は誰に二億もの金を支払うつもりだ？」

つまり、詐欺グループに二億もの大金を巻き上げられて終わりだということだ。

「で、でも。情報屋を使って調べました」

「その情報屋もグルだ。この登記書類は精巧に作ってあるが偽物だ。――ずいぶんと手が込んでいるな。まあ、二億リルもの金を騙し取ろうとしているのだ。用意周到になるのも当たり前だな」

話を持ち掛けた者。情報屋。書類偽造を請け負う者。

父から金を騙し取ろうと、色々な人物が手を組んでいたことはすでに摑んでいる。

ビトーから本物の土地の登記書類を示された父は、やっと自分が騙されていることを悟ったのだろう。顔色が蒼白になり、口をパクパクと開けたり閉じたりしている。

「遠いデイン辺境伯領から嫁入りしてきたローズマリーの方が、お前よりもバーティア領周辺の地質や歴史、現状までも分かっているということだ。――ローズマリーの判断に間違いはなかったのだ」

父は子爵家の当主ではあるが、母には至極弱い。

母はその寄生気質を利用して、父が行う事業のことは自身の了承を得るよう父に義務付けている。

おかげで母が嫁いできてからバーティアの損失は想定範囲内に収まっている。

母がいなければ子爵領は借金まみれとなって、果ては私の次代にまでその苦労を背負わせてしまっていただろう。

「じ、じゃあ、この話をした時ローズマリーが私を睨みつけていたのは……」

「詐欺グループにすっかり騙されている、間抜けすぎるお前に対して怒っていたに決まっているだろう」

その言葉にびくり、と父が震えた。

父にとって、祖父に怒られることより、母に軽蔑されることが何よりも怖いのだ。

「ローズマリーはお前のサポートを的確にしてくれているのだ。なぜそれをきちんと受け止めず突っ走った」

父は妻であるローズマリーを引き合いに出されると弱い。

母の『却下』は正しかったのだと、やっと父は理解した。

「お前に取引を匂わせた奴らはこれを機に私が完膚なきまでに潰してやる。――お前は奴らをおびき出せ」

ギラリ、と剣呑な光を宿した祖父の瞳に――もう声も出せないのだろう。父はこくこくと壊れたおもちゃのように頭を縦に振った。

その後すぐに祖父が詐欺グループを完膚なきまでに叩き潰した。

戦争の混乱で祖父が数か月近く領地に不在だった時期を狙って、父に接触して甘い話を持ちかけ、父から金を巻き上げようとしたのだ。情状酌量の余地はない。

まんまと騙された若い頃とは違って、父の周りの人間はもはや祖父の息のかかった者ばかりだ。

父のこれ以上の愚行を阻止するためにバーティア家のみならず、デイン辺境伯家も目を光らせている。

何しろ、若い時に父が作った多額の借金がまだまだ残っている。これ以上借金を重ねられては困るのだ。

この事件を調べているうちに、詐欺グループに関しては同様の手口での別件の容疑も固まった。

その企みには嘆かわしくも我が国の貴族も一枚かんでいたため、国王陛下からその貴族共々に対する捕縛命令がすでに出されているとのことだった。

きっちりと罪を償ってもらおうではないか。


これで父の愚行は未然に防ぐことができた。

だが、この時もう一つ解決しなくてはいけない問題があった。

そのために母はこの贈り物をこの場で渡すように仕向けたのだろう。

母の意図を正しく汲み取った祖父が箱の中から何枚かのスタイを取り出し、父にある部分を見せつけながら問いかけた。

「――ダリウス、アーシェラを孤児院に送るというのは、ローズマリーの了承を得ていたことか？　こうやってローズマリー手縫いのスタイがアーシェラに贈られてきているが」

ここにある何枚ものスタイは母が刺繍を施したものだ。

母はスタイに自分の名前でもあるローズマリーの花を刺繍していた。

そして、アーシェのために母自らデザインした可愛いベビー服にも、ローズマリーの花の刺繍がされていた。

母の瞳の色と同じ、青色のローズマリーの花。

そして母自らが守りの魔法を込めて刺した刺繍。

父のクラヴァットやハンカチにも同じ刺繍がされているのだ。見覚えがないとは口が裂けても言えないだろう。

これはアーシェを大事にしているという、母の意思表示なのだ。

その刺繍を見た父は、もう何も言えなかった。

「――」

「もう一度言っておく。ローズマリーの判断に間違いはない。――アーシェラはここで育てる。分かったな?」

母がアーシェラを受け入れ、大事にしているという事実。

父は、アーシェを無理やり孤児院に入れたら母に捨てられるとでも思ったのか――またも青褪めた。

父を思う存分甘やかしたマリウス侯爵家の曽祖父母や祖母が亡くなってから、父の味方になってくれるのは母のローズマリーだけだったからだ。まあ、味方と言っても、体よく手の上で踊らされているだけだが。

ともあれ唯一の味方である妻に捨てられるよりは、と思ったらしく、父は渋々ながら了承した。

父は母に嫌われることが何よりも怖いのだ。

母は近いうちに父がしでかすことを察していた。

だからこそ一番効果的な方法で自分がアーシェを受け入れて大事にしていることを見せつけたのだ。

その日以降、父がアーシェを孤児院に入れろと喚《わめ》き散らすことはなくなった。

だがアーシェを気に入らないのは変わらないらしく、私には嫌みを言う。

母や祖父を恐れて私にしか言えないのだから、私もいつものことだと聞き流しておいている。

すでに見限った父の言葉なぞどうでもいいのだ。

私には父よりもアーシェの方が何百倍も何千倍も大事なのだから。

アーシェの笑顔と温かさが――いつの間にか自分にとって、なくてはならないものになっていたのだ。

◇◇◇

朝日が昇り、明るくなったダリル公爵領を見渡しながら、そっと服の上からアーシェがくれたペンダントを押さえた。

バーティアの結晶石にアーシェがあの小さな手で一生懸命折った金色の聖布の鳥と、アメジストのお守りが入った――アーシェと祖父が二人で魔力を込めて作ってくれたもの。

アーシェも姉も祖父も、そしてリンクもバーティアの結晶石を身につけている。

そして同じく聖布で作った鳥も合わせて持っているので、なんだか皆と繋がっているような気持ちになるのだ。

だから、話をしたいと思った時は、ペンダントに触れる。

――応えはないと分かっているけれど。

――アーシェ。アースクリス国を出てから、もう、ひと月経ったよ。

寒い朝は、アーシェが湯たんぽだった、と改めて思った。

血が繋がっていないのに、ローズ姉上とそっくりの笑顔。

――アーシェの声を聞きたい。

「おじしゃま」と私を呼ぶ、まだまだ舌足らずの可愛い声を毎日聞きたい。

よちよち歩きの愛らしさ。

手を伸ばして抱っこをせがむ愛らしさ。

椅子に上がって小さな手で一生懸命鍋をかき混ぜるあの可愛い仕草と後ろ姿。

ずっと見ていても飽きることのなかった寝顔。

王都で別れた時、顔をぐしゃぐしゃにして泣いたアーシェ。

叔父バカと言われようと構わない。

大事なのだ。

アーシェの笑顔を護りたいのだ。

戦争を早く終わらせて、帰りたい。

アーシェの笑顔を見たい。声が聞きたい。

だから。絶対に生きて帰る――それが私にとって一番大事なことなのだ。

そのために、確実に自分の役目を果たす。

魔術師の私に与えられた役目は、敵の魔術師の攻撃を事前に感知し、防御し、逆にやり返すというものだ。

次の攻撃ができないように――魔力の目を潰す。

――絶対に生きて帰るのだ。

5　ウルド国の現状（アルトゥール・アウルス視点）

私はアルトゥール・アウルス。

ウルド国の北方に小さな領地を持つ、アウルス子爵家の当主だ。

数日前、アースクリス国のクリスフィア公爵とその部下がダリル公爵と共に我が領を訪れ、創世の女神様を祀る神殿の周辺の森に、女神様を象徴する花――菊の花を一株植えていった。

彼らは初めにダリル公爵領に女神様の花を植え、次にアウルス子爵領にも植えた後、西側の海沿いにあるランテッド男爵領に植えに行き、そのランテッド男爵領からの帰りに再びアウルス子爵領に訪れたのだ。

目的はウルド王家を倒すための会談である。

特に、速やかに国王を退位させるため、王宮に潜入するという作戦について――

会談の場に、なぜ我が領の女神様の神殿が指定されたのか分からないが、アースクリス国側の希望である。

その席で驚いたのは、ランテッド男爵がクリスフィア公爵と談笑していたことだ。

ランテッド男爵領からの数日の旅程の間、ずいぶんとクリスフィア公爵と打ち解けたらしい。

私は先日初めてクリスフィア公爵に会ったのだが、公爵という高い地位にいながらまったく高慢さが見受けられず、親しみやすいという印象を受けた。

爵位を継ぐ前は教師をしていたと聞き、教育を大事にしてきた私は一気に彼に好感を持ったものだ。

それは私の親友であるランテッド男爵も感じたらしい。

海沿いに領地を持つランテッド男爵領は造船業が盛んなところだ。

彼の曽祖父は平民だったが、外国で造船技術を学び、一代で造船業を興して財を成した有名な人だ。

その手腕を当時のランテッド男爵に買われ、令嬢との婚姻によって男爵となった。さらに彼は商会も立ち上げ、国中の主な街へ次々と販路を拡大し、ウルド国でも有数の商会へと発展させたのだ。

ただ、その曽孫であるランテッド男爵は、血統を重要視する貴族に「平民の血が入っている」と格下に見られ嘲られていた。

だがそれを聞いても彼は不敵に笑い、「事実だし、それを卑下してはいないよ。商売にはいろんな視点が必要だからね。――でも今の失言の分、あの貴族からは後でがっぽり巻き上げさせてもらうよ」と言っていたのだ。商魂逞しい上に、強い。

そして彼はウルド王家に反旗を翻すことを決めた私に、「俺は平民から貴族に至るまで、ウルド国の内情を知っている。俺を味方につけるとお得だぞ」と、味方になってくれたのだ。

これまで培ってきたランテッド男爵家の情報網は素晴らしく、軍の動きや物流の様子、各地の人々や暮らしの状況など、軍と王家に情報操作されたものではない『事実』を私たちにもたらしてくれた。

――最も有益だったのは、ウルド国のほぼ全土が凶作にみまわれているという話だった。

開戦した年から凶作が続いたが、税が下がることはなく、逆に上がる一方。

免税を申し出るものは投獄、見せしめに処刑――

弱き者は恐怖でなけなしの食糧を国に差し出し、悲しき最期を迎えていく――

ランテッド男爵が私への協力を申し出た時の言葉は今も鮮明に覚えている。

「俺には平民の血が入っている。だがそれが何だっていうんだ。平民にも尊敬できる人たちはたくさんいる。そもそも貴族と平民は生まれた家が違うっていうだけで、おんなじ人間だろう？　平民にもろくでもない奴がいるのと同じように、貴族にもろくでもない奴がいる。権力を持っていると残酷になる分、貴族の方が厄介だ。――今回のウルド王家の仕打ちは、まさにそれだと思う。俺は職業柄、身分を問わずたくさんの人間と接触してきた。おかげで人を見る目はあると自負している。だからこそ、この戦争を起こした奴らのことは、人として許せない」

ランテッド男爵は握った拳を震わせていた。

「それに、何よりも――うちで作った軍船で人が殺されるのは――もう、嫌だ」

それは彼の――心の奥底からの、血を吐くような思い。

軍の命令で造った軍船。その多くはランテッド男爵の造船所で作られたものであり、ジェンド国やアンベール国にも輸出されていた。

その船の多くが、開戦まもなく、アースクリス国のデイン辺境伯領で撃沈された。

ウルド王家から追加造船の命令が下され、軍船を作り続けながらも、彼はずっと、――ずっと葛藤を抱えてきた。

男爵領の領民を守るために国に隷属し、いつまで心を殺したまま、人殺しのための道具を作り続けなければならないのか――と。

アンベール王からの追加造船の命を大臣を通して受けた時に、付け加えられた言葉は、さらにランテッド男爵を打ちのめした。

「アースクリス国の男を皆殺しにし、女子供を奴隷にして他の大陸に売り払う。その運搬船も用意しておけ」――と。

ランテッド男爵はそのおぞましさに震えた。

かつて流民だったウルド国民は、アースクリス国の慈悲でこの大陸に受け入れてもらったというのに、その国に牙を剝いただけでは飽き足らず、民をもこの大陸から排除しようとしているのだ。

人を人とも思わぬ所業を国のトップが行おうとしている。

そして、その人道に悖《もと》る行為の一端を、自分が間接的に担うことになるのが――嫌で嫌で仕方がなかったのだ。

そんな時、蕎麦の種の購入のために訪れたアウルス子爵領で、反乱軍の結成について私とダリル公爵が秘かに話し合っているのを聞き、「俺も参戦する！」と飛び込んできたのだった。

◇◇◇

私たちがウルド王家に反旗を翻すことを決めたのは、開戦から二年ほど経った頃だった。

その時、ウルド王家からの命令で、食糧を大量に供出した。

開戦後穀物が不作となったため、『国のために』備蓄を放出しろと言われたからだ。

ダリル公爵領、アウルス子爵領、ランテッド男爵領は比較的冷害の被害が少なかったため、領民の備蓄をギリギリまで削りつつ、麦や蕎麦などの穀物を無償で王家に納めたのだ。

――それなのに。

その大量の食糧は、飢えに苦しむ民に一粒たりとも回されることなく――王族や上級貴族の懐に収められた。

王家の言った『国のために』という言葉は、『国の上層部のために』ということだったのだ。

――では、民はどうなる？　別のルートで王家から救いの手が差し伸べられるのか――？

一縷の望みはその後の王家の名による食糧の強奪で――消えた。

◇◇◇

凶作が続く中、こっそりと他の領地から『蕎麦の種を分けてほしい』と言ってたくさんの者がアウルス子爵領を訪れるようになった。

蕎麦はアウルス子爵領とランテッド男爵領、そしてダリル公爵領、この三つの領地でしか育てられていなかった。

『痩せた土地に生える植物』と嘲笑されているゆえに、矜持の高い貴族は植えれば自分の領地が痩せていると認めることになると考え、忌み嫌っているのだ。

だが、矜持を捨てなければ、領民が死ぬ。そう思った領主たちが自ら立ち上がり、蕎麦の種を得るべく次々と我がアウルス子爵領を訪れるようになった。

その時領主たちは一様に驚いていた。

それは私が自らの領地で力を入れた施策が、ウルド国の常識とはかけ離れたものであったからだ。

そしてそれがもたらした結果をいくつも目の当たりにして、誰もが、驚きつつも感嘆し、思ったことは。

『アウルス子爵領が、まるで一つの平和な国のようである』――とのことだった。

感銘を受けた彼らは、幾度もアウルス子爵領に訪れるうちに『自分たちの治める領地もこのような場所にしたい』と、強く思うようになったそうだ。

そうして、いつしか私との間にも信頼関係が築かれ、多くの領主たちが、反乱連合軍として共に戦うことを選んだのである。

◇◇◇

――今、反乱軍の指揮官をしているレジーナ伯爵は、かつて『蕎麦は痩せた土地に生える』と、アウルス子爵領を馬鹿にしていた一人だった。

開戦から三年近く経った頃、レジーナ伯爵は、身分違いの恋をして屋敷の庭師だった男と家を飛び出した愛娘を数年ぶりに見つけ出した。

娘は早くに亡くなった彼の妻にそっくりで、誰よりも可愛がっていた娘を手の届くところに置きたかった彼は、ずっと捜すのを諦めなかったのだ。

そうしてやっと見つけた場所は、レジーナ伯爵領の農民の家だった。

灯台下暗しというが――そこで餓死寸前になっていたのだ。

彼女の家は夫を徴兵され、働き手がいない上に、凶作により収穫量も激減し、なけなしの備蓄も軍に強奪されていた。

子供を飢えから救うために、彼女は実家のレジーナ伯爵家に戻ろうとしたが、『働き手を逃がすな』という指示を受けた役人が逃げたと誤解し、鞭打ったのだ。

見せしめのように鞭を振るわれた時に身につけていたペンダントがちぎれ落ち、その紋章からレジーナ伯爵家へと連絡が入った。

レジーナ伯爵がそれを受けて、自らの足で向かった先はひどく粗末な家だった。

冬には雪が入り込む――小屋のような家。

税が払えなかった領民は家を取られ、このような小屋に押し込まれる。

まさかこんなところに、伯爵令嬢である自分の娘がいるはずはない、とレジーナ伯爵は思った
――が。

そこで、やせ細りボロボロの状態の娘と、その息子――自分の孫を見つけたのだ。

娘に駆け寄ると、娘は鞭打たれた傷が悪化したことで、高熱を出し目を開けることもできなくなっていた。

急いで娘たちを屋敷に連れ帰った彼は、医師から現実を突きつけられた。

娘と孫は、何か月もろくな食事をとっていなかったということ。

娘の手には農作業の傷や土汚れが染み付いていたこと。

背には農作業をせず逃げ出した者への罰として、鞭打たれた生々しい傷があったこと。

そして。

小さな孫息子は極度の栄養失調により成長が遅れ、目がほとんど見えていなかったこと――

レジーナ伯爵は、青褪めた。

それは王家の指示で、何も考えずにその通りに部下に命じたのは『自分』だったからだ。

そのことで生じた害悪が――まさか大事な娘に降りかかるとは思わなかった。

レジーナ伯爵は、手厚い治療を施し、娘と孫息子の身体を治した。

孫息子の目が見えるようになったことには、何よりも安心した。

だが、身体が癒えた娘は、父親であるレジーナ伯爵を憎々しげに睨みつけ、怒りをぶつけたのだ。

「どうして男手がいない家に――女子供しかいないのに、それまでと同じ分の穀物を納めろと言え

るの!?」

「生きていくために必要な食糧をすべて奪われて、どうやって生きていけと言うの!?」

「高熱で動けないのに、鞭で打たれて畑に出ていかなければならない気持ちがお父様に分かるの!?」

「お父様に助けを求めに行こうとしたのに、『働き手は逃がすな』と縛られた、あの絶望を!!」

「お腹が空いたと泣く子供を、『うるさい』と殴られたこの悔しさを!!」

娘に責められても、レジーナ伯爵は一切反論することができなかった。

――それは、すべて事実であり、彼自身が指示したことだった。

現状を、見ていなかった。

見ようともしていなかった。

王家に仕えていれば、王家の言いなりになってさえいれば、レジーナ伯爵家は安泰だ、と思っていた。

民が責めるのは自分ではない、と。自分さえ良ければいいと。

――だが、その結果。

娘はボロボロになっていたのだ。

艶やかで緩く波打っていた明るい茶色の髪は、見る影もなく傷み切っていた。

鞭打たれ、裂けた肌の傷も生々しく痛々しかった。

小さな孫息子は、見つけた時、栄養失調のせいで目が見えない状態だった。

「お父様の領民だった私や……お父様の孫が、こんな状態になっていたというのに、お父様は――ずいぶんとふくよかでいらっしゃるのね――」

愛娘の侮蔑のこもった眼差しが、レジーナ伯爵の心を抉った――

彼は、やっと自分のしでかしたことの残酷さを知った。

最愛の娘と孫息子が味わったおぞましい仕打ちを、我が身のものとして受け取ったことで――やっと、やっと。自分が恐ろしいことをしているという自覚を持ったのだ。

その後、彼は改めて領地を見て回り、己の過ちを認めざるを得なかった。

そこにいたのは、娘や孫息子と同じような境遇の者ばかりだったのだ。

今までは国の求めるだけの食糧を強制的に出させるべく、あらゆる非道なことをしてきた。それでいいと思ってきた。

けれど、このようなことを続けていたら、いつか領民は娘のように倒れて動けなくなる。

今はギリギリのラインで生きているだけなのだ。

このままではいけない。

――このまま続けては領民がいなくなってしまう。

――領民のいない領主など滑稽だ。

領民がいてこその領主であるというのに。

彼は自分の過ちを認めて、王家におもねる今までのやり方を取りやめた。

――だが、国から求められる税は納めなければならないし、領民が生きられるだけの穀物も収穫しなければならないが、ここ数年の冷害で麦の収穫量は激減した。

冷害で税を納められない、という言い訳は、王家には通用しない。

すぐにも冷害に強く、充分な収穫が見込まれる作物に転作しなければ、領民を飢えから救うことは不可能だ。

——選択肢は一つしか思い浮かばなかった。

これまでのくだらない矜持をかなぐり捨てたレジーナ伯爵は、蕎麦の種を分けてもらうために自らアウルス子爵領に足を運んで私に頭を下げた。

そして他の領主たちと同様に、私——アウルス子爵と友好を結んでくれた。

——そして、今日《こんにち》ではレジーナ伯爵はダリル公爵の腹心となり、反乱連合軍の指揮官となっていたのだった。

6　ほどけていく思い（アルトゥール・アウルス視点）

「――知っています。私がラジエル・ウルドの子であることは」

クリスフィア公爵が差し出した書類。それを見たダリル公爵やランテッド男爵、レジーナ伯爵の驚愕の視線。

私、アルトゥール・アウルスはそう告げるしかなかった。

――ここはアウルス子爵領、創世の女神様の神殿の一室。

そこで私は、神殿の中でも年を重ねた神官、オーガスト・ダリル公爵、アースクリス国のクリスフィア公爵と会談をしていた。

カリル・ランテッド男爵、ガレス・レジーナ伯爵も同席していた。

さらにはクリスフィア公爵からの希望で母サラディナと、私の伯父であり前アウルス子爵のラデュレまで。

アースクリス国の助力を得たダリル公爵と反乱軍は、ウルド王家を倒した後、誰が国主として戦後の混乱を鎮めるべきかを決めなければならない、と、これまでも度々話し合っていた。

――私は、ラジエル・ウルド前国王の第一子ではあるが、今さら名乗るつもりはなかった。

ウルド王家は民を苦しめ、多くの民を死なせたのだ。

再びウルド王家の血筋の者が玉座につけば、国民に恨まれこそすれ、歓迎されることはないだろう。

しかも、民を苦しめた恨みを買い、私の子供までもその憎しみの標的になるかもしれないのだ。

だから、言うつもりはなかった。

アースクリス国と共に王家を討ち、その後はアースクリス国と共に国の立て直しを図る。

アースクリス国から統治官を派遣してもらってもいいと思っていた。

もしくは、反旗を翻した貴族の中から優秀な者を選んでもいいのではないか、とも。

――だから。まさか、私に白羽の矢が立つとは思わなかった。

何よりもアースクリス国が、私の出自を知っているとは思わなかった。

話し合いの途中で、クリスフィア公爵が書類の入った薄い箱をダリル公爵に差し出した。

その中に入っていたのは一枚の書類。

それは――驚いたことに、アースクリス国の大神殿に保管されているはずの私の出生届だった。

ウルド国の貴族院には、私が非嫡出子である旨が書かれた出生届が提出されている。

ウルド国では出生届を二枚作成して貴族院に提出し、そのうちの一枚が原本証明と共に書き換えが不可能なように魔法付与されて返される。

その出生届を自らが信仰する神殿に提出するのだ。すると神官がアースクリス国の大神殿にそれを持ち込む。

だから、出生届は二枚とも、同じ内容であるはずなのだ。

だが、アースクリス国の大神殿で保管されていた私の出生届には、貴族院に提出したものには記載されていなかった『父親の名』が刻まれていた。

『父　ウルド国王　ラジエル・ウルド　』

『子　ウルド国王子　アルトゥール・アウルス・ウルド　』

――と、虹色に輝く不思議な文字で記されていたのだ。

文字の色は刻々と輝きを変え、それがただの文字ではありえないことは明らかだった。

その文字に対する私たちの疑問に答えるように、クリスフィア公爵は、『出生届がアウルス子爵領の神殿に提出された時、女神様により書き換えられた』という信じ難い話を、私たちにした。

私は父親がラジエル・ウルド前国王であるとは知っていたが、そんなことがあったとは聞いていなかった。

母サラディナと伯父ラデュレ――そして、父ラジエル・ウルドも教えてはくれなかったのだ。

すぐに信じられることではない。

けれど、すぐにこれは紛れもなく真実であると、母と伯父が肯定した。

そして、高齢の神官も、深い皺を刻んだ顔で、深く頷いたのだ。

さらに、神官自身が出生届を受け取り、女神様の刻印が為されるのを見届け――そして、秘密裏にアースクリス国へと出生届を運んだと告げた。

――出生届が書き換えられていたなど、思いもしなかった。

私はウルド国の法では非嫡出子である。

けれど、神殿に提出された出生届では――私はウルド国の王子とされ、父親としてラジエル・ウルド国王の名が刻印がされていた。

思いもしなかった、まさかの事実に私は驚愕した。

そして、私の妻シェリルの父であるオーガスト・ダリル公爵も驚愕していた。

「アルトゥールがラジエルの息子だと!?　ラデュレ!!　なぜそれを今まで教えてくれなかったのだ!!」

義父オーガスト・ダリル公爵と伯父ラデュレ・アウルス前子爵は、私の父であるラジエル・ウルド前国王の友人だった。

「ラジエルはサラディィナとは会ったこともなかったはずだ……」

確かに母は王都の学院に通っていないし、父は宰相から常に監視されていて王都はもちろん、王宮から出ることも滅多になかったので、普通に考えたら出会うこともなかったはずだ。

だからこそサラディィナ・アウルス子爵令嬢が産んだ非嫡出子の父親として実父《ラジエル》の名が浮上することがなかったのだ。徹底して隠蔽してきた結果である。

「時が来るまでこの事実を知る者は少ない方が良いと思ったのだ。万が一どこかから漏れたりしていれば、アルトゥールも、シェリルも子供たちも――もちろんシェリルの父であるオーガスト、お前も今ここにはいなかっただろう」

伯父であるラデュレが静かに言った。

「それに、気づいているだろう？　オーガスト。ここ数年でアルトゥールの髪が茶色から赤みがかった茶色に変わったことを」

その言葉にダリル公爵が息を呑んだ。

赤みがかった茶色の髪と瞳。

――その二つが揃うのはウルド国王直系の証だ。

生まれた時、私は茶色の髪をしていた。

それはアウルス子爵家の色であり、母や伯父と同じもの。

そして瞳は父譲りの色で、母たちは灰色の瞳だった。

髪色が変わり始めたのは、ウルド王家に反旗を翻した頃からだ。

徐々に赤みが入り――今では父とまったく同じ色になってしまった。

「ラジエルとサラディナと私、そして神官とで『誓約』を交わしたのだ。『その時が来るまではアルトゥールの出自を口外しない』と」

「なるほど……誓約か……では、『その時』が来たのだな」

ダリル公爵がクリスフィア公爵から出生届を受け取り、穴があくほどにじっと見つめている。

この場に同席していたランテッド男爵、レジーナ伯爵は、驚愕の表情を張り付けたまま私の顔を見て口をパクパクさせていた。

――ああ。出生の秘密は墓場まで持っていこうと決めていたというのに。

そして、そんな私の想いを打ち砕く言葉を――クリスフィア公爵は言ったのだ。

「新生ウルド王国の玉座は、アルトゥール・アウルス・ウルド王子に」――と。

◇◇◇

私は幼い頃から自分がウルド国王の子であることを知っていた。

父はどういうわけか王都から馬で五日はかかるこのアウルス子爵領に毎日のように顔を出していた。

「私しか使えない秘密の通路があるのだよ」

と、私を膝に乗せ、頭を撫でながらいつも話していたものだ。

私は父のことが大好きだった。

父はいつも民のことを案じ、私に話していた。

お腹が空いて泣いている民のいない国にしたい。

読み書きができなくて底辺の仕事しかさせてもらえない民のいない国にしたい。

お金がなくて治療師に診てもらえずに命を落とす民のいない国にしたい。

みんなが笑って暮らせるような国にしたいのだと。

そのために、今は力を溜めているのだと、話していたものだ。

父は毎日のように訪れて、長くて一、二時間、短い時は五分程度であったけれど、それでも私や母に会いに来てくれた。

けれど、私が五歳になった頃から父は難しい顔をするようになった。

何かに追い立てられているかのように、私に色々なことを教え込んだ。

「時間がない」と、呟いていたのを覚えている。

そして、それから五年——私が十歳になった頃、父の訃報が届いた。

視察先での事故だと発表されたが——私はそれが、父が言っていた『時間切れ』だったのだと悟った。

——父は、暗殺されたのだ。

思い返すと、その五年前は、異母弟である双子の王子が生まれた時期でもある。

国王である父の正妃はマルル宰相の娘。

祖父である前国王もまた、宰相に秘かに暗殺されたのだろうと思われてきた。

そして父も——宰相の血を引く王子が生まれたことで、暗殺されたのだ。

ならばなぜ正妃との間に子をもうけたのだ。殺されると分かっていながら。

父を亡くした悲しみと、父に裏切られたような気持ちがないまぜになり、心の中がぐちゃぐちゃになった。

父が亡くなった後、五歳という幼さで私の上の異母弟がウルド国王として即位した。

幼い国王の代わりに国の政《まつりごと》を行うのは、国王の祖父である宰相だ。

宰相の思惑通りに事が進んだのだ——父を犠牲にして。

◇◇◇

「国王にはならない」

と言い残して、神殿の部屋を出た。

今までずっとアルトゥール・アウルス子爵として生きてきたのだ。

今さら、国主として立つつもりなどない。

ざくざくと積もった雪を踏みしめながら、神殿の敷地内の森へと足を運んだ。

そこには先日、アースクリス国から運ばれてきた女神様を象徴する花が植えられている。

常識で考えたら、こんな真冬に花を植えて根付くはずはない。

そういえば今日はクリスフィア公爵が来たのは根付きを確認する意味もあったのだった、と思い出しながら歩いていくと――そこには、一人の銀髪の青年が立っていた。

「こんにちは。たしか、バーティア子爵でしたね」

固い雪を踏みしめて歩く音で気づいていたのだろう。私の方に向き直った銀髪の青年が礼をとった。

「――はい。アウルス子爵。菊の花の様子を見に来ました」

整った顔立ちに紫色の瞳。その瞳には意志の強さと理知の光が見える。

まだ二十歳というが、ずいぶんと落ち着いているという印象を受けた。

「ここは寒いでしょう。他の方々と一緒に中で休まれてはいかがか」

「ええ。でも、菊の花は私にとっても思い入れのあるものなので、できる限り見ていたかったのです」

「思い入れ、ですか」

「私の故郷では、この菊の花が教会の敷地いっぱいに咲いているのです。――群生して満開の花畑は本当に綺麗なのですよ」

「そうなのですね。――菊の花は根付いたのでしょうか？」

見ると、菊の花は植えられた時と同様、固い蕾のままだ。

だが、この厳冬期に植えられたというのに、枯れていないのはすごい生命力だ。

「――雪のせいで咲かないのでしょうか。花の咲く季節ではないですからね」

そう言うと、バーティア子爵は「いいえ」とかぶりを振った。

「アースクリス国でもともと咲いていたところでは、年中、それも冬でも咲いていたと言います。とても生命力が強く、根付いたらすぐに花畑が形成されるはずですが……固い蕾のままだというのは、なぜでしょう。――菊の花は咲く場所を選ぶのです。咲くに相応しくない場合は一晩で忽然と姿を消しますが、今回は数日経っても消えていない。――それにもかかわらず蕾を開かないのには何か理由があるのでしょうか……」

バーティア子爵が滔々と語る言葉には、驚くべきことがいくつも含まれていた。

「年中咲く？　一株の花が花畑を作る？　咲く場所を選ぶ？　枯れるのではなく姿を消す――？」

理解できなかった部分をオウムのように繰り返すと、バーティア子爵が「ああ」と気が付いたように補足した。

「女神様の花ですから。今までの常識がまったく通じないのです。それに、花は綺麗なだけではなく、食べることもできますし、薬にもなります」

バーティア子爵は当たり前のように女神様を象徴する花のことを語った。

だが、付け加えられた言葉にさらに驚いた。

——花を食べると？　それも女神様の花を!?　それに薬にもなる!?

「——貴殿は女神様の花を食べたことがあるのか？」

「ええ。くせがなくて美味しいですよ。——この花は女神様の花。アースクリス国中の教会に配布され、飢餓や貧困から民を救ってくれているのです。アースクリス国では、根付くかどうかが一晩で分かったのですが——この地が花にとって相応しくないならすでに消えているはずです。ここは場所としてはいいのでしょう。咲かないのには——何か他に理由があるのでしょうね」

わざわざ遠いアースクリス国からこの花が運ばれてきた時、アースクリス国側の女神様信仰の推進のためのパフォーマンスなのかと思っていたが、彼の言葉から察するにこの花は意志を持っているということだ。

そんなことが有り得るのか!?

だが、先ほど自分の出生届にまつわる、奇跡ともいえる出来事を聞かされ、その証拠を見てきたばかりだ。

それにここ数年、この女神様の神殿に危害を加えようとした王家の手の者が不思議な力で返り討ちに遭っていることも知っている。

女神様への遠い過去の誓約が生きており、女神様が我らを見ていることを図らずも知ることとなった出来事だった。

真冬の移植でも枯れることのない、常識を逸脱した『女神様の花』が、ただの象徴花ではなく、真に女神様の花であることを認めざるをえない。

一株から群生を作り、その花弁は食べることもできて、薬にもできる。

今の食料難のウルド国には願ってもないものだ。

そのような花ならばすぐにでも咲いてほしい。早く群生を作り、民を救ってほしい。

「根付いたらどのくらいで花は咲くのでしょう」

「すぐですよ。前日に植えて、根付くと翌日の朝には咲いていました」

だから、数日経っても蕾のままというのは不思議なのだと。

彼の言葉を受けて――ふと、頭に浮かんだのは、自分の出自への否定が原因なのかもしれない、ということ。

私は国王になどなるつもりはないのだ。

だがバーティア子爵の視線は、まるで私に原因があるのではないかと言っているように感じた。

まさか、彼は私の出生を知っているのではないか。

――クリスフィア公爵が告げた言葉は、アースクリス国で私の出自がバレているからこそそのものだ。

クリスフィア公爵の側近として同行した彼が知っていても不思議ではない。

気まずくなって少し視線を逸らした。

「き、君は銀髪だね。――うちの妻と子供たちも銀色の髪をしているんだよ」

「そうなんですね。では、先祖にアースクリス国の貴族の血が入っているのですね」

「ああ。私の妻はダリル公爵の娘なんだ」

「なるほど。そういうことなんですね」

ウルド国、アンベール国、ジェンド国は暗い色の髪を持つ者が多い。

三国はもともと一つの部族だった歴史があるため、多少の違いがあっても濃い色の髪ばかりだ。

アースクリス国の平民は暗い色の髪、そして貴族で魔力の強い者は銀髪や金髪が多いのが常識である。

そして我が国の民とアースクリス国の者との混血は、例外はあるもののおおむねアースクリス国の特徴を受け継ぐことが知られている。

ダリル公爵の祖父は外交で訪れたアースクリス国の夜会で侯爵家の令嬢と出会い、恋愛結婚をした。それまで明るい茶色の髪を受け継いできたダリル公爵家は、その時から銀色の髪色を受け継ぐようになったのである。

だから、ダリル公爵やその娘で私の妻となったシェリル、そしてシェリルとの間に生まれた私の子供はその髪色をしており、アースクリス人の血を引いていることが一目で分かる。

「君は結婚しているのか？」

「いいえ。まだそんな気にはなれなくて。――でも、子供は可愛くて好きです。私には姪がいるのでその可愛さはもの凄く分かります」

ふわり、と慈愛の表情がその整った顔に浮かんだ。

「ミルクを飲ませたりオムツを替えたりして手をかけて育てた分、本当に可愛くて仕方がありません」

「手をかけて育てたとは？　君は子爵だろう？　普通はメイドや侍女が世話をするだろう」

「色々訳がありまして私の手で育てました――実は、私の姉はクリステーア公爵家に嫁いでいたのです」

「!!」

クリステーア公爵家の名は知っている。

アンベール国で戦争のための人質として捕らえられたのは、外交官のアーシュ・クリステーア。

アースクリス国のクリステーア公爵家の嫡男にしてたった一人の子供だ。

彼の姉は、かの人物と結婚していたのか。

ウルド国でも人質はうち捨てられていたのだ。ダリル公爵が密かに助け出し保護しているが、アンベール国でも同じように人質を手ひどく扱っているはずだ。

……おそらく人質となった彼はすでに亡くなっているだろう。

「姉は死産して実家に戻されましたが、父によって家に戻ることは許されず――私が用意した家に住んでいるのです」

「死産……」

言葉を失った。少なからず、夫を失った心労が原因の一つだろう。

――こんなところにも、侵略の弊害が出ていたのだ。

「実家に戻る途中、女神様の小神殿に立ち寄った時に、赤ちゃんを見つけて――それからずっと育てています。――可愛いです。血の繋がりなど関係なく。愛おしくて仕方ない」

バーティア子爵の瞳が柔らかい光をたたえている。本当にその子が大事なのだろう。

「創世の女神様は必然を与える、といいます。私たちがあの子を見つけて育てたのは、必然なのでしょう」

「女神様は必然を与える……」

バーティア子爵のその言葉が私の中で引っ掛かった。

「そういえば。アウルス子爵領には蕎麦があるんですよね？」

「ああ。麦が育ちにくいのでな、独特の風味があるが、蕎麦も美味い」

「一握りくらいでいいので種を貰えないでしょうか？　姪へのお土産にしたいのです」

「土産？」

「一緒に蕎麦の種を植える約束をしたのです」

「――貴族である貴殿が農作業を？」

蕎麦は観賞用ではない。植えるのなら畑に植えるということだ。

「ええ。祖父の方針で私は爵位を継ぐ数年前から、子爵邸ではなく街で庶民と同じ暮らしをしているのです。そうすることで領民が何を必要としているか肌で感じろと。――子爵を継いだ時にそれが活かされるからと」

「それは、素晴らしい教えですね」

「ええ。祖父はもともと教育者だったので、『何事も実体験してこそ身につく』と教え込まれました。そういった経緯で、もう四年近く領民と同じ暮らしをしてきました。メイドも従者も置かず、身の回りのこと、食事作りから洗濯、掃除まで。それに姪の離乳食を作って食べさせたりと、すべて自分たちでこなしてきました」

彼の言葉に驚く。てっきり世話係を置いているものと思っていた。

没落して平民に落ちた貴族ならともかく、自ら進んでその生活をするとは考えられなかったからだ。

着替えすら従者にしてもらっていた貴族が、突然そんな生活をはたしてできたのだろうか。

「本当は自分たちだけでできるとは全く思っていませんでした。食事も買ってきたものだけで済ませたりと、私たちだけなら何とか誤魔化しつつ生活していったでしょう。けれど、赤ん坊にはそれは通用しません。お風呂に入れて着替えをさせて……。掃除をしなければ埃で咳をするので掃除も覚えました。そのうち離乳食を作ることになって、まずどうやって作るのか、食材は安全なのか、そしてそれはどうやって育っているのか、と。――農作業をするようになったのは、それがきっかけでした。あの子には私自身が納得した安全で安心なものを食べさせてあげたかったので」

バーティア子爵が両手を見ながら微笑んだ。

その手に赤ちゃんを抱いているような感じだった。

私とて、自分の子供はとても愛おしい。

彼のように自らの手で育てたのでなくても可愛いのだ。

彼は自ら手をかけた分、可愛さも愛しさもひとしおなのだろう。

それにしても、生まれつきの貴族である彼が平民と同じ暮らしをしているとは思わなかった。

彼からは平民を下に見るような高慢さは感じられない。それがとても気持ちいい。

いつの間にか私は彼を相手に色々なことを話していた。

かつて私は、王都で送った二年間の学生生活で、王都や周辺を回り、ウルド国の実情を知ったということ。

ウルド国王都にある学院に入学し教育を受けられるのは貴族のみだ。

平民はせいぜい名前を書けるくらい。

大貴族のように平民が通える学校が領地に設けてあればいいが、そうでなければ読み書きができないまま一生を終える平民が大多数だった。

だが、地方の小領主の後継ぎという立場の私に、王都やその周辺のことに手を出すことはできなかった。

だからこそ、せめて己の領地だけは、と。

王都の学院を卒業した後、アウルス子爵領の運営の改革に力を入れたのだ。

大事なのは、教育。

まずそれがなくてはいけない。

読み書きができない者でも、基本的に自分の名前だけは書けるように教えられる。

だがそれを利用されて、ろくでもない契約書に署名をさせられ、一生を棒に振ることもあるのだ。

書類が読めさえすれば、そんな詐欺に引っ掛けられることを減らすことができる。

だからこそ私は、領主代行に就いた時、領地改革の第一歩として、アウルス子爵領の領民に読み書きと計算を教えることにしたのだった。

そして、領民を導くために自分が次に何をすべきか自然と感じ取った。

問題点を見つけて改善する。

ただ安穏と報告を受けるだけではそれらを見つけることができなかっただろう。

まずは自分が実際にやってみる。

それこそが大事だということが、身に染みた。

だから、灌漑施設を構築する作業にも積極的に参加した。

蕎麦を植え、畑の雑草を取ったり、畝を整えたり。

農作業も積極的にして、領民と共に汗を流したものだ。

今では妻や子供たちも一緒に農作業をするようになった。

領主となってから十数年経った頃、アウルス子爵領に色々な変化が現れ始める。

私は学ぶ意欲のある者たちに、ダリル公爵領をはじめとする大領地にある平民が通える教育機関への進学のための援助を積極的に行ってきた。その学校は貴族以外にも教育が必要であると考えた貴族が設けた私立の教育機関だ。そこで教育を受けた彼らが卒業後、生まれ故郷であるアウルス領に戻ってきたのである。

店を興し民の生活基盤を整えた者や教師となった者、民の健康を守る薬師になった者、そしてその彼らがさらに自分の後に続く者を導き、育て始めたのだ。

私が進めてきた教育の改革が、長い時間をかけて実を結んだのである。

――やはり教育はすべての土台なのだと痛感した。

私の経験を話すと、バーティア子爵が「同感です」と微笑む。

ああ、彼とは話がとても合いそうだ。

「祖父は魔法学院で長く教鞭をとっていました。だからこそ平民にも教育が大事だと思っていたのですね。祖父の長年の政策の結果、うちの領民は全員読み書きができます」

先ほど会ったクリスフィア公爵やアースクリス国の国王陛下も、バーティア子爵の祖父の生徒だったそうだ。そんな方が領主として導いてきたバーティア子爵領はどんなにか素晴らしいだろう。

バーティア子爵はそんな祖父が誇りらしい。私が心の底から称賛すると、嬉しそうに微笑んだ。

バーティア子爵を見ていると、彼を育てた祖父がどのような人物なのか想像がつく。

厳しくも、人を慮る優しい方なのだろう。

「すみません。話が逸れました。――そういう経緯もあって、耕作地で農民と一緒に農作業もしているのです」

「ええ、分かりました。蕎麦の種をお分けしますよ。育て方と食べ方もお教えします」

「ありがとうございます。では菊の花が咲いたら、私が菊の花の料理の仕方をお教えします」

バーティア子爵がにこりと笑った。

「菊の花が咲くのはいつになるか分かりませんが……」

「根付きは確認しました。あと咲く条件としては――おそらくは貴方の決意次第ということでしょう」

やはり、彼は私の出自を知っていたのだ。先ほどの会談で私が告げられた内容のことも。

「――かつてこれほどまでに民に恨まれた王族はいません。――私は、この身に流れる王家の血がおぞましく感じるのです」

父のことは大好きだった。

けれど、弟たちがしてきた現実をさんざん見せつけられた今は、自分に彼らと同じ血が流れていると思うと自分で自分が嫌になるのだ。

「私は――血と人格は別物だと思っています」

バーティア子爵は一度目を伏せると、顔を上げて静かに話し出した。

「私事ですが、私は父を尊敬していません。実の父ではありますが成長していない子供のようだと思っています。――父ならば子の手本になるような立派な人であってほしいと何度思ったか知れませんが」

――それは、私も弟たちに対して思ったことだった。

王族ならば民の手本となり、民のためになるような政治をしてほしいと何度思ったか。

「私の父は性懲りもなくあちこちで借金を重ね、その借金の肩代わりを姉の結婚相手にさせるような恥知らずです。さらに子を亡くして実家で療養すべき姉を、金を引き出すための道具として婚家のクリステーア公爵家に留めようとしたクズです」

吐き捨てるように彼は言った。大きな声は出していないが、彼の父親に対する怒りが伝わってくる。

「私が父の血を引いていることは事実で、それは絶対に変えることなどできません。だからこそ──私は父のような人間には絶対になりません。そう決めています」

あなたもそうではありませんか？　と彼の視線が言っている。

「あなたの弟たちはあなたと血の繋がりはあっても、あなたとは違う人間です。彼らのような人間になるおつもりですか？」

──あんな、卑怯なことをする人間に、と彼は続けた。

私の中に受け継がれた血。

それは絶対に変えようのないものだ。

ウルド王国の歴史を紐解くと、同じ王家の血を引いていても、すべてが賢王ではなく、凡庸な王や愚王も入り交じっている。──それは、それぞれが生まれ持った人格ゆえだ。

バーティア子爵の言葉は、不思議なくらい私の心にするりと入ってきた。

彼は『血は血』として受け入れ、その上で父親は自分とは違うのだと、自分はそんな人間にならないのだと、散々葛藤した上で乗り越えたのだろう。

――私はずっと、弟たちと同じウルド王家の血が流れていることを嫌悪してきた。

その血の呪縛がとろりと解けていくような感覚がする。

私の出生の秘密を知る妻も「あなたは彼らとは違う」と、何度もそう言っていた。

――やっと彼女の言った言葉を、その意味を、受け入れられたような気がする。

形は違えど、碌でもない血縁者の存在を乗り越えたバーティア子爵がいたからこそ、私もようやく、そう思うことができた。

私は弟王たちとは違うのだ。

「私の父と――アウルス子爵の弟君たちとは重みがまったく違いますね。申し訳ございません」

「いや。君の言いたいことは分かっている。――私は、弟たちのようなことは、絶対にしない。するわけがない」

「――お父君はどのような方だったかお聞きしてもいいですか？」

「私の父は――民の安寧を深く願っていた方だった。お腹が空いて泣いている民のいない国にしたい。読み書きができなくて底辺の仕事しかさせてもらえない民のいない国にしたい。お金がなくて治療師に診てもらえずに命を落とす民のいない国にしたい。――そのために力を蓄えているのだとおっしゃっていた」

志半ばで暗殺されてしまった父。

父は王宮にほぼ閉じ込められて過ごしていたが、王都の、ウルド国の現状を知っていたのだ。

「それは――これまでに、あなたがアウルス子爵領でしてきたことですね」

「――そう……私は父の言葉を胸にアウルス領の改革を図ってきたから」

私はアウルス子爵領を父が言っていたようにしたかった。

父の言っていた願いは、いつしか私のものとなっていたからだ。

結果が見えてきた時、伯父や義父には称賛されたが――本当は、誰よりも、父に『よくやった』と褒めてほしかった。

もう、その父に会うことも声も聞くこともかなわないけれど。

かつて王都や周辺を回ったが、父が「改善しなければならない」とずっと言っていたのが分かるほどの惨状だった。

あれから二十年以上が経ち、状況はさらに悪くなっている。

「お父君は、ウルド国を今のアウルス子爵領のようにしたかったのですね」

私は、ゆっくりと頷いた。

そう、父はウルド国を皆が笑って過ごせるようにしたかったのだ。

もう父にはできないこと――ならば。

「私に、できるだろうか――」

小さく、そう呟いた時だった。

私と、バーティア子爵の間にあった、菊の花の蕾がふわり、と優しい光を放った。

「――え!?」

思わず目を瞠った。

急に菊の花が金色とプラチナの光を放ち、先ほどまで小さく固く閉じていた緑色の萼《がく》が一回りも二回りも大きくなったのだ。

茎や葉――そして、植えられている土までが、不思議な光を放って――瞬く間に一面の雪を溶かしていく。

次に一株の花を起点として、根が這わされていくのが光の軌跡で見えた。

そしてぽんぽんと芽が出ると、あっという間にするすると成長し、蕾を次々とつけていったのだ。

――奇跡を見ているようだ。

「へえ。こんな風に株が増えていったのか、アーシェに教えてあげよう」

バーティア子爵が私の驚愕をよそに、楽しげに声を上げていた。

アーシェというのは、さっき話していた彼の姪の名前だろう。

「――何があった!?」

目の前の奇跡に目を奪われているうちに、クリスフィア公爵やダリル公爵、会談を行っていた人たちがバタバタと駆け付けた。

見ると、菊の花が植えられている土地を含め、神殿の敷地や神殿そのものが金色とプラチナの光を放っている。

おそらく神殿の方でも急に内部が光ったため驚いて出てきたのだろう。

「クリスフィア公爵。どうやら、菊の花が本格的に根付いたようですよ。――ただまだ完全に咲いてはいませんが」

バーティア子爵の言葉に、クリスフィア公爵が周りを見回して頷いた。

「ああ……なるほど。花畑が形成されつつあるみたいだな」

二人の会話はこれが当たり前かのようだった。こっちは声が出ないほど驚いているというのに。

この一瞬で、私は菊の花がただの植物ではなく、女神様の花であることを確信した。

思わず背筋がしゃっきりとした。

――女神様は、私を見ていらっしゃるのだ。

「えっ!? こんなに急に株が増えたのですか?」

ダリル公爵が驚いている。

「――まだ十株くらいですね。まだまだこれからですよ。おそらく神殿の敷地いっぱいに女神様の花は広がるはずです」

「それに、まだ蕾だな。――おや。この親株だけ、少し綻んできているようだが」

「蕾も大きくなりましたよ」

「アースクリス国では植え付けた翌日にはこのようになるが、何日も経って根付いた理由はなんだろうな?」

クリスフィア公爵が、私の方をちらりと見た。思いつくのはあれしかない。

「――私が……ウルド国を、アウルス領と同じようにできるだろうか、と呟いた時に、女神様の花が光りました」

そして、このような状況になったのです、と告げる。

「――そうか……。アウルス子爵。女神様が肯定される時は金色とプラチナの光が輝く。逆に否定された時は黒い光を放つのです。――アルトゥール・アウルス子爵、女神様は、菊の花を通してあなたの問いに応えられたのだろう」

「あれが――肯定……」

ウルド国をアウルス領のようにできると、そう答えてくださったのか。

「アウルス子爵。女神様は必然を与えると言われています。あなたがここで生まれて育ったことも、これまでのことも、すべて『必然』だったのだと思います」

ああ、バーティア子爵の紡ぐ言葉にはなぜか説得力がある。

なんとなく、バーティア子爵がここに来たのも必然だったのだ――と私は思った。

――女神様は必然を与える。

それは、先ほどからずっと心に引っ掛かっていた言葉だ。

戦争が始まってから、どうしてこんな愚かな戦争を起こしたのかと弟たちに対し憤っていた。

私ならこんな愚かな戦争はしない。

民を虐げ、餓死させるようなことはしない。

なぜ私はアウルス領にいるのか――なぜ王たちの愚挙を止められる立場にいないのかとも思った。

『王になりたい』などとは、露ほども思ったことはなかった。

けれど。父の願っていた国を夢に見ていた私は、この現実との乖離にひどく打ちのめされていた。

私なら――父の願った、民が安心して暮らせる国を作るのに、と。

アウルス領で生を受けた私は、当然王位継承権を持っているわけではない。

それでも、女神様は私に『王子』の称号を与えた。

『女神様は必然を与える』

そして、私の想いを肯定してくれた。

淡く光を放つ女神様の花にそっと触れると、光は私を包みこんだ。

父ラジエル・ウルドが願った国を、いつか私が作り上げることができる、と――そう、女神様はおっしゃっている。

――それならば、やってみよう。

「――クリスフィア公爵。ダリル公爵。女神様の後押しがあったからといって、すぐに前言撤回するのは気が引けるのですが――私は、正しき道へとウルド国を導きたいと思います」

「現在のアウルス子爵領を築いたのはお前の力であり、ラジエルがお前に託した、国そのもののあるべき姿の縮図だ。私はこれを作り出したお前ならばウルド国を正しく導けると思っている」

伯父ラデュレがそう言うと、ダリル公爵が同意するように頷いた。

「そうだ。私も常々思っていたのだ。現王の愚かさを見て、なぜアウルス領のように皆が笑って暮らせる国を作れないのかと。――だが女神様はお前という存在を我らに与えてくれた。私もこれまでと同様、お前のすることを全力でサポートするだけだ」

「それにお前以上の適任者はいないだろう、アルトゥール。お前はずっと国中を回って皆を助けてきた。お前は気づいていなかっただろうが、王家を倒した後の国主はお前でなければ嫌だという盟主たちが多いんだぞ。――女神様の後押しがあった王子ならば、表向きでも弑逆にならないし、それどころか暴君を倒した英雄になる。戦後の混乱だって早めに収束するだろう」

親友であるランテッド男爵がポンポンと私の肩を叩いてにっかりと笑った。

「そうですな。アウルス子爵にどうやったら国主になっていただけるかと、盟主たちと頭を悩ませておりました。決意していただけてありがたい限りです。それに王家の血筋でありますれば、なんの問題もございますまい。私たちが仕える君主として大歓迎でございます」

そう言ってレジーナ伯爵が膝を折り、頭を深く下げた。

「ダリル公爵。――決めました。王宮への潜入には私も参加します」

すると、私の真剣な言葉を吹き飛ばすかのように、母サラディナが明るい声を出した。

「まあ。それなら、絶対安全に通れる道を教えてあげるわよ」

◇◇◇

「この部屋に、『通路』があります」

母サラディナが案内したのは、母の部屋だった。

私と伯父ラデュレとダリル公爵、そしてクリスフィア公爵だけが案内された。

「王城に攻め込むのであれば、お使いください」

そう言うと、母は私の手を取って、何もない壁に規則的に触れさせる。

――すると、壁に見たことのある紋章が浮き上がった。

揺れが部屋全体を覆い、足元が大理石で作られた床に変化したかと思うと、部屋の広さや調度品の何もかもが変わった。

――そこは天井が高く、壁も床も白い空間。さらに、広いにもかかわらず、あるのは祈りを捧げるための祭壇だけだ。

「母上、ここは……？」

「ここは、ウルド王城の奥にあるセーリア神殿の一室――『王の祈りの間』です」

「!!」

母の言葉に伯父以外の誰もが「まさか」と驚愕した。

「転移、したということか」

クリスフィア公爵が床の紋章を見て、確かにウルド国の紋章だと呟く。

ぐるりと見回すと、扉が見える。

ここが王城の中ということに気がついて、皆が声のトーンを落とすと、それを見て母がくすりと笑った。

「普通にお話しになっても構いません。中の声は決して漏れないようになっていますし、現在のウルド王はここに入ったことがありません」

「王の祈りの間であるのに、ウルド王は入っていない、と？」

ダリル公爵の言葉に母が頷く。

「ええ。正確にいうと――今のウルド王は『入れない』のです」

　母は私の目をしっかりと捉えて言った。

「現在のウルド王、マーランド・ウルドは、ラジエル・ウルド前国王の血を引いていない――だから扉の鍵を開けられないのです」

「――え？」

　母の言った言葉が一瞬理解できなかった。

　弟が――弟たちが父の血を引いていない!?

「なんだと!?」

　ダリル公爵が驚愕のあまりに声を張り上げた。

　クリスフィア公爵も、想定外であったのだろう。母の言葉を聞き、一瞬息を詰まらせていた。

「――現在の王は双子で生まれた。であるならば当然王弟もそうだということだな」

　クリスフィア公爵の言葉に母が頷いた。

「その通りです。ゆえに双子の祖父と実の父親は、この部屋をないものとして扱ったのです。神殿の長もこの部屋の秘密を守るために――口封じされました。『王の祈りの間』に王が入れないことで王妃の不義密通の罪が明らかになるのを恐れて」

「実の父親だと!?　それはいったい誰だ!?　そいつが宰相と共にラジエルを殺したんだな!?」

　ダリル公爵が怒りをあらわにして拳をぶるぶると震わせた。

「オーガスト、落ち着け。ラジエルがあんなに早く暗殺されたのは……双子の持つ色彩が直系とは微妙に違うことを周囲に知られぬためだったのだ」

伯父のラデュレが激高する義父を宥めるように言う。

「遠目には分からないほどの色の違い。だが、王とその息子として並び立てば――違和感を感じるだろう」

「それほど似ているならば王族だということか。しかもこの部屋を隠蔽できるだけの権力を持つ――」

ダリル公爵が頭の中で人物を絞り込んでいく。その条件に当てはまる者はそう多くはないのか、すぐに顔を上げた。

「ま、さか……マルキス・カステリアか!? ラジエルのまた従兄弟の――」

「――ああ。今では王族派の重鎮として宰相の座についているカステリア公爵。あいつこそが、王妃の不義密通の相手であり、双子の父親。――そして、王妃の父親である前宰相と結託してラジエルを暗殺した張本人だ」

伯父の言葉で私の脳裏にカステリア公爵の姿が浮かぶ。

「野心家であることは分かってはいたが――よくもそんな恥知らずなことを――」

「ラジエルは宰相の娘であるサカリナ王妃には指一本触れなかった。にもかかわらず、輿入れしてすぐに懐妊した。その前からマルキス・カステリアと深い仲だったのであろうな。処女でなくとも傀儡の王としているラジエルを納得させるつもりだったのであろう。王妃が一度でもラジエルと床入れしていたのであれば、ラジエルにも嘘をつきとおせただろうが、ラジエルは――サラディナしか目に入っていなかったからな」

「それだ。なぜラジエルとサラディナは出会ったのだ？　ラジエルは王都から出ることはなかったはずだ。サラディナとてアウルス子爵領から出なかったはずだぞ」

「だからこそ、だ。このセーリア神殿の『王の祈りの間』は、王の血を引いた者しか鍵を開くことができない場所であり、神聖な祈りの間。セーリア大陸からアースクリス大陸へと導いたセーリア神の神獣であるフクロウが降り立った場所だ。――いわばウルド国の始まりの場所。だからこそ、ここは神聖な場として王と王が招いた者以外は出入りできないようになっていた」

今では偽の『祈りの間』が作られ、現在の王がそうと知らず毎日通っているがな、と伯父が嘲笑う。

「わずか六歳で即位し、宰相のいいなりになるしかなかった幼いラジエルが一人になれるところはこの祈りの間しかなかった。この部屋は密室でどこにも抜け道はない。だが、ここには神獣の力があった。『ここから抜け出したい』と願ったラジエルの祈りは神獣に届き、道を繋げたのだ」

「それがなぜアウルス子爵領――あ！」

「――そうだ。我がアウルスはセーリア神の神獣に従い、この大陸に人々を導く手助けをした神官が居を置いたことが始まりなのだ。王城の神獣の力と、セーリア神の神官が作った我が子爵領――そして我が館にはセーリア神の力を分け与えられた神官の力が残っており、繋がっていた。アウルスの『アウル』とはフクロウのこと。セーリア神の信を得た血筋の家《アウルス子爵家》と、セーリア神の神獣《フクロウ》が二つの場所を繋げ――そして、ラジエルは私とサラディナに出会ったのだ」

六歳の寂しい子供だったラジエルが、同年のラデュレと一つ年下のサラディナに心を開くのに時間はかからなかった。

「生気を失っていた幼いラジエルは、王家では教えてもらえないものをアウルス子爵家で吸収し、成人となる頃には、国の未来を、民の安寧を考えるようになった。――そのためには宰相から実権を取り戻さなければ実現しないと幾度も口にしていた」

「そうだな……」

王都の学院に通い、ラジエル前国王と友人となったダリル公爵は、いつかラジエルが宰相から実権を取り戻す日が来ることを信じて疑わなかった。

――そうなるように力になるつもりだったのだ。

「ラジエルは、八歳年下の宰相の娘を婚約者としてあてがわれたが、あいつにはサラディナしか見えていなかった。そして、アルトゥールが生まれたのだ。非嫡出子として届けるしかなかった出生届だったが、女神様の神殿で出生届が書き換わった時――私はアルトゥールがいずれ玉座に座ることを確信した。それはラジエルも同じだったろう。アルトゥールが物心ついた頃から色々なことを教え込んでいたからな」

だが、と伯父が声のトーンを落とした。

「アルトゥールが五歳になった頃、輿入れして間もないサカリナ王妃が双子を出産した。初夜で懐妊したとか早産だったとか、まことしやかに囁かれていたが、違う。現に血の繋がりを証明する儀式が行われなかったのだからな」

王族ともなればその純血性が求められる。

ゆえに出生後、神官立ち合いのもとで王と出生した子の親子鑑定が行われるはずだったのだが、宰相は神殿に圧力をかけ、してもいない鑑定の結果を公表したのだ。

「ラジエルを——王家を、ただの傀儡だと思っていたのが分かるな……」

苦々しくダリル公爵が言う。

「腐りきっていたんだ。せめて——あと十年。それだけあればダリル公爵やラジエルを友としていた貴族たちで宰相を追い落とすこともできただろうに」

「自分の子ではない者が王太子とされた。そしてすぐにカステリアが厚遇され始めた。あいつはこっそりと調べ上げて、カステリアが双子の父であること、そして、宰相と組んでこの国を操ろうとしていること——そして、自分の子ではないと知っているラジエルを早急に亡き者にしようとしていることを確信した」

『時間がない』のだと、何度も言っていた父。

時間がもっとあったなら、父は自分の手でウルド国を守れていたかもしれない。

「ラジエルが生きていたら——こんな愚かな戦争は起こさなかったであろうに」

義父であるダリル公爵が項垂れた。

そうだ。父は民の安寧を願っていた。

こんな風に民を苦しめることを選択するはずはなかった。

——私は、先ほどまで悩んでいた血の呪縛が完全に解けたことで、決意がさらに固まった。

弟たちを排斥するということにもはや罪悪感はない。

彼らはそもそもその権利がなかった者だ。父を欺いた王妃とその不義の相手との子供であり、王位継承権など持たない者だったのだ。

ならば、国王であった父を殺害した罪人とその子供に相応の罰を。

国民を苦しめた犯罪者として裁くことにも躊躇はない。

「伯父上、義父上。この不毛な戦争を終わらせましょう。この神殿は王城の最深部。王族が居住する場所に近い。制圧するためにここを使います。私にしかこの部屋の扉を開けることができないのであれば、いい隠れ場所となります」

「王城にはいくつも隠された地下通路がある。崩れて使えなくなった古い通路を秘かに補修してある。王都や王宮にはすでにたくさんの同志を潜ませているから、それらの脱出路を押さえ、逆にこちらの侵入に使わせてもらおう」

これまでダリル公爵や仲間と共に攻略法を練り上げて準備をしてきた。

「アースクリス国軍と反乱連合軍で王都を包囲し、城下でも陽動を」

クリスフィア公爵がそう繫げる。

「――そして王城深くにいる王族を我々で一気に制圧します」

私の言葉にダリル公爵と伯父ラデュレが頷く。

「王族を制圧すれば終わる――まあ、偽物の王だがな」

クリスフィア公爵がニヤリと笑った。

7　祝福《ギフト》のちから（ローディン視点）

「ランバース卿！　勝手に持ち場を離れるな!!」

「うるせえ！　俺のやり方に文句つけるな!!」

第三部隊のランバース卿が剣に魔法を乗せて一気に薙ぎ払う。

王城から一斉に出てきた敵兵の何人かが、その攻撃で吹っ飛んで行く。

「ほら見ろ！　馬鹿な野郎どもが俺に敵うわけない!!」

ランバース卿は魔力を剣の結晶石に込め、さらに威力を上げて敵に打ち込んでいった。

こうなったら彼は止められない。

敵を見ると倒すこと以外に周りが見えなくなる。

普通の剣士の数倍の力があるが、能力を過信する傾向があるのだ。


――今日、ウルド王城を攻め落とす。

私たちアースクリス国軍は反乱連合軍と共に、王城の制圧のため正面から攻め込む役目を負っている。

アウルス子爵たちは王城の隠し通路からすでに王城深部に侵入しているはずだ。

外側と内側から一気に叩き潰す。

すでに王都と王城周辺は制圧済み。あとは王城を制圧し――王を捕らえればいい。

剣戟の音が響き渡り、魔術師たちも防御と攻撃を繰り返している。

王都の幾重もの防御壁を突破し、残るは王城を守る城壁のみだ。

ここを崩せば、王城内に侵入できる。

『ローディン、王城の城壁を壊せ』

クリスフィア公爵から通信用の結晶石を通じて指示が入った。

私以外の魔術師たちも同様の指示を受け、同意の意思が伝わってきた。

すぐに近くの城壁に意識を集中する。

ウルド側の魔術師により攻撃を防ぐ魔法がかけられているため、城壁を破るためには、その魔法をかけた魔術師を戦闘不能にすることが不可欠だ。

魔法で城壁を壊すこともできるが、それは敵の魔術師の力を超える能力を持っていなければならない。加えてそのようなことをすれば、攻撃中に敵の魔術師たちの包囲網のもと、集中砲火を受けて潰されかねない。

明らかにこちらに分があるならばそれでもいいが――ここまで来て戦法を誤ってはならない。

一人一人、確実に魔術師を潰していく。難しいミッションではあるが、その方が間違いがない。

それを事前に提案した時は、「確かに効率はいいだろうが、それを誰もが簡単にできると思うなよ」と同僚の魔術師に苦笑された。

だが、ここにいる魔術師は皆、クリスフィア公爵の教えを受けた強い魔術師ばかりである。精鋭部隊を組んで王城総攻撃に備えてきたのだ。誰もできないとは言わなかった。頼もしい限りだ。

だが相手の魔術師たちも王城に勤めるだけあって一騎当千の実力を持つ。決して侮ってはならない。

だからこそ皆で一斉に攻撃し、無力化する。それができなければ戦いが長期化するのは必至だ。

慎重に城壁や周辺にいる魔術師の位置を探索する。

魔力感知を行うと、魔力を持った者の周りの景色が脳裏に浮かんできた。

右翼に、いち……に……左翼に、二人。

魔術師は四人か……。

いや、もう一人異常なまでの力の持ち主が、正面の城壁の中に――いる。

魔術師？　いや、これは魔術師といえる範疇のものではない。どす黒く凝縮した――

――これは……!!

その不穏な力を意識の端に捉えた瞬間、かつてその存在を教えてくれた祖父のことを思い出した。

「クリスフィア公爵。一人、異常なのがいます」

魔力感知の結果を報告するとすぐに返事が来る。

『――ああ。厄介なのをウルド国は作りやがったな。アンベールに続いてウルドもか！　そいつは私が引き受ける。お前はそいつに関わるな――大事な姪に会えなくなるぞ』

クリスフィア公爵自身も感知したらしい。魔術師たち全員に一時退避命令が出された。

「了解しました」

今のところ、戦況は明らかにこちらの優勢だ。

王家のやり方に反旗を翻した多くの民の怒りが伝わったかのように、ウルド国軍を次々と打破してきた。

だが、感知したものが予想通りなら、戦局は変わってくる。

もしかしたら、ひっくり返される――そんな危険性もあるのだ。

『アンベールに続いてウルドもか――』

クリスフィア公爵の言葉。

アンベールに闇の魔術師がいたという情報は、主だった者だけに伝えられた極秘情報だった。

アンベール国との国境付近で戦死する者に不審な形跡があったこと。

そして原因不明の後遺症を負った者がいたこと。

それが闇の魔術師のせいであったことは、数年前、闇の魔術師自らが砦に暗殺者として現れたことで明らかになった。

その際には、砦にいたクリステーア公爵が闇の魔術師に深手を負わせ、撃退した。

その魔術師が数か月前に斃《たお》れたという情報を得た時は、魔術師全員で胸を撫でおろしたものだったが――まさかウルドにもいたとは。

『あいつに対抗できるのは、私だけだ。私が片付けるまで絶対に近づくな。即座にその命を狩られるぞ』

その言葉に、捉えた気配の持ち主が闇の魔術師であることを確信した。

城壁にいるなら、できるだけそこに兵を近づけてはいけない。

魔力持ちの方が『彼』の格好の標的になるからだ。

もちろん、部隊長たちにも退避命令が出され、城壁付近から魔術師や兵たちが一斉に離れていく。

——だというのに。

「ここもすぐに落ちそうじゃねえか。よし、あっちに行くぞ!!」

クリスフィア公爵の命令が耳に入っていなかったのか、戦闘に夢中で気づかなかったのか、ランバース卿が数人の部下を引き連れて城壁の方へと走って行く。

一気に城壁付近から自軍がいなくなったことに、自分が切り込みやすくなったと勘違いしたのだろう。

退避中の私は城壁の方へと走るランバース卿とすれ違った。

それどころか彼の周りにいる彼の部下も一緒に城壁の方へと向かって行ったのだ。

「ランバース卿！　そっちに行くな!!」

これまでも彼が事前に決められた場所を勝手に放棄して走り回るので、何度も隊列の隙を突かれそうになっている。それを毎回、別の隊や魔術師たちがフォローするために振り回されていたのだ。

今回も私の制止を聞かず、ランバース卿は城壁近くの敵軍に切り込んで行った。

剣の腕は確かだろうが、今は戦争中なのだ。

己の技量を過信して突っ込めば痛い目に遭う可能性も上がる。それだけでなく、周りの者も巻き込まれる。

それなのに、退避命令が出ているにもかかわらず、城壁近くに切り込んで行くとは。

今は彼をフォローする別の隊も魔術師もいない状態だというのに。

そんなランバース卿の頭上から、子供特有の高い声が降ってきた。

「へえ～～。キミ、他の人とは違うねえ」

その声にランバース卿が顔を上げると、黒い髪に灰色の瞳の少年が、城壁の中ほどにある窓に腰をかけて彼を見下ろしていた。

「……なんだ、このガキ」

まだ齢《よわい》は十程度。だがその瞳はそうとは思えぬほど昏く狂気を孕んでいる。

「さっきから、どんなのを獲物にしようかと思ってたんだけどさ～」

少年がスタリ、と音を立ててランバース卿の前に立った。

少年は軍服でも魔術師のローブでもない、見るからに貴族の子息といった感じの身なりだ。

彼はランバース卿をじっくりと見ると、楽しそうに笑った。

「へえ。魔力持ちか～～。そういや金色の髪だもんね～。でもその分だときちんと魔力を使えなさそうだよね～」

この場にそぐわない間延びした声が、その少年の不気味さを助長する。

「うるせえ!!　このガキ!!」

ランバース卿は子爵家に生まれ、火の属性を持っている。

彼は嫡男ではないので継ぐ爵位はない。そのため魔術師で身を立てようと魔法学院で訓練をしたが、思うように魔力を使うことができなかった。どうやら、生まれつきその力を扱う能力に欠けていたらしく、そのことに相当な劣等感を抱いていた。

思ったような結果を得られず、素行が荒れ、問題を次々と起こすようになった彼に、魔法学院の教師であったクリスフィア公爵が、彼の火の魔力と相性のいい結晶石を組み込んだ剣を与えたと聞く。

そのおかげで彼は剣に魔力を纏わせて戦えるようになり、やがて軍属となり、この戦争で軍功を上げて立身出世をしようと躍起になっている。

気持ちは分かるのだが、そのせいで周りの状況が見えていないのは問題だ。そのせいで、まさしく今、危機に陥っている。

「それってさ〜。宝の持ち腐れだよね〜〜」

くすくすくす。

十歳の子供とは思えない異様な雰囲気が彼から発せられている。

「使えない魔力ならさ――僕にちょうだい？　キミより上手く使ってあげるよ」

「ふざけんな。――お前、ウルドの魔術師だな。ガキだろうと容赦しねえ!!」

ランバース卿は隙のない剣術で切り上げる。

——だが、相手は魔術師だ。魔力の強い者ほど剣術を容易に避ける。

「——馬鹿だね」

少年がふわりとランバース卿の背後を取り、空中でトン、とその肩を指先で突いた。

——それだけだったが。

「う……？」

ランバース卿がどさり、とその場に仰向けに倒れた。

「副隊長!!」

第三部隊のタイトさんが近寄ろうとするが、何かに阻まれて近づけないでいる。

「あれ～？　キミも魔力持ちだね～。今日はご馳走がいっぱいだ。こいつを喰らったら、次はキミの番だよ？」

昏い微笑み。

——間違いない。このまだあどけなさが残る少年は、『闇の魔術師』だ。

「僕この力を手に入れたばっかりなんだ。だからすっごくお腹空いてるんだ～～。どうせ食べるんなら、魔力持ちの命の方がいい～～」

闇の魔力に身を堕とした者は、物理的な食事を必要としなくなるという。

代わりに生き物が持つ生きる力——生命力を糧にするのだ。その力は己の魔力を強大にするものでもある。

「う……お、まえ……」

ランバース卿が仰向けになったまま、動けないでいる。

「父上がね〜〜。今日はアースクリスの人間だけにしろって言ったから、朝から何にも食べていないんだ〜〜」

少年は少し離れた所から見ても整った顔立ちをしている。だからこそ余計にその言葉と表情に不気味さを感じた。

――こんな幼い少年を闇の魔術師にするとは、なんて残酷なことを……。

この少年を見ると、ウルド国の貴族――いや王族も絡んでいるのだろう。

この戦いをウルド国の勝利とするために禁忌を犯し、少年を人ならざるモノへと作り変えたのか

――


彼は、もう人間に戻ることはできない。

『ローディン、お前は絶対に奴に近づくな。闇の魔術師はより魂の格の高い者を敏感に感じ取って標的にする。もしお前が奴と接触して、お前から「あの子」の存在が知られたら――あの子の命が危険になる。私が奴の相手になるから、指示を出すまで動くな』

クリスフィア公爵の思念が届く。

『あの子』とは、私の可愛いアーシェラのことだと瞬時に理解した。

そして、いくつか命令を受けた後、指定された位置まで後退した。

「あっれえ〜〜？　誰もキミを助けに来ないみたいだねえ。嫌われてるのかな〜〜？」

敵も少年の近くに寄ることはなく、むしろ我先にと逃げて行った。ウルド国の兵たちも少年の危

険性を知っているのだろう。

城壁の周りには少年とランバース卿、そしてタイトさんたち第三部隊の者が数名いるだけだ。

少年は拡声の魔法を使って、あえて周りに聞かせているようだ。自らの存在を知らしめて、こちらの恐怖を煽るのが目的なのだろう。

「う……な、んで……」

動けないランバース卿を、愉しそうに少年が覗き込んで嗤った。

「身体動かないでしょ～？　キミの生命力は今僕に取り込まれてるからね～～。でも安心して？　キミの命は僕が存分に有効活用してあげるよ。キミの魔力でアースクリスの兵たちを皆殺しにしてやるから。良かったねえ～。今までキミが思うように使えなかった魔力、僕が何百倍にもして使ってあげるよ。――ふふ。嬉しいよね？　キミは僕の糧になって僕の中で見ているといいよ。キミの火の魔力でキミの仲間が火だるまになるのをさ」

ランバース卿が目を見開いた。

自分の生命力が目の前の少年に吸い取られていくのを感じ取ったのだろう。その瞳が恐怖に彩られたことが分かった。

その様子を離れて見ていたら、ふと、その黒髪の子供の周りに、幾人もの気配を感じた。

なぜなのかは分からないが……確かに、視えたのだ。

浮浪児のような子供、老人、メイドのお仕着せやドレスを着た女性に、軍人や貴族男性、魔術師のようにローブを着た者まで――

そしてそれは私だけではなく、ランバース卿にも視えたのだろう。信じられないとばかりに、周りに目をやっている。

「お、まえ……」

「あれ？　視えた？　キミもすぐに彼らの仲間入りだよ。記念すべき十人目ってところだねえ」

十歳そこそこの少年に、これまで九人もの人間の命を吸わせていたということか。

「なるほどな――そこまでウルド国の王家は腐っていたというわけか。――マルル公爵家のザガリード」

クリスフィア公爵が一人、闇の魔術師の少年のもとへと歩いていくのが見えた。

「うっわあ！　絶対美味いのが来たあ!!」

歓喜の声を上げる少年にはまだあどけなさが残っている。

――その姿にふと違和感を感じた。

闇の魔術師は『自ら』、闇に身を堕とす。

その代償の重さも何もかもすべて理解した上で、選択するのだ。

しかしこんな少年では、そのようなことは理解できないのではないだろうか。

おそらくこの少年は魔力の強さゆえに選ばれ、本当のことを知らされずに闇の魔術師にされたのだろうと推測できた。

マルル公爵家とは、ラジエル・ウルド前国王の正妃サカリナの生家だ。

現在ではサカリナ王太后の弟がマルル公爵家の当主を務めている。

主要な貴族の系譜は頭に入っている。ザガリードと言えばマルル公爵の愛妾の子だ。

「私はお前に食われるつもりはないし――そいつも返してもらう」

クリスフィア公爵がスラリと剣を抜く。

「無理だよ？　今まで誰も僕にかなわなかったんだよ。この結界は剣も矢も魔法も通さないんだ。そこで見ててよ。この男が為す術もなく命を狩られるのをさ」

「確かにな。剣も矢も、四大魔法も闇の魔法にはかなわない。四大魔法は闇に吸収されてしまうからな」

「そうだよ。分かっててんじゃん」

くすくすと灰色の目を細め、愉快そうに口端を上げる。

「だから、闇を切り裂くのは――これだろ？」

クリスフィア公爵が剣を振りかぶって一閃した。

――ガシャン!!

「――は？　――え？」

信じられない、とばかりにザガリードが目を見開いた。

ザガリードの黒髪が耳の辺りから切られ、右の頬から鮮血が滴り落ちる。

ガラスが割れたような音は、クリスフィア公爵の一撃で結界が破られた音だった。

頬の傷から広がるように、シュウウと音を立てて、少年の頬が焼けただれていく。

「な、なんで？」

闇の魔術師は最初に人の命を屠った時点で『ヒト』ではなくなっている。

だから、生身の傷を負ってもすぐに修復する。

心臓や頭を剣で貫かれても死ぬことはない――人間の姿をした不死の魔物と化すのだ。

――闇を切り裂くのは光。光魔法を使役する者。もしくは光の権能を内包したモノだけが闇の魔術師を葬り去ることができるのだ。

ザガリードはすぐに修復するはずの傷が広がっていくのを止めることができなかった。

頬から首、肩から腕、そして足先まで。

剣を一振り――光魔法を乗せた剣は、結界を破り、ザガリードの右半身を焼いていった。

「――闇を切り裂くのは、光だ」

その言葉で、ザガリードは目の前の男が光魔法を用いて自らを傷つけたことを知った。

だが、それを信じられないのか、首を横に振りながら否定の言葉を口にする。

「父上は光魔法は存在しないって！　だから!!」

「そりゃあ、ウルド国、アンベール国、ジェンド国に光魔法の使い手がいるわけがない。――こうやって闇の魔術師を作り出してまで、使役しようとするのだから」

卑怯者の国には光魔法の使い手はいないんだよ、と言外に告げた。

「う……うあああああああッッ!!」

ザガリードが次々と焼けただれていく身体を抱きしめて、クリスフィア公爵から後ずさって叫ぶ。

「このまま、僕は終わらない!!　反逆者を皆殺しにして!!　アースクリスを滅ぼす!!」

「――ほう？　私がそれをさせるとでも思うか？」

「――うるさい！　うるさい！　うるさい!!　父上は褒めてくださった!!　邪魔な奴を消して僕が強くなるたびに頭を撫でて褒めてくださった!!」

彼のこの言葉で、黒幕を知った。

少年を支配していたのは、父親であるマルル公爵。王太后サカリナ・マルル・ウルドの弟、つまりはラジエル・ウルド前国王を傀儡にして圧政を行っていた宰相の実の息子であり、宰相亡き今は現在のウルド国王の右腕だ。彼もまた、甥である現ウルド王に娘を嫁がせている。

愛妾の子であるザガリードを手懐けて盲目的に自分を慕うように仕向け、ウルド国を裏切らない手駒とし、『闇の魔術師』へと作り変えたのだろう。

私が思うに、マルル公爵はザガリードを利用し、この戦争の混乱に乗じてウルド国の王族をも殺させるつもりだったはずだ。そして自らがウルド国の玉座を取るつもりだったのだろう。闇の魔術師を手中に収めれば、それが容易になるからだ。

さすがはこのウルド国を百年以上操ってきた一族。己の子まで人ならぬモノに作り変えるとは。

――非情さが半端じゃない。

ザガリードを見つめつつ、クリスフィア公爵が無表情のまま剣を構えつつ言う。

「化け物になったお前を、父親が生かしておくと思うのか？」

「僕は死ぬまで父上を裏切らない!!」

そう叫ぶと、ザガリードが手を上げた。

黒い光を帯びた魔術陣が瞬間的に広範囲に広がった。

闇の魔術師は通常の何倍もの範囲に、魔術陣を展開できるのだ。

「――まずい!!」

――あれは、命を屠る魔術陣。手当たり次第に命を狩り、己の力にするつもりなのだろう。

あれに触れたら命を狩られてしまう。

瞬時に結界を張って、その強度を最大限にした。そうしなければ一瞬で命を屠られてしまう。

キイイイン――

結界が魔術陣をはじく音がしばらく続いた。

「え……」

魔術陣はかなり離れたところまで広がっている。

だが、クリスフィア公爵が事前に準備しておいた結界を発動させてくれたおかげで全員無事のようだ。

けれど私は、クリスフィア公爵の指示のもと一人で行動をしていた。

高台で近づきすぎず離れすぎず、闇の魔術師側からは死角に当たる場所で。

この場所にはクリスフィア公爵の結界は準備されていなかったと記憶していたが――私の周りには、今、金色とプラチナの光を放つ結界が張られていた。それもちょうど私一人を包むような、強力な結界が。

結界を張ったつもりではいたが、闇の魔術師は四大属性魔法を吸収し無効化してしまうはずだ。

だから一瞬、結界を越えられ、命が狩られるかもしれないと覚悟を決めた。

――それなのに。

目の前の結界にはきらきらと金色とプラチナの光が交じっている。金色の光は光魔法の証だ。私は光魔法の使い手ではないのに。

『ローディン、聞こえるか？』

混乱する私のもとに、結晶石での通信ではなく、クリスフィア公爵の思念が届いた。

『計画は続行だ。――今、お前の周りには金色とプラチナの結界があるのが見えるだろう？』

クリスフィア公爵がまるで私の周りが見えているかのように淡々と言う。

「は、はい。――驚きました。私の張った結界では闇の魔法は防げなかったはずですが……」

『ああ、その通りだ。お前を守ったのは、あの子のくれた祝福《ギフト》だ。あの子は私にも祝福《ギフト》をくれたから分かる。あの子は自分では気づいていないだろうが』

「アーシェの力……」

金色とプラチナの入り交じった光には覚えがある。

女神様の教会で、アーシェを取り囲んだ菊の花が、金色とプラチナの光を放って、アーシェの周りをくるくると回っていた、あの時と同じ光――

レント前神官長が言っていた――アーシェに与えられた女神様からの祝福《ギフト》。

『お前は私の何十倍も何百倍もあの子からの想いを多く貰っている。今なら――お前も光魔法を使役できるはずだ』

「え……」

『あの子がくれた祝福《ギフト》のおかげで、私も広範囲に光の結界を作って兵たちを守ることができた。次はお前の番だ。あの子がくれた力で――闇の魔術師を討て』

アーシェが私にくれた、女神様の祝福《ギフト》――

稀有なる光魔法の力を『他人』に付与するなど、簡単にできるものではない。

私たちは自らの魔力を魔導具の結晶石に入れて、それを動かすことはできる。

だが、『自分の力を他人に付与して自由に使わせる』ことはできない。

『――あの時、あの子は私に祝福《ギフト》をくれたことで、力を使い切って眠ってしまった』

クリスフィア公爵の言葉で、アーシェがクリスフィア公爵に会った日のことを思い出した。

菊の花をバーティアの教会に植えて、柿を収穫し、クリスフィア公爵やカレン神官長と共にバーティア商会の家で寒大根を作った――あの日。

たしかあの時、アーシェが私に抱きついて無事を祈った後、

『こうしゃくしゃまも。げんきでかじょくのもとにかえってきましゅように』

とクリスフィア公爵に言って、クリスフィア公爵とカレン神官長が驚いたように目を見開いて固まっていたことを思い出した。

その後、アーシェはコテリと眠ってしまったが――

あれは、祝福《ギフト》を使ったための、魔力切れの症状だったのか。

――そういえば。

私とリンクの出征が決まってからずっと、アーシェは夜寝る前、祈りの体勢でぱったりと糸が切れたようにベッドに倒れ込み、眠りにつくことが多かった。

もしかしたらあれも、私やリンクに対する祝福《ギフト》のために自分の魔力を使い切ってしまったからなのか――

――アーシェ。

胸が熱くなって、鼻がツンとした。

瞳が嬉しさで潤んだ。

――大丈夫。私はちゃんと無事にアーシェのもとに帰るよ。

――アーシェがこうして私を護ってくれたから。

私は目元を拭うと、自分の中の魔力に意識を集中させた。

魔術返しと魔術師殺し――その力を練り上げる。

肌に触れているパーティアの結晶石の力を借りて、入念に力を凝縮させる。

その力に金色とプラチナの光を練り込む――闇の魔術師を屠るために。

やがて手の中に金色とプラチナの光を纏う矢が現れた。

女神様に願うは、闇の魔術師に縛られた命の解放――

渾身の力が凝縮された矢は、フォオオンと音なき音を纏った。

「――行け!!」

矢が手を離れた。

女神様の力を纏った矢は――真っ直ぐにザガリードの心臓を貫いた。

「――あァあああああッッ!!」

金色とプラチナの炎がザガリードを覆いつくす。

すると、離れたこの高台からでもその身体がボロボロと崩れていくのが見えた。

ザガリードの身体から一つ、二つ、三つ……と白い光が飛び出してきて、天へと昇っていく――

最後の叫びのあと、ザガリードの小さな身体は――跡形もなく消え去った。


退避指示が解除され、クリスフィア公爵のもとにいち早く駆け付ける。

「闇の魔術師は禁忌を犯した。ゆえに肉体が土に還ることも、魂が輪廻の輪に入ることもなく消滅する――」

クリスフィア公爵が静かに言葉を紡いだ。

――闇の魔術師の最期は、完全な『無』になるのか。

「ああ……全部で九つの白い光――魂が天に昇って行ったな。良かったな、ランバース。十個目にならなくて」

クリスフィア公爵が光を見送ったあと、ランバース卿を見て言った。

「何事も命あっての物種だぞ」

ランバース卿は、タイトさんに抱き起こされたものの身体に力が入らないらしく、ぐったりとしていた。命には別条はないとクリスフィア公爵は言ったが、否応なしに生命力を吸い取られ、殺されかけたのだ。相当なショックを受けたらしき彼は項垂れ、タイトさんに支えられて後方に下がった。

「しばらくは静養が必要だろう。——さて、ローディン。お前のおかげで城壁にいた魔術師たちは皆、慄《おのの》いて逃げていったぞ。うちの魔術師たちに後を追うよう命じたが」

遠巻きに様子見をしていた敵の魔術師たちは、闇の魔術師が屠られたことに戦慄し、持ち場を放棄して逃げて行ったようだ。

つまり、労せずして正門を押さえたということか。

「——」

「ローディン?」

「いたたまれないです。アンベール国の闇の魔術師と違って、ザガリードは……彼は何も知らなかった。それなのに、何も知らない子供をこんな風にするなんて」

女神様の力を乗せた矢で貫いた時に視えたのは——無邪気だったザガリードの姿だった。

父親のマルル公爵に頭を撫でてもらうのが大好きな男の子だった。

マルル公爵の瞳が冷淡であり、撫でる行為そのものがザガリードを操るための演技であることも、女神様の導きで視えた。

反乱軍を退け、その混乱に乗じてウルドの王族さえ弑してしまおうと考えたマルル公爵のせいで、この計画は進められたのだ。

魔力が強いというだけで、マルル公爵の愛妾の子供だったというだけで、人ならざるモノへと無理やり変えられてしまった。
強大すぎる力で精神が歪み、あのような化け物になり果てた。
マルル公爵は考えなかったのだろうか。
いつか自分がザガリードに殺されるかもしれないということを。
それさえも考えられないほどに権力に固執していたということなのか。
目の前にぶら下がった玉座がそんなにも魅力的だったというのか。
そのために血を分けた我が子の、人としての未来を無理やり閉じたのか。
禁忌に触れた魂は『消滅』する。
本来のザガリードはただ父親の愛情を欲していた少年だったというのに。
完全なる『死』でしか彼を解放することができなかった――
私はもう一度、矢をつがえた。
目の前に標的はいない。
それどころかどこにいるかも分からない。
――けれど。そんなことは、関係ない。
「真に裁かれるべきはザガリードを作り変えた者――」
フォオオン、と、矢に再び金色とプラチナの光が纏わりついた。
己の子を闇の魔術師とした、人の道に悖る者を――
闇の魔術師を作った――外道を射貫け!!

放った矢は王城の奥へと吸い込まれていった。

――女神様。

できうることなら、ザガリードの魂をお救いください。

罰は真に罪ある者へとお渡しください――

その願いが聞き届けられたことを知ったのは、それからしばらく経った後のことだった。

8　明らかになる時

「陛下！　王弟殿下！　転移の間が反乱軍に押さえられてしまいました!!」

ウルド王宮内は王族を守るために兵が走り回り、騒然としている。

そんな中、内務大臣のパルスが息を切らして王の間に走り込んできた。

「なんだと!?　兵は何をしていたのだ!!」

目を吊り上げてマーランド・ウルド王が叫ぶと、近衛兵が外からの報告を受けて青褪める。

「反乱軍がすでに王宮内深くに入り込んでおります!!　すでに王宮のほとんどを制圧されています!!　外務大臣もお斃れになり、諸侯も次々と切り伏せられています――!!」

「反逆者どもめ……！　王家に反旗を翻すとは神罰が下るぞ!!」

「カライル別邸が反乱軍に制圧されたと連絡がありました!!」

「「なんだと!?」」

とウルド王と王弟の声が重なった。

「キーン別邸、ゴルバット別邸もです!!」

その後も次々と郊外の王族の隠れ家が制圧されたとの報告が上がってくる。

「なぜだ。なぜ、隠れ家すべてが知られているのだ!!」

これまで転移魔法や隠し通路を使って逃げる先をいくつも用意してきた。

――それなのに、すべてが押さえられたとは。

王城内部に強力な内通者――おそらくは重臣がいたことにマーランド・ウルド王は歯がみする。

「くそ！　他に脱出路はないのか――！」

ぎりりと玉座のひじ掛け部分を握りしめて考えを巡らせた時――ふと、思い当たることがあった。

なぜ今の今まで思い出さなかったのか。

「――奥の神殿には、王のみが使える秘宝があったはずだ」

「!!　そうだな。亡き父上がおっしゃっていた。王ならば、助けると」

幼い頃に聞いた、ラジエル・ウルド前国王の言葉を双子が思い出した。

「そ、それは……」

カステリア公爵はその言葉を聞いて青褪めた。

確かに奥の神殿には『ウルド王』のみに応えるものがあるということは知っていた。

だが目の前にいる『王』がその条件を満たしていないことはカステリア公爵自身がよく知っている。

しかも建国以来、直系の王族の誰であっても、一度も応えることがなかったものであり、そしてそれが何であるすら誰も知らないのだ。

「たった一度きりだから、最後の手段にせよと仰っておられた。今こそそれを使うべきだろう！

行くぞ!!」

王妃や側妃がそれぞれの子供の手を引いて、王や王弟の後に続く。

だが、カステリア公爵はなかなか動くことができなかった。

ラジエル・ウルドが何をもってそれを双子に教えたのか——それが父親としての温情だとは到底思えなかったからである。

「カステリア公爵、そなたも来い。長く王家に仕えたお前も共に助けてやろう」

急かされて、マルキス・カステリア公爵は不安を抱えつつその後を追うことになった。

ウルド王と王弟はまったく疑ってもいなかった。

——これまで閉じられていたその記憶が、なぜ今開いたのかを。


「ここだ!!」

マーランド・ウルド王が即位すると同時に新たな神殿が建てられたが、奥にあるセーリア神殿は取り壊されずそのままにされていた。

その神殿のさらに奥にある、天井が高くただただ広い部屋——祭壇も何もない空間にウルド王たちは足を踏み入れた。

「こんなところがあったのですね」

新しい神殿は旧神殿を模して造られたが、この部屋と同じものは作られなかった。

というより、この部屋はさっき突然扉が現れたのだ。——その時を待っていたかのように。

それまではこの部屋があると誰も気づかなかった。

何もないと思われた場所に現れた扉をマーランド・ウルド王が開けた。

「す、すごいです。まるで我々を待っていたかのように扉が現れました」

パルス大臣がハアハアと息を切らしながら興奮して言う。

「そうだ。この扉は『必要な時にのみ現れる』のだと、亡き父上はおっしゃっていた。——今がその時なのであろう」

「そうだな」

とウルド王の言葉に王弟も頷いた。

「たしか——あそこだな」

ウルド王は広い部屋の中央に向かって歩いていくと、そこにポツリとあった小さな窪みに持っていた王笏の先を載せた。

すると、カチリと嵌まる音がして、王笏を中心とした床一面に魔法陣のような紋様が現れ、強い気が吹き荒れた。

その圧にマーランド・ウルド王が飛ばされ、紋様の外で尻もちをつく。

「や、やったぞ」

手ごたえを感じ、ウルド王が歓喜の声を上げた。

その間にも紋様から強大なまでの力が噴き出し、その気に圧倒され、王や王族たちが身体を震わせた時——その気が一つのモノとなった。

「黄金の、獅子――」

――そこには、黄金に輝く毛並みと瞳、その纏う気さえも黄金を放つ獅子がいた。

『――時は来たれり』

輝く紋様の中心に立つ獅子が重厚なる声を発し、辺りを震わせた。

そしてその黄金の瞳でその場にいた王族や重臣たちをぐるりと見回す。

「し、しし、神獣様……」

奥の神殿を管理していた幾人もの神官たちが一斉にひれ伏す。だが、そんな神官たちを見て王族や重臣たちは首を傾げていた。

セーリア神の神獣は銀色のフクロウではないか、と。

「へ、陛下。セーリア神は一柱の神様ではございませぬ。正しくは二柱。今お姿を現しておられますのは、もう一柱の神様の神獣様にございます」

「フクロウは導き、獅子は王を守ると――セーリア大陸の書にありました」

奥の神殿にいる神官たちは、新しい神殿から左遷されてこの神殿の担当となった者たちばかりだ。

『視える』力を持った神官は、セーリア神が二柱であることに自然と気が付いていた。

力がなくとも、別大陸の学術国に留学し、開闢記や他の国の書物でそのことを知った者もいる。

彼らは、なぜ一柱の神様のみを信仰しているのかと発言せずにいられなかった。

それにより処罰され神殿から追い出される者もいたが、その後口をつぐみ奥の神殿で秘かにもう一柱の神に対しても祈りを捧げてきたのが、この神官たちである。

「獅子は王を守る——と言ったな」

マーランド・ウルド王が神官の言葉を拾って言う。

彼にとっては神が一柱でも二柱でもどうでも良かった。

ただここに神獣が現れたのは『王』である自分を守るためなのだと思った。

「では父上は獅子の神獣のことを知っておられたということだな。父上は秘宝について『ウルド国の正しき王を守る』ものだと、教えてくださったのだ。——ウルド国の正統な王は朕だ。反逆者どもを蹴散らし、朕を助けるために神獣は力を貸してくれるのであろう」

そうウルド王が言った時、フッ、と神殿の空気が、変わった。

魔法で一定の温度を保っているはずの神殿内の空気が、一瞬にして冷たくなった。

「——!!」

「なに……?」

びりびりと恐ろしさを感じるまでのそれは、目の前の黄金の神獣から発せられた気であり、王族たちは自分たちを睥睨する獅子から目が離せなくなっていた。

『——我はセーリア神に属する者。王の守護者にして過ちを正す者』

強大な気を放つ神獣の荘厳な声に気圧され、息を呑んだ。

だが、『王の守護者』という言葉を聞いて、王族や重臣たちは『自分たちは助かる』と安堵する。

隠れ家も隠し通路も押さえられ、転移の間も封じられ、絶望かと思われたところに、これ以上はない強大な味方が現れたのだ。

王を守護する神の使いならば、反乱軍など恐れるに足らず、と。

『――王の名を示せ』

神殿内に響いた声に、意気揚々とウルド国王が言葉を発した。

「朕はウルド国王、マーランド・マルル・ウルドだ」

――だが獅子の神獣は。

『否。――お前はウルド国王ではない』

その否定の言葉にマーランド・ウルド王は驚愕し、声を張り上げた。

「何をっ!!　朕はウルドの王だぞ!!」

『否。お前はウルド国王ではない』

獅子の神獣はウルド王を睥睨したまま同じ言葉を繰り返す。

「へ、陛下。どういうことでしょうか」

王族と重臣たちがざわついている。

「何を言う!!　朕の父は、ラジエル・ウルド。母はサカリナ・マルル・ウルドだ!!」

すると、うろたえるマーランド・ウルド王の隣で王弟が意気揚々と声を上げた。

「では！　兄上ではなく、私が王ということだな。私はマルカーナ・マルル・ウルド王弟だ。いや、王と名乗った方がいいか」

「マルカーナ！　馬鹿をいうな！　朕が国王だぞ!!」

それに対しても、獅子の神獣は同じ言葉を繰り返す。

『――否。罪の証である双子よ。お前たちは、前国王ラジエル・ウルドの血を引く者ではない』

「――なんだと⁉」

皆がその驚愕の言葉を聞いた、次の瞬間。

突然、カステリア公爵が走り出し、剣を振るった。――神獣を両断するように。

だが、言葉を発する獅子の神獣は、強大な神気を放ったまま、見事な黄金の毛の一本も散らされてはいない。

対して、カステリア公爵の剣はさらりと崩れて消え去っていった。

カステリア公爵が息を呑む。

獅子の神獣は抑揚のない声で淡々と告げる。

『自ら、罪を明らかにするか――双子の父よ』

「な――」

その言葉に王と王弟が目を見開く。

『我は、セーリアの神に仕えし者にして、ウルド王を騙《かた》る罪人《つみびと》に裁きを下す者なり』

神獣の言葉が朗々と神殿内に響き渡る。

その声は立って聞いているのが難しいほど力に溢れており、その一言で、そこにいる誰もが膝を折らずにいられなかった。

『ラジエル・ウルド前国王を手にかけし、大罪人。――マルキス・カステリア』

獅子の強大な力が、カステリア公爵を空中に持ち上げ、磔《はりつけ》の形にする。

『王に非《あら》ずして、王を騙り、ウルドの民を虐げし罪人。――マーランド・カステリア。ならびにマルカーナ・カステリア』

見えない何かによって王冠を奪われ、身体の自由を奪われたマーランド・マルル・ウルド王とマルカーナ王弟がマルキス・カステリア同様に空中で磔になったまま、驚愕に目を見開いている。

獅子の言霊で王族名を奪われ、代わりに『カステリア』という名が刻まれたことを悟った二人が青褪めた。

獅子が金色の瞳をぎらつかせる。

――もう誰も何も言えなかった。

神獣はとてつもない存在だ。その気は震えがくるほど強烈であり、神獣が発したその言葉は真実であると本能で分かる。否定などできようもない。

今まで正統な血を引く国王だ、王弟だと思っていた者が、空中で磔になっている。

そして、事故死だと発表されたラジエル・ウルド前国王が、カステリア公爵の手によって暗殺されていたという事実が明らかにされた――

そして、カステリア公爵が現国王陛下と王弟殿下の父親だと、神獣は示したのだ。

「私の旦那様は、国王じゃなかったということなの!?」

王妃と側妃がそれぞれの子を抱きしめて震えている。

「た、確かに髪色は三人とも同じ……」

「ラジエル・ウルド前陛下を殺したカステリア公爵の子……」

「反逆者の子……」

重臣たちが磔になっている王や王弟を見てぼそりと言う。

「いやあああ!!　お父様!!　私！　国王ではなく反逆者の子に嫁いでしまったの!?」

側妃が父親であるパルス大臣にしがみついて、半狂乱になって叫んだ。

その場の者たちが混乱する中、神獣が言葉を発した。

『我は王家に仇なす者を裁く。そして、この大陸の女神様の裁きを受ける者が――一人』

その言葉の後を継ぐように――

次の瞬間、目が開けられないほどの爆発的な光が辺りを覆った。

「――――ッ!!　ぐあああああぁッッ!!」

太陽が飛び込んできたような強烈な光の中、誰かの絶叫が響き渡る。

その叫びが、この場にいる一人の声であると誰もが気づいた。

「マルル公爵!?」

「お父様!?」

一瞬の光が収まり、目が慣れてくると、マルル公爵の身体が金色の炎に包まれ――さらにその胸を黄金に光る矢のようなものが貫いていることに、皆が驚愕した。

「――お父様!!」

王妃が悲鳴を上げて父であるマルル公爵に駆け寄ろうとするが、見えない壁に阻まれてかなわない。

いから

　ぶつけて

して、そして

石を使えば、安全

とマリウス侯爵がおは

　子供は無意識に自分の属性

を伸ばすらしい。そうなんだ。

　あれ？　でも私、最初から全属性の

躍ってたよね？　どういうことなんだろ

「ああ。――あと、これは面白いぞ」

　と言って、ひいお祖父様が指差したのは、四角

ボードに色とりどりのおはじきが載っていたもの。

　それは、私がおはじきで作ったリバーシもどきである。

　先日ふと思い出して、紙にマス目を書き、赤いおはじきと白いおはじきでリバーシもどきを一人遊びしていた。白黒両面のリバーシと違って、間に挟んだ石を自分の色に置き換えていく遊びだが、赤や青、白、黄色など他の色も使えるので、二人だけでなく三人や四人でも遊べるのだ。

んが、お

分けて入れ

らに使い勝手

ちが夢中になり、

さんがすぐに商品化

ていた屑石だから原価もか

思う。

面白いですね。単純ですが、奥が深

ひい祖父様とおはじきでボードゲーム

対

マリウス侯爵が深く頷いた。

「ですが、アーシェラちゃんに負けるとは思いませんでした」

　最初だけだよね？　二回目からは負けたし……。

なんか悔しい。むう。

「バーティア先生、これは国の機関に登録したのですよね？　では、使用料をお支払いしますので、このボードゲームと知育玩具をうちで作らせてくださ

　私は日中、商会の一角に設けられたキッズコーナーで過ごす。

　なぜかというと、それは暗殺者から私とローズ母様を守るための対策である。

　商会にいる時間は、おもちゃで遊んでいるか、皆が働いているのをじーっと見ている。毎日その繰り返しだ。

　つい、この間、魔道具に使われる結晶石を研磨した後に出る屑石を透明な樹脂で固めた、円形で平べったい、まるで前世のおはじきのようなものを、ディークひい祖父様からもらった。

　懐かしいその色と形に喜んだら、それからは同じものが私のおもちゃ箱に増えていくようになった。

　さあ、おはじきでどんな遊びができるかな。

「おおきいいち（石）は、じゅう。ちいさいいち（石）は、いち」

　事務処理をしているマールさんから、前日の売り上げ個数が書かれている紙を見せてもらっ

じきで計算をしていく。

　今は、おはじきで簡単な集計作

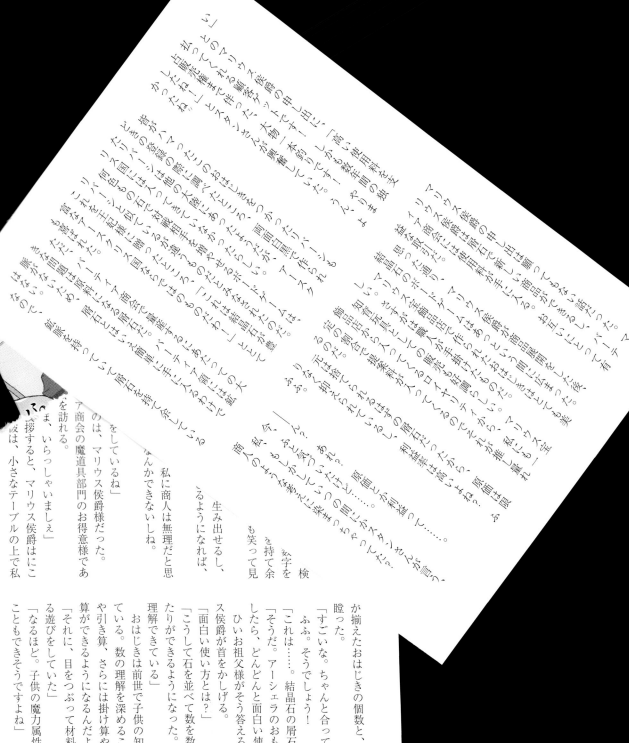

検
数字を
を持て余
も笑って見
生み出せるし、
るようになれば、
私に商人は無理だと思
んかできないしね。

をしているね」
のは、マリウス侯爵様だった。
ア商会の魔道具部門のお得意様であ
を訪れる。
ま、いらっしゃいましぇ」
挨拶すると、マリウス侯爵はにこ
彼は、小さなテーブルの上で私が揃えたおはじきの個数と、書類の数字を見て目を瞠った。

「すごいな。ちゃんと合っているではないか」

　ふふ。そうでしょう！

「これは……。結晶石の屑石を固めたものだな？」

「そうだ。アーシェラのおもちゃにいいと思って渡したら、どんどんと面白い使い方をしてな」

　ひいお祖父様がそう答えると興味深そうにマリウス侯爵が首をかしげる。

「面白い使い方とは？」

「こうして石を並べて数を数えたり、足したり引いたりができるようになった。今ではきちんと数字を理解できている」

　おはじきは前世で子供の知育玩具としても知られている。数の理解を深めることができるし、足し算や引き算、さらには掛け算や割り算といった四則計算ができるようになるんだよ。

「それに、目をつぶって材料の結晶石の属性を当てる遊びをしていた」

「なるほど。子供の魔力属性をさりげなく確かめることもできそうですよね」

「な、なんだこれは!!　マルル公爵に刺さっている矢も炎も金色をしているぞ!!」

重臣たちが震えながら目の前の光景を信じられないとばかりにただただ見つめている。

「ひっ、こ、これが……大陸の女神様方の裁き――」

皆が引きつった声の方を見ると、セーリア神殿の神官たちがひれ伏している。

「なんだというのだ!?」

パルス大臣が混乱したように神官たちに問う。

「こ、ここは、まぎれもなく神域でございます。外からの魔力は絶対に届きませぬ!!　そ、それに金色の炎はヒトには生み出せませぬ!!　――これはまさしく、天上の御方の御業《みわざ》にございます!!」

『天上の御方』という神官の言葉に皆が凍りついた。

ついさっき獅子の神獣は、確かに『この大陸の女神様の裁き』と言ったのだ。

「ばか、な……ここまできて……もうすこしで――」

王妃はその後に続いた父の言葉を聞き、「信じられない」と呟いた。

そして、自らの父がどれだけ権力に固執していたのかを知ったのだ。

自分の血を引く孫が次代の玉座に就くだけでは飽き足らず、自らがその王冠を欲し――それゆえに己の子《ザガリード》をヒトではないモノにしたのだ。

王妃はつい先ほどもたらされた報告で、父親であるマルル公爵が異母弟のザガリードを『闇の魔術師に作り替えた』こと、王妃も可愛がっていた異母弟がその幼い命を散らしたことを、初めて知ったのだ。

——そして、夫であるマーランド・ウルド王もその計画を知っていたこと。

まだ十歳で純粋だったザガリードの心を無理やりに捻じ曲げ利用したにもかかわらず、マルル公爵もウルド王もザガリードを罵倒するだけで、誰も彼の死を悼まなかったのだ。

その鬼畜のような所業に罰が下ったのだと、王妃は父であるマルル公爵が見えない壁の向こうで断末魔の声を上げてボロボロと崩れ落ちていくのを諦念とともに静かに見つめた。

やがて一つの光がマルル公爵の身体を離れたかと思うと。

——空中で、霧散した。

「ひいイイイッッ!! た、魂が、消え、た——」

神官の言葉に、誰もが戦慄した。

——今まで神の存在など感じたことはなかった。

『神様が見ている』ということを『初めて』突きつけられ、ウルドの王族と大臣たちは震えた。

そして——神の怒りは、魂さえも消滅させるのだと。

輪廻転生というやり直しの機会さえも永遠に奪われるのだ——と。

『罰は真に罪ある者へ——』

どこからともなく聞こえてきたその言葉がここにいる皆をぞくりとさせた。

目の前でセーリア神の神獣により、断罪が行われた。

そして、アースクリス大陸の女神様による、マルル公爵への裁き。

この場にいる王族や重臣たちは、自分たちの所業を神様は見ているのだと震え上がった。

そして思ったことは。

――裁きの時が近いということだけだった。

◇◇◇

「――これは……」

反乱軍を率いて奥の神殿に到着したアルトゥール・アウルスはその光景を見て言葉を失くした。

神獣の荘厳なる声は、神殿内だけではなく王城中に響き渡っていたために、誰もがその声と内容に驚き、聞き入っている。ゆえに、王城も神殿も警備が用をなさなくなっていたのだ。

奥の神殿に踏み込むと、そこには王城中に響き渡った声の主である獅子の神獣と、磔になっている国王、王弟、カステリア公爵の姿があった。

「ダリル公爵!!」

「アウルス子爵か!!」

「こ、殺さないでくれ!!」

反乱軍が各所を制圧し、自分たちを殺害しに来たのだと王族や大臣たちが震えている。

『――来たか。ラジエル・ウルドの子よ』

神殿に、王城に、神獣の言霊が響き渡る。

その声に、誰もが耳を疑った。

神獣がその視線を向けているのは、ただ一人。

赤みがかった茶髪と瞳の、アルトゥール・アウルス子爵である。

彼は神獣を見て目を瞠ったものの、その存在を最初から知っていたかのように進み出て、片膝をつき深々と頭を下げた。

『——名を。この大陸の女神様に刻印されし名を示せ』

彼は顔を上げ、まっすぐに獅子の神獣を見た。

「アルトゥール・アウルス——ウルド」

その言葉に、王族や重臣たちがざわめいた。

もちろん、磔となった三人も驚愕に目を見開き、「まさか」と呟く。

『——ラジエル・ウルドを父とし、サラディナ・アウルスを母とする、ウルド国ただ一人の正統なる後継者。我が神セーリアの二柱の神と、アースクリスの女神様たちに選ばれし「王」たる者に、我は王たる証を授ける』

獅子の神獣がそう言うと、アルトゥール・アウルスの手に王笏が現れた。

先ほどマーランド・ウルド王が獅子を呼び出す時に使った、『ウルド国王の王笏』である。

——だが、その王笏はアルトゥール・アウルスが手にした瞬間、その形状を変えた。

これまでの王笏に刻み込まれていた意匠はフクロウのみであったが、彼が手にした王笏には、フクロウの他に獅子の意匠が組み込まれている。

それは、彼が二柱の神に選ばれし王である証だ。

姿を変えた王笏に目を瞠りつつも、それを受け取った彼は、しっかりと神獣の目を見て言葉を発した。

「――神獣様。私は、かつてウルド国民の安寧を願いながらも、道半ばで命を絶たれてしまった、我が父ラジエル・ウルドの遺志を継ぎたいと思っております」

アルトゥール・アウルス・ウルドの声が響き渡る。その声は、王城だけではなく王都中に響き渡っていた。

「――その前にセーリアの神様に謝罪をさせていただきとうございます」

『――申してみよ』

黄金の獅子が先を促す。

「――ウルドの民は遠い昔、セーリア大陸の二柱の神様に対して罪を犯しました。そしてその罪により放逐されアースクリス大陸に流れ着きました。我らの祖先は己の罪を隠すために、己の一族を誅した一柱の神様をないものとし、フクロウを神獣として従える一柱の神様のみを信仰してまいりました。ゆえに獅子の神獣様を随獣とするもう一柱の神様を知るウルド国民はほとんどおりません」

アウルス子爵家は金色の神様の信を得た神官が興した家である。それゆえにアウルス子爵領は『事実』が代々受け継がれて来ている特別な地でもあった。

「――本当に、本当に愚かな行為でした。どんなに謝罪の言葉を尽くしても足りません。本当に、申し訳なきことでございます」

そう言ってアルトゥール・アウルスは深々と頭を下げた。

その言葉にいたたまれないような表情を浮かべた重臣が数名いた。

セーリア神の歪んだ信仰に関しては、三国で情報操作され隠蔽されていても、知っている貴族はいる。ごく少数ではあるが。

ウルド国をはじめ三国の者はアースクリス国への留学を認められていない。

ゆえにウルド国の外で知識を得ようとすると、別大陸にある学術国と名高いグリューエル国に留学することになる。そこで真実を知るのだ。

――三国の民は、今現在アースクリス国にしていることを、セーリア国にした結果、神の怒りを買い、放逐されたのだと。

だが、学術国から戻り重職に就いた者たちは、決して表に出さぬと決めていた。そうしなければ、この国では生きていけなかったからである。

「――これより先は正しき信仰に注力していくことをお誓い申し上げます」

アルトゥール・アウルスは、そう神獣に宣誓した。

彼の言葉を受けてか、先ほどまで肌を刺すようだった神獣の凄まじい気が幾分か柔らかく変化した。やはり、これまでの歪み切った信仰は神獣の怒りを買っていたのだと――誰もが強く、思い知ったのだ。

『うむ。謝罪を受け入れた――精進せよ』

そして獅子の神獣が次の言葉を促す。

アルトゥール・アウルスが顔を上げ、獅子の神獣の瞳をしっかりと見た。

「――我が父ラジエル・ウルドは、ウルド国の民の安寧を願っておりました。ひもじさに泣く民がいない国にしたい。誰もが教育を受けられる国にしたい。誰もが医療を受けられる国にしたいのだと――その志は道半ばで反逆者に絶たれてしまいました」

彼は一度言葉を切り、息を整え――凛とした声で宣言した。

「私は、アルトゥール・アウルス・ウルド。ラジエル・ウルド前国王のただ一人の正統な後継者として、ウルド国民の安寧を心より願う。そのためにこれからの人生すべてを民のために捧げることを誓います。――そしてウルド国は、二度とアースクリス国への侵略をしないことを『誓約』します！」

彼の宣誓は、神殿に、王城に、王都中に響き渡った。

――そして。

『――我の言葉はセーリア神二柱の言葉なり。アルトゥール・アウルス・ウルドの国王即位を神の名のもとに認める』

獅子の神獣の声が王都中に朗々と響き渡った。

◇◇◇

『この獅子を動かしたのはそなたと——そなたの父だけだな』

王族と重臣たちが連行されて行き、先ほどまでは裁きの場であった『獅子の間』には、アルトゥール・アウルスとダリル公爵、ラデュレ・アウルスや反乱連合軍側の重臣たちが残された。

フクロウの神獣のみが流民をアースクリス大陸へ導いたとまことしやかに伝えられていたが、その導き自体が二柱の神による慈悲だった。姿を現さずとも、獅子の神獣も移住の際に三国の民に加護を与えていた。

そして神殿にフクロウの神獣の力が残った『王の祈りの間』があるのと同じく、ただ一度だけ『王の守護』を使うことのできる『獅子の間』をも与えたのだ。

だがそれは王の有事に対してのみ有効である。

王が私利私欲のために使おうとしても応えるはずがないし、現れるわけもない。

見えない部屋と扉は、いつしか『そういう部屋がある』と王族に伝えられるだけとなり、忘れられていった。

マーランド・ウルドが扉を見つけたのは、王だからではない。アルトゥール・アウルスへと玉座を移すためにあえて獅子の神獣が招き入れたのだ。

先ほどの神獣の言葉で、ラジエル・ウルド前国王がこの部屋に入ったことがあると分かった。

だからこそ、双子がこの部屋の場所を知っていたのか、と皆が納得した。

彼らは断罪されるとも知らずに、ラジエル・ウルド前国王が残した言葉でこの部屋まで導かれたのだ。

「父は願わなかったのですか？　国を宰相一族から取り戻したいと」

断罪が神の名のもとで行われれば、ラジエル・ウルド前国王は殺されずとも済んだのかもしれない。

『――そなたが女神様たちに選ばれたことで、そなたのために機会を残したいのだと言った。それに「今はまだその時ではない」とも言っておった』

その言葉にダリル公爵とラデュレ・アウルスが目を瞑ってゆっくりと頷いた。

「ラジエルらしい」と呟いて。

――確かに、『今』だからこそすべての条件が整ったのかもしれない。

『代わりに、そなたへの伝言を預かっておる』

思ってもいなかった言葉に戸惑うアルトゥール・アウルスをよそに、獅子の神獣は白く輝く宝玉を呼び出した。

そして、その宝玉は、今は亡きラジエル・ウルド前国王の姿を映し出したのである。

◇◇◇

――私はラジエル・ウルド。

ウルド国の国王である。

この言葉は、我が子、アルトゥールに遺すものである。

私の血を受け継ぐ者はアルトゥールのみである。

私は近く命の灯火を消されるであろう。

正妃の不義の結晶である双子のため、双子の祖父である宰相と、双子の父であるカステリア公爵の手によって。


――アルトゥール。

そなたと過ごした時間は私にとって、宝物であった。

何とか宰相の手からウルド国を取り戻そうとしてきたが、王妃とカステリア公爵の不義密通により双子が生まれた。

純血の色彩を持たぬ双子のために、私は近く命を奪われるだろう。

双子はカステリアの色彩をそのまま受け継いでいるのだから。

私が生きていれば、誰かが色彩の違いに気づく。

――私はウルド国の民の安寧を願っている。

ひもじさに泣く者がいない国となるように。

誰もが教育を受けられる国となるように。

誰もが医療を受けられる国となるように。

――だが道半ばで逝くことになるだろう。

だから。

アルトゥール。

そなたに、私の跡を託す。

女神様に選ばれしそなたは、いずれ必ずその選択をする日が来る。

私は信じている。

そなたは私が唯一愛したサラディナとの間に生まれた、たった一人の大事な息子だ。

王妃には指一本触れなかったということを、そなたに伝えておく。

だから、アルトゥール。私の子はそなただけだ。

この遺言を見つけたということは、決意をしたということだな。

私はセーリア神の獅子の神獣様にこの遺言を託した。

決して、セーリア国にしたことをアースクリス国にしてはならぬ。

愚かな我らの先祖はセーリア国にしたことを隠蔽し、二柱であるセーリアの神を一柱として国民に周知した。

そして、セーリア神に放逐されし我が先祖を受け入れてくださった、セーリア神の姉神様であられるアースクリス大陸の女神様方に対しても、不義理を尽くした。

そなたが国を導くと決めたのであれば、これだけは必ず遂行することだ。

セーリア神の信仰を正しきものにせよ。

セーリア神は二柱の神様であることを正しく広めよ。

セーリア神二柱の神獣様は、ウルド国王に助力をしてくださるであろう。

こうしてそなたに私の言葉を残し、伝えることができるのは、もう一柱の神様のおかげであることを私が誰よりも知っている。

そして、アースクリスの女神様への信仰も。

慈悲深き女神様の御心をこれ以上踏みにじってはならぬ。

――そなたが国王となるということは、国が転覆するほどの事態に陥っているのであろう。

あの日。女神様の神殿でそなたの出生届に私の名が父として刻まれ、そなたの名に王子と刻印された時――確信した。

そなたは、姉神様であるアースクリス大陸の主神、そして弟神様であるセーリア神を正しく祀りなさい。

あの日、私は女神様の神殿で『やり直しは一度きり』と神託を受けた。

――意味は分かるな？

かつて我らの先祖はセーリア大陸に三国一斉に三度《みたび》侵攻したのだ。

二度まではやり直しを許されたが、三度目は住むべき土地を沈められ、放逐された。

セーリア神は愚かな私たちの先祖に、やり直しの機会を三度くださったが、アースクリスの女神様は『一度きり』だ。

もう何百年も、私たちの故郷《ウルド》はこのアースクリス大陸にあるのだ。

いいかげん、アースクリス大陸に溶け込んでもいいはずだ。

女神様がくれた機会を、最善のものにせよ。

これからも民がこのアースクリス大陸で安心して暮らしていけるように。

いいウルド国という国がなくなったとしても、ウルドの民がアースクリス大陸でこの先ずっと生きていけるように。


アルトゥール。

我が最愛の息子よ。

――そなたの成長に喜び、顔を見て抱き締めることが、この息苦しいウルド王宮で生き抜くための原動力だった。

教えたいことがたくさんあった。

もっとそなたの成長を見届けたかった。

できれば、そなたの国作りを見たかった――

決して叶わぬ夢だがな――


アルトゥール。

サラディナに伝えてくれ。

――私の妻は、そなた一人であると――

アルトゥールを産んでくれて。育て上げてくれて感謝している、と――

◇◇◇

『遺言はこの宝玉に。――何度でも見ることができる』

父の幻影が消えたあと、獅子の神獣様が宝玉を渡してくれた。

私の宣言を聞いて駆け付けた重臣や主だった仲間たちがいる前で、獅子の神獣様はこの宝玉の中にあった父の遺言を見せてくれた。

この遺言と、女神様によって書き換えられた私の出生届をもって、私はラジエル・ウルド前国王の子と認められたため、私は、仮の王としてウルド国の全権を担うこととなった。


その後、速やかにマーランド・ウルド王、マルカーナ・ウルド王弟とマルキス・カステリア公爵の血縁鑑定がなされ、彼らが親子であることが確定となった。

ウルド王と王弟は「自分たちは知らなかったのだ」と、父親であるカステリア公爵の反逆罪による連座処刑を見逃してくれと必死に訴えてきた。

しかし、彼らは本来持っているはずのない『王』という権力をふりかざし、民を虐げ続け、あげく戦争を引き起こすという大罪を犯したのだ。なぜ父親の連座処刑を逃れたら、自分たちが処刑されずに済むと考えるのか。

当然、彼らは自らが犯した罪により、処刑は確実である。

不義を犯したサカリナ王太后も同様だ。王都から離れた離宮で病気療養している彼女の寿命は病気で亡くなるよりも短くなることが確定した。

彼らに与していた者たちもそれぞれに犯した罪の軽重により、罪を償うことになる。これまで民を一切顧みてこなかった彼らに対する罰は、当然厳しいものになるだろう。

処罰が進む中、私は父を殺害した元凶の元宰相がすでに死亡しているという理由で罰を受けないことを腹立たしく思っていた。

そんな私に、「罪は魂に刻まれている。あやつは転生のたびにその代償を払うことになる」と神獣様が教えてくれた。それが理《ことわり》なのだと。

必ず因果は巡るのだと教えてもらったことで、ようやく自分の心と折り合いをつけることができた。

――一連の処罰が終わった数日後、私は改めて『王の祈りの間』に入った。

アウルス領との行き来により何度か利用していた場所であるが、獅子の神獣様から新たな隠し扉の存在を教えてもらっていたため、確認しに来たのだ。

この王の祈りの間は、私と私が招き入れた者のみが入れる。今日は伯父ラデュレ・アウルスと義父オーガスト・ダリル公爵が一緒だ。

かつて父がこの部屋を使おうとした際、一緒に入ろうとした今は亡きマルル宰相やその腰巾着たちは入り口ではじかれたという。ゆえにここは王の血を引いた者しか入れないと認識されたらしい。

正確に言うと、彼らは父王に信用されていなかったため、入ることができなかったのだ。

私は、獅子の神獣様に教えてもらった隠し扉の中から、父が私に遺したという箱を取り出す。箱にはたくさんの宝玉が入っていて、一つ手に取ると――私の魔力を使って何かが飛び出してきたため驚いた。

宝玉の中に込められていたものは、若き日の母が赤子の私を抱いてあやしている姿の映像――そして、顔こそ映ってはいないが、父の大きな手が赤子の私の頭と頬を撫でている。

「父上……」

別の宝玉を手に取ると父の声で日にちが語られ、そして映像が結ばれていく――たくさんある宝玉の中身はすべて、私の成長記録のようだった。

「ラジエルはいつも宝玉のペンダントをしていたが、こうやって記録していたのだな」

「まったく――親バカではないか」

伯父と義父が涙交じりに笑う。

私も胸が熱くなった。――私は確かに父に愛されていたのだ。

父の想いが詰まった宝箱の蓋に手を置いて、私は義父と伯父の顔を見た。

「義父上、伯父上――。私は、父上の言った『最善』を、選びたいと思います」

「――ああ。そうだな……」

「大事なのは、民の安寧です。――王家や貴族の利権ではなく。私は民が飢えずに暮らしていけるような国にしたい。もうあんな悲しい死を誰にも迎えさせたくないのです」

「それは私たちも同じだ」

義父であるダリル公爵が強く頷くと、伯父も同様に頷いた。

「私はこれからアウルス子爵領で行った改革を、ウルド国内全土にもたらしたいと思います。――時間がかかると思いますが、やり遂げます」

「お前の子も立派に育った。お前の意思を継いでいくことだろう」

「はい。私も息子を信じています。――ですが、百年先、いえそれより前に、もしかしたら、また子孫の誰かが同じ愚挙を起こすかもしれないというのが、私の危惧するところです。セーリア国のみならず、アースクリス国にもした愚かな侵略行為――我らの身体の中にそういうことをしようとする因子が入っているのではないかと思うのです」

「――否定はできぬな」

「女神様は『やり直しは一度きり』と父に示した。ということは、『ウルド国』には次がないということです。――以前、私はウルド国を解体し、アースクリス国の一領地として、アースクリス国の一部になった方がいいと思っていました。ですが、こうして私が王として国を率いることを女神様によって定められたのは、数百年かけてねじ曲がったものを正すという意味もあるのでしょう」

国が国を併合することは容易なことではないが、どこの大陸でもあることだ。

戦勝国の一部となり、国王は排斥され支配を受ける。戦勝国から選ばれた者が統治をするのだ。

ウルド国は、アースクリス国に降伏宣言をした。

本来ならアースクリス国から統治官が任命されてウルド国を実質支配するはずだが、女神様は

『ウルド国による一度きりのやり直し』を許してくれた。

それはアースクリス国の意志でもある。

では、どうすればこの身に受け継がれた好戦的な因子を鎮められるか。

どうすればこのアースクリス大陸に本当の意味で根付くことができるのか。

ずっとそれを考えていた時、妻のシェリルと子供たちが私のもとにやってきた。

そして、妻と子供たちを見ていて――気が付いたのだ。

それは――こういうことだったのだと。

「ウルド王家の純血は、私で終わったのです」

「アルトゥール？　それは、どういうことだ？」

「ウルド王家は赤みがかった茶色の髪と瞳を持ちます。それはずっと何百年も続いていました。それがウルド王家を象徴するものでした。――ですが、私の愛する子供たちは瞳こそ私と同じですが、髪色は銀で、ウルド王族の色ではない。本来、王家の髪色でなければウルド国の王位継承権を持たないのです」

ダリル公爵家出身の私の妻は、アースクリス国出身の曽祖母の血を引いている。ゆえに髪色は銀髪であり、私の子供たちも銀髪なのだ。

「だが、ウルド国王であるお前と私の娘の子供であることは間違いない」

なんなら血縁鑑定して証明するぞ、とダリル公爵が意気込む。

「ええ、そうです。ただ――次代のウルド国王はアースクリス国の血が入るのです」

「――――!!」

義父であるダリル公爵も、伯父であるラデュレも息を呑んだ。


――女神様は必然を与える。


超越した存在はすべてを見越していたのだろう。

「私たちはこれからセーリア神を正しく祀ります。アースクリス大陸をお作りになった女神様も同様です。そして閉鎖的だったウルド国を開放し、アースクリス国との混血が進むようにしていきたいと思っています。これまで、アースクリス人との混血児はウルド国では迫害を受けていました。ゆえに迫害を受けないアースクリス国へ家族ぐるみで移住することが当たり前でした」

ウルド人とアースクリス人との混血児は、おおむねアースクリス人の特徴を持って生まれ、それが子々孫々受け継がれることが知られている。私の子供たちのように。

「確かにな。私たちダリル公爵家の者が魔力の強さを象徴する銀髪を持って生まれた貴族だったからこそ、ウルド国にとって利用価値があるとみなされ、生かされてきたのだ。――平民であれば死ぬまで迫害されていたであろうな」

そういうことを平気でする気質がウルドの民にはある。

「私の息子は王太子になります。その身にアースクリス国の血を引く、銀髪の王太子。そしていずれは王となります。これから先、アースクリス国の民との混血児を迫害することは、王家に弓引く者として罰を与えます」

　国主たる者がアースクリス国の血を引いているのだ。これまで同様の迫害を許すつもりはない。すぐには結果が出ないことだろうが、この先の変化が楽しみだ。

　代を重ねていけば、ウルド国の民の好戦的な因子は少しずつだが薄まり、長い時間をかけて本当の意味でアースクリス大陸に同化していくことだろう。

「そして、改めて公の場で国として誓約をするつもりです。アースクリス国に対して侵略行為を行わない、と――」

『誓約』は一度交わしたら、いつまでもその制約を受け、破れば必ず制裁を受けるのだ。

　古の時代に交わした誓約は『女神様に仇なすことをするべからず』である。

　その誓約ゆえに、女神様の神殿や信徒には表立っての迫害はこれまでなかった。

　遠い昔にはあったかもしれないが、女神様の神殿のある我がアウルス領でも聞いたことがなかった。それは同じく女神様の神殿がある、ダリル公爵領、ランテッド男爵領でも同様だ。

　しかしそのせいで、制裁があるという話すら迷信のようなものであると、軽んじられたのだろう。

　だが今では、それは紛れもない真実であると私たちは知っている。

　なぜなら、私たちはその誓約によってこの命を救われたのだから。

◇◇◇

私たちはウルド王家に反旗を翻したことで、何度も暗殺者の襲撃を受けた。まあ当然のことだろう。

当時、多くの領地から蕎麦の種を分けてほしいと人々が押し寄せていた。種を分けるための会場所としていた神殿に、従者に身をやつした暗殺者が紛れ込んでいたのだ。

暗殺者は王家直属の魔術師たち。

主の側に控えるふりをしていた暗殺者が突然飛び出してきて、至近距離で攻撃を仕掛けられた。かろうじて避けた魔術の槍が、背後にあった女神様の像に突き刺さろうとしたその瞬間――思いがけないことが起こった。

その魔術の槍が女神様の像の前でピタリ、と止まり――次の瞬間、放った者に跳ね返り、突き刺さったのだ。

「「「ぐわあぁあああぁッッ！」」」

絶叫がいくつも重なったことに驚いた私が見たのは、火だるまになったり、何本もの矢に貫かれている暗殺者たちの姿。

彼らは、王家に対する反乱分子である私たちをこの神殿ごと葬り去るべく、爆炎を呼び建物を崩壊させようと破壊力の高い槍や矢を放った。だがそれは――思いもかけない結果となって、暗殺者にはね返ったのだ。

誰もが「なぜ」とは言わず――自然と女神様の像を見た。

ここは神殿であり、誓約を知っている者たちばかりなのだ。

やがて、襲撃者は頽れ――塵となって消えた。

まるで最初から何事もなかったかのように、襲撃者が流した血も何もかもが消えたのだ。――そのようなことができるのは、人間ではありえない。

その御力を見せつけられ――私たちは女神様に対する『誓約』がただの言い伝えではなく、『確実に生きている』ということを思い知らされたのだった。

◇◇◇

あの時、私たちの心に誓約の重みは深く深く刻まれた。

そして、それを知っている私が、いつでも破棄できる『同盟』ではなく、あえて、ウルド国がある限り続く『誓約』をする。

誓約を破り、侵攻すれば――ウルド国は滅ぶ。

この誓約は、裏を返せば、実質上の属国宣言なのだ。

「誓約を破る者は、やり直しの機会をくれた女神様の慈悲を無に帰す者に他なりません。――大事なのは、ウルドの民がこの大陸に『調和する』ことなのです。そのためならば……いつかこの国の名がなくなってしまっても仕方がないと思っています」

「ウルド国がなくなるのは――辛いものだな……」

「――そうだな。一番いいのは、ウルドが安寧を迎えて、ずっと存続していくことだ」

「我々は、アースクリス国に助力を嘆願した時点で、ウルド国の自治権を手放すことを覚悟していました。――ですが、私を王とすることで『ウルド国』として存続を許されました。このウルド国をどこまで保っていけるかは、私たちと私たちの次代次第なのです」

実際、今『ウルド国』がなくなっていても不思議ではなかった。

女神様の神託――『やり直しは一度きり』。

女神様は、『ウルド国』としてやり直しを認めてくださったのだ。

それを実現するために、アースクリス国に対して仇なす行為――二度と戦争を仕掛けないという『誓約』をする。

友好関係が続く限り、ウルド国は存続していけるだろう――そしていつかはアースクリスという大陸に完全に溶け込むことができるはずだ。

そう舵をとっていくと――決めた。

数日後、ウルド国は戦争の終結宣言と、アルトゥール・アウルス・ウルド新国王の即位を宣布した――

9　たましいのいろ

今日はバーティア商会の王都支店に来ている。

マリアおば様がオーナーを務めるツリービーンズ菓子店の隣の元パン屋さんを、商会が買い取ったのだ。

そのお店を改修し、めでたくオープンしてから三か月が経った。

定番のパンの他にラインナップした新商品のアメリカンドッグとフライドポテトは、揚げたて熱々サクサクで絶品だと、がっちりとお客さんのハートを摑んだ。

この国では揚げ物を食べるという食文化がなかったため最初は敬遠されていたが、パンを購入しに来たお客さんに試食販売したところ、ハマる人たちが続出し、今では揚げたてを待つ人たちで行列ができる人気店となっている。

以前この店を狙って元店主に健康を害する魔術を仕掛けたミンシュ伯爵の商会がどうなったかというと、クリスウィン公爵たちが動いて、商会ごと潰してしまったらしい。

ミンシュ伯爵はこのパン屋だけでなく、あちこちで似たようなことをしでかしていたようで、その罪が明るみに出て逮捕され、爵位を剝奪された。

ちなみに元店主は魔術の傷も癒え、快方に向かっているとのことだ。良かった良かった。

◇◇◇

「よし、今日の仕事は終わりだ。早く屋敷に帰って、明日はローディンを迎えに行かなきゃな」

王都支店の二階は事務所になっていて、一階の店舗部分から戻ってきたリンクさんが帰り支度をしながらそう言った。

「あい！　おかえりなしゃい、しにいきましゅ！」

「その後は、デイン領に行くことになってる。皆で一緒にデイン領に行こうな」

「あい！　たのちみでしゅ！」

リンクさんに抱っこしてもらい、王都支店の二階の窓から外を見る。

ここは王都で街中だから表通りは緑が少ない。

代わりに整備された道、並び立つ店、そして街灯が続いている。

表通りを一本入るとマイナーな店が並び、もう一本奥に入ると、住宅街に様変わりだ。

二階の窓から向かい側の住宅街が見え、木には青々とした緑の葉がたくさんついているのが見えた。

オープンの時にここに来た時は、木々は葉を落とし、雪をかぶった寒々しい景色だったけれど、今は緑が萌え、猫が屋根で日向ぼっこをしている。

――季節はめぐり春になった。そして明日、私が待ち遠しくて仕方なかった、ローディン叔父様が半年間の兵役を終えて帰ってくるのだ！

でもその後はリンクさんが出征するので、私にとってはまだまだ安心できないけれど、素直にローディン叔父様が帰ってきてくれるのは嬉しい。

「色々と新しいものが加わったので引き継ぎが大変ですね」と従業員のスタンさんが苦笑している。

確かに。ローディン叔父様がいない半年の間にキャンドルやバター餅の販売が始まり、王都支店までできたのだ。結構変わったよね。

その一方で、変わらないのは私の外見だ。

一般的に子供の成長は早く、半年会わないとその成長に驚くというが、私にそれは全く当てはまることはない。――そう。相も変わらず小さいままだ。

魔力の強い女子は成長が遅いと教えてもらったが、四歳半になってもまだまだ二歳児サイズ……やっと三歳児に足を踏み入れたくらいだ。むう。

「フラウリン子爵領にも顔出ししなくちゃな。母上にも言われたし」

「いきましゅ！」

「うんうん。そうだな。その前にアーシェは魔力鑑定しなくちゃだな。あれやこれやでのびのびになってたし」

そうなのだ。明日は去年するはずだった私の魔力鑑定をすることになっている。

ローディン叔父様の出征やなんやかやで、結局今までできていなかったのだ。

『魔法教育を始める前に適性を見極める必要がある』と王妃様からお話があったため、王宮の神殿でレント前神官長とカレン神官長に鑑定をしてもらうことになっていた。

なので、明日はローディン叔父様が帰ってくる日であり、私の魔力鑑定をする日でもあるのだ。

◇◇◇

「おじしゃま！」

一足先に神殿に着き神殿の中の一室で待っていた私たちのもとに、戦勝報告を終えたクリスフィア公爵と共にローディン叔父様が入ってきた。

王都の戦勝パレードは物凄い人出で、「人混みは危険です」と護衛の人に止められて近くで見ることができなかったのだ。残念だ。見たかったのになあ。

なので私とローズ母様とリンクさん、ディークひいお祖父様は遠くからパレードを眺めて、一足先に王宮入りして神殿で待っていた。

「アーシエ、ただいま」

「おじしゃま！　おじしゃま!!　おきゃえりなしゃい!!」

膝をついて手を広げたローディン叔父様に飛びついてぎゅうっとする。

ローディン叔父様もきゅうっと力を込めて抱きしめてくれた。

ああ、ローディン叔父様の温かさが伝わってくる……本当に帰ってきてくれたんだ。何度も見た夢ではなく。

「おじしゃま。けがちなかった？」

「大丈夫だ。時々危ない目には遭ったけどね。アーシェのくれた御守りのおかげで無事に帰って来れたよ。ありがとう」

そうなの？　御守りって希少なパーティアの結晶石で作った御守りのことかな。

「ああ、あの御守りの効力はすごかったぞ」

あ、クリスフィア公爵もウルド国から帰ってきたのだった。

ローディン叔父様しか見えてなかったよ。ちゃんとご挨拶しなくちゃ。

「くりすふぃあこうしゃくしゃま。おきゃえりなしゃい。しょうりをことほ寿《ぎ》ぎいたしましゅ」

「ああ。ありがとうな、アーシェラちゃん」

そう言いながらクリスフィア公爵が優しく微笑んで頭を撫でてくれた。あう。気持ちいい。

ローディン叔父様との再会の喜びを堪能しているうちに、王妃様たちが次々と部屋に入ってきた。

王妃様、クリステーア公爵のアーネストお祖父様とレイチェルお祖母様、続いてカレン神官長と
……あれ？　四十代くらいの茶髪の神官らしき人が入って来たけど。どっかで見たことあるなあ。

「アーシェラ様、お久しぶりですね。教会で会ったきりですので五か月ぶりですかな」

んん？　教会？　って菊の花の咲いている教会のことだよね？

茶色の髪にブルーの優しい瞳……そしてこの口調は、もしかして？

「れんとししゃいしゃま？」

「はい。ああ、今は姿変えしていませんからね。――こっちが本当の私の姿です」

カレン神官長が「神殿でレント前神官長に会ったら驚きますよ」と言っていたのはこれか！

教会で会った時は魔法で実年齢である六十代に姿を変えていたらしい。本来の姿はすっごく若い～～！

白髪も見えないし目元や口元の皺もない。肌つやも全く違うのだ。

魔力の強い男性は老化が遅いという。その証拠が目の前にいるのだ。ものすごく驚いた。

「ね。言った通りでしょう？」

カレン神官長のウキウキした声に、こっくりと頷いた。

「おじいしゃまじゃなくって、おじしゃま、ね」

「王宮や神殿にいる時はこちらの姿ですのでお見知りおきくださいね」

「あい！」

「――さて、皆様方お集まりですね」

今日はレント前神官長が年長者ということでこの場を仕切るらしい。カレン神官長がレント前神官長の少し後ろに控えていた。

「実は初めてお会いした教会で、アーシェラ様が女神様の水晶に触れた時に色が見えたのです」

「そうだったのか」

クリステーア公爵のアーネストお祖父様が頷く。

「ええ。でも見えたのはアーシェラ様ご本人と、水晶を分け与えられた私だけでしたので。――どうぞ、お近くにお寄りください。皆様にもご覧いただけるでしょう」

そう大きくはないオーバル型のテーブルの周りを囲むように、前方には王妃様と、アーネストお祖父様とレイチェルお祖母様、クリスフィア公爵。

私の右側にローディン叔父様とリンクさん、左側にはローズ母様とディークひいお祖父様が立ち、テーブルの両端にはレント前神官長とカレン神官長が立った。

テーブルはやはり私にとっては高いので、台を用意してもらって立つとちょうどいい高さになったけど。

――うう。みんなの視線が私に集中していて、なんとなく恥ずかしい。

この前まで、レント前神官長が司祭を務める教会に行って、家族だけの立ち合いで魔力鑑定するのだと思っていたけれど、王妃様が「鑑定は大神殿でやりましょう。私も立ち会いたいわ」と希望したため、ここで行うことになったのだ。

それにしても、なぜクリスフィア公爵まで？　と思ったけど、王妃様がクリスフィア公爵に頷いていたので同席は決まっていたことらしい。

「さあ、アーシェラ様。まずはこちらの水晶に手を触れてください」

「あい」

レント前神官長に促され、おそるおそる丸くて大きい水晶に両手で触れたら、そこから身体の中に何かが入ってきた感じがした。

教会でも感じた、光。

それが身体を駆け巡り、次いで、手のひらから何かが出ていく感じがして――透明だった水晶に鮮やかな光が何色も駆け回り始めた。

「血で受け継がれた基本の魔力の色は、緑、紫、青……これが特に強い光を持っていることが分かります。それに赤や黄や白も強く――遠くない血であることが分かります」

レント前神官長が水晶の中の色を読み解いていく。

ほう。血で魔力が受け継がれると言われてきたように、魔力で大体の血筋が分かるようだ。

「貴族であれば色々な魔力の素質があるが、特に強い属性が三つあるというのはすごいな」

とクリスフィア公爵が水晶をじっくりと見ながら感心して言う。

基本的な属性と色の関係は、火が赤、水が青、土が黄、風が白と聞いている。

けれど、紫のように赤と青が混じる色もある。そうすると火属性と水属性という相反する力を持っていることになり、その中に白が混ざると風属性も持っていることになる。

基本的に属性は瞳に現れるというので、緑の瞳の私は緑の光が強いのだろう。

緑は二属性の証で、水属性と土属性。

紫も二属性の証で、水属性と火属性。

んん？　基本的な属性として水と土と火を持っているの？　三属性もあるってすごい。

「これまでの文献にも、女神様の加護をいただいておられる方は、すべての魔力属性を持っているようでしたが。その例にもれず、アーシェラ様も四大属性すべてを持っていらっしゃいますね」

ん？　四大属性すべて？　白は――そういえばあった。瞳も淡いし。

淡い色の瞳を持つ者は基本的に白の風属性を持つと言われているのだった。

「それもどれも強い光——四大属性すべて息をするように使える、ということですわね」

「「すごいな……」」

やたら感心されてるけど、カレン神官長の言葉に頷くローディン叔父様やリンクさんだって、すべての属性を持っていることを私は知っている。

ただ得意な二属性をメインで使っているだけで。

「とはいえ、お小さい身体で無理は禁物です。いかに強い魔力を持っておられても、魔力の使い方を誤ってはいけません。命を縮めることに繋がります」

レント前神官長の言葉で思い出した。

私は一度、意識を飛ばして魔力切れを経験している。

魔力が底をついたせいで、身体が思うように動かず、ベッドから頭を上げることも難しかったのだ。アーネストお祖父様に魔力を分けてもらえたので、比較的早くに回復できたけれど、あれは本当に辛かったなあ。

「アーシェラの成長に合わせて無理のないように教えよう。それは私の役目だ」

私の魔力操作の先生となる、ひいお祖父様がそう言うと、レント前神官長が頷いた。

「そうですね。様々な属性があることは良いことです。身を守る手段は多い方がいいですから」

「バーティア先生、アーシェラをどうかよろしくお願いします。特に幼いうちは力を加減することを知らないので、また魔力切れで倒れないとも限りません。どうかアーシェラが無茶をしないようにお願いいたします」

ひいお祖父様にそうお願いしたのは、クリステーア公爵のアーネストお祖父様だ。隣でレイチェルお祖母様も真剣に頷いている。

そういえば私が王宮で倒れた時、ものすごく心配して、付きっきりで看病してくれたのだ。

そんな二人の様子に驚いたのか、ローディン叔父様とリンクさんが複雑な表情を浮かべていた。

◇◇◇

「では、次に、女神様の水晶を使いましょう」

ん？　魔力鑑定終わったけど、まだなんかあるの？

魔力鑑定用の大きな水晶が片付けられ、今度はレント前神官長が胸の紋章の中から、六角柱状の結晶石の上に丸い水晶が鎮座した形の——かつて菊の花が咲いていた教会で見た、女神様の水晶を呼び出した。

これは大神殿の奥にある、とてつもなく大きい結晶石から、女神様に認められた神官長のみに与えられたものだ。

いつ見ても胸の紋章から水晶が出てくるのは不思議でかっこいいなぁ。

「では、私が授かった水晶もここに置きますわね」

カレン神官長もレント前神官長同様に女神様の水晶を呼び出して、レント前神官長の水晶の隣に自分の水晶を置いた。

レント前神官長に導かれて右手でレント前神官長の水晶に、左手でカレン神官長の水晶に触れた。

すると、さっきとは違う強い光が身体に入ってきて、思わず目を瞑った。

「これは――――」

「いったい何色入っているのでしょう……」

アーネストお祖父様とレイチェルお祖母様の息を呑むような声が聞こえた。

「さあ、アーシェラ様。目を開けて見てください」

レント前神官長に促されて、目を開けてみた。

二つの水晶は複雑な色を放っていた。

赤、白、青、黄、紫、緑、ピンク、オレンジ、銀に金……そしてプラチナ。

水晶自体が金とプラチナの光を放っていてキラキラ光っている。

かつて菊の花が咲いていた教会で見た、あの色彩だ。

「女神様の水晶に映し出されているこの輝きは、アーシェラ様の魂の輝きです」

「！　アーシェの魂の色彩《いろ》なんですか!?」

ローディン叔父様が驚いてまじまじと水晶の光に見入った。

大きな声を上げたのはローディン叔父様だけだったが、リンクさんやローズ母様、ひいお祖父様も小さく感嘆の息をこぼしていた。

私とリンクさんとローズ母様、そしてひいお祖父様はクリスウィン公爵邸で一度、魂の年齢のことを聞いている。その特徴のことも。

クリスウィン公爵家出身の王妃様が私と同じく女神様の加護を貰っているので、同じ公爵であるクリスフィア公爵、クリステーア公爵であるアーネストお祖父様とレイチェルお祖母様も魂の年齢のことは知っているのだろう。女神様の水晶に映し出された色彩を見て驚いてはいたが、納得していた。

レント前神官長が鑑定の結果を話し始める。

「魔力鑑定の水晶は血で繋がれた魔力のみを映し出します。そして、女神様の水晶は、魂の、輝きを映し出すのです」

神殿の水晶は純粋に魔力鑑定のみで、単純に魔力の色とその強弱が見える。

女神様の水晶にどのような力があるか、すべては分からないけれど、その一つとして、魂の色彩《いろ》を映し出す力があるとのことだ。

魔力鑑定の時とは違い、水晶の中を複雑な色がくるくると駆け巡り、水晶自体が輝きを放っている。

「人は、輪廻転生を繰り返します。あらゆる世界、鉱物、植物、動物、人間――そして転生のたびに魂の記憶はまっさらに戻る。その繰り返しなのです。そして魂の経験を積み上げていきます。――そして、まれにアーシェラ様や王妃様のように、魂の年齢が高い方がいらっしゃいます」

「魂の年齢が高いのですか?」

とローディン叔父様が問う。

「はい。魂の年齢が高い方は——このように、魂の輝きが力強く厚みがあるのです。それで魂の年齢を推し量ることができます」

「へえ。それじゃあ私の魂も見てもらいたいものだな。どんな色をしているのか興味がある」

そうクリスフィア公爵が言うと、レント前神官長が首を横に振った。

「——申し訳ございません。私たち神官長は女神様の水晶を与えられてはいますが、自らの意思で魂を鑑定することは不可能なのです」

「その通りですわ。魂は神様の領域のものです。私自身が望んでも人の魂の輝きを見ることはできません。こうやって見れること自体がごく稀《まれ》なのです。女神様の水晶を通して魂の輝きを見るのは、今回が初めてですわ。——これは女神様が『私たちに見せている』のです」

とカレン神官長が言う。

「そうなのか。残念だな。自分のを見てみたかったが、できないんだな？」

「はい。アーシェラ様が女神様方の加護をいただいておられることが分かっておりましたので、アーシェラ様の魂の輝きだけは、見ることをお許しいただけると確信しておりました。——そして知るべき者にそれを伝えることも」

そう言って、レント前神官長がここにいる全員を見回す。

「鑑定の結果を申し上げます。アーシェラ様は王妃様と同じく、女神様方の御加護をお持ちであることを確認いたしました。——私は女神様の御心を代弁する者として、アーシェラ様が女神様の御加護を賜っていらっしゃることを認めます」

「私も当代の神官長として認めます」

「私はアースクリス国王陛下の名代として認めます」

「四公爵家の代表としてクリスフィア公爵の名の下《もと》に認めます」

レント前神官長の後、カレン神官長、王妃様、クリスフィア公爵が次々と宣言した。

んんん？　――これはいったいなんだろう？

「――魔力の鑑定だけかと思っていたんですが」

ローディン叔父様が驚きを隠せないまま言う。もちろん私も驚いたし、リンクさんやローズ母様もびっくりして声を出せないでいる。

「王妃様が五歳で鑑定をされた時は、条件が揃っていたのです。神官長と、当時の王太子様……現在の国王陛下ですね。そしてクリスウィン公爵。この三つの承認があって初めて公式に国の機関を護衛のために動かすことができるのです」

「アーシェラちゃんが御加護を授かっているのは分かっていたので、今までも護衛はついていましたが、今後のことも考えてきちんとした形式を整えるようにとの、国王陛下からのご命令でしたので、女神様の水晶を使って鑑定させていただきました」

カレン神官長の言葉の後、レント前神官長が「王家、公爵家、神殿の正式な承認をもって、アーシェラ様をお守りする機関が作られるのです」と言った。

話がどんどん大きくなっているような気がするよ……

ねえ、機関って何？

「形式上、女神様の水晶での鑑定が必要だったということですね。――承知しました」

それまで黙って聞いていたひいお祖父様がそう言って頷く。

それはローディン叔父様やリンクさん、ローズ母様も同じだったようで、戸惑いながらも納得している。

「では、話を元に戻させていただきますね。――転生をするたびに記憶は消えますが、魂の年齢が高いと、これまでの生の『知識』が残ることがあるといいます。これを私たちは『知識《記憶》の引き出し』と呼んでいます。そして、その知識によって周りを大きく動かすのだと言われております」

「――では、魂の年齢が高いから、なのですか？　アーシェラが色々と考え付くのは」

ローディン叔父様が問いかけると、レント前神官長が頷いた。

「おそらくは。魂の中の知識の引き出しが多いのでしょう」

「なるほど、そうなのですね。腑に落ちました」

「魂は何百回も何千回も転生を繰り返します。誰でも様々な経験を繰り返し、魂を磨き上げていくのですよ。多くの者の魂は白く輝く光に、何色かの差し色があると言われています。おそらく、王妃様とアーシェラ様はこれまで多くの生を経験した魂の持ち主なのでしょう。――この、オパールのような鮮やかな輝きと力強さを感じる光はその証左ともいえましょう」

レント神官長がそう言いながら、目を細めて女神様の水晶の中を駆け巡る光を見つめている。

「女神様の愛し子は、総じてオパールのような魂を持っていると言われております。そして、知識の引き出しによって周りに大きく影響を与えるということですわ。――本当にその通りですわね」

　カレン神官長の言葉に、クリスフィア公爵が大きく頷いた。

「確かにな。そして、その力を利用しようとする者《バカ》がいる。——だから、私に白羽の矢が立ったわけだ」

　ん？　何のこと？

「クリスフィア公爵？」

　ローディン叔父様やリンクさんが首を傾げた。ローズ母様と私も。

「ああ。さっき護衛の機関が作られると聞いただろう？　私がアーシェラちゃんの護衛機関の責任者になったんだよ。先ほど国王陛下から正式に任じられた」

「せきにんしゃ？」

「バーティアの商会の家や行く先々で不穏な輩を排除するのが主な役目だな。クリスティア公爵はジェンド国に、クリスウィン公爵はアンベール国にこれから行くことが決まっている。それにクリステーア公爵は孫可愛いさで目が曇るから不適任。——どのような状況下でも正しく判断できるだろうということで、私にね」

「ずいぶんな言われようだな」

　クリステーア公爵のアーネストお祖父様が苦笑する。

「まあ、その他に不穏分子《リヒャルトの仲間》の問題も解決しなければならないからな。そっちはクリステーア公爵に任せる」

　クリスフィア公爵の言葉に、アーネストお祖父様の表情が引き締まった。

「――承知した。護衛の方はよろしく頼む」

「もちろん」

クリスフィア公爵が深く頷いた。

「――さて、次はどこに行くんだ？」

気軽なクリスフィア公爵の言葉にリンクさんが答える。

「私の出征前にデイン辺境伯領と、フラウリン子爵領に行きます」

「分かった。護衛計画を立てておく。――ああ、護衛は基本的に今まで通りだが、必要な時は呼んでくれ。私がいつでも駆け付けるから」

「はい、分かりました」

天下のクリスフィア公爵様を簡単に呼びつけてもいいということか。なんて恐れ多い。

とローディン叔父様が素直に了承している。そうそうトラブルに巻き込まれはしないと思うけど。

「さあ、アーシェ。デイン領で海鮮丼作ってみような」

リンクさんの魅惑の一言で、一瞬で心をわしづかみにされた。

「おしゃしみ!!　たのちみ!!」

『海鮮丼』と聞いた王妃様が瞳をキラキラさせた。

「まあ！　それって、お父様が大陸で食べて美味しかったと言っていたものよね。私も食べてみたいわ！」

「おうひしゃま。おみやげにしゅる！」

お刺身が受け入れられれば大丈夫なはずだ。

もちろんカレン神官長も王妃様と同様におねだりしてきたので、ここにいるみんなにお土産を約束した。

さあ！　今度はローディン叔父様も一緒にお出掛けだ！

10　そのあじにまいりました

「う～み～!!」

海だ!!

転生してからはじめて見た!!

砂浜が白い！　海の色がエメラルドグリーンだ!!

キレイ～！　前世で好んで旅行に行った南国の海みたいだ!!

「数年ぶりに来たが、本当に綺麗だな」

ローディン叔父様がどこまでも続く青い海に目を細める。

ここはデイン辺境伯領。王都から河を下ってきて先ほど到着したばかりだ。

「アーシェ。デイン領はアースクリス大陸の南端に位置している。アースクリス国の中で唯一海に面している領地なんだ。だからおのずと漁業が盛んになるんだよ。西側に行くと漁船の船着き場と加工場があって、反対側は軍船の港になっているんだ」

リンクさんが私を抱っこして、遠くに見える建物を指差して説明をしてくれる。そうなんだ。

「アーシェラ～!!」

「おじいしゃま!!」

近づいてきた漁船からローランドおじい様が手を振っていた。

「いいタイミングだな。アーシェに新鮮な魚介を食べさせたいって言っていたから朝早くから漁に出てたんだろう。見に行くか」

「あい!!」

船着き場に行くと、すでに様々なお魚が入った箱が下ろされていた。

「ほら、リクエストされていたエビとホタテ。イカもあるぞ」

水揚げされたばかりのホタテはまだ動いている。新鮮そのものだ。

「しゅごい!!」

「あっちに魚もたくさん下ろしてある。夕食用に魚も持っていくから楽しみにしておいで」

「あい!!」

船着き場にほど近い場所にはコンブの加工場や加工食品を作っている施設があるそうだ。そこには明日改めて行くことにして、今日は早々にデイン辺境伯家の本邸へと向かうことにした。

◇◇◇

「アーシェラちゃん。ようこそ、デイン辺境伯家に!!　待っていたのよ～～」

到着するなり、マリアおば様にぎゅうぎゅう抱きしめられて頬ずりされた。

「ローディン、半年間のお勤めご苦労様。本当に無事で良かったわ」

「ありがとうございます。無事に帰ってくることができて私も安心しました」

「本当に良かった。今日はローディンが無事に帰って来たお祝いだ。ロザリオとホークも今日は本邸に帰ってくるぞ」

マリアおば様とローランドおじい様にねぎらいの言葉をかけられ、ローディン叔父様が嬉しそうに微笑んだ。

数か月前に事実上属国となったウルド国への支援物資を船で輸送する任務は、デイン辺境伯家に託された。

何しろ天候が悪くても、デイン辺境伯やホークさんが乗った船は絶対に沈没しない。

なので、デイン辺境伯やホークさんは、辺境伯軍の統率と新たな任務で忙しいのだ。

「これまでデイン辺境伯領は国境線を面している両隣の国と一触即発の状態だったんだ。ウルド国との戦争が終わって少し気が楽になったぞ」

とローランドおじい様が言った。確かにこのデイン辺境伯領は西のウルド国と東のジェンド国との国境がある領地だ。一つ敵対勢力が減ったことでとても安心できただろう。良かった。

「まりあおばしゃま。おじしゃまにおむらいすちゅくりたいでしゅ」

小さな声でマリアおば様に言う。これはローディン叔父様へのサプライズなのでこっそりと。すると、マリアおば様は小さく微笑んで、「そうだったわね。いいわよ」と快く了承してくれた。

実は王都からデイン辺境伯領へ直行してきたので、ローディン叔父様にまだオムライスを作ってあげられていなかったのだ。

「海鮮丼なるものの食材も用意して来たぞ。さあ、どうするんだ？」

ローランドおじい様の言葉で、厨房に向かうことになった。

「初めてお目にかかります。アーシェラ様。デイン辺境伯家本邸の厨房を任されておりますポルカノと申します」

こげ茶色の髪と瞳のポルカノ料理長をはじめ、料理人さんたちが厨房から出てきて一斉に挨拶してくれた。

「あい。あーちぇらでしゅ。よろちくおねがいちましゅ」

王都のバーティア商会支店に来てくれていた料理人さんもいた。開店準備期間と開店後二か月の間に、ここにいる料理人さんたち全員、もちろんポルカノ料理長も王都のお店に来ていたそうだ。

てっきりデイン家王都別邸の料理人さんだけが修業という名のお手伝いをしてくれるのかと思ったら、お店の話を聞いた本邸の料理人さんも自ら希望してオープニングスタッフとして参加してくれていたらしい。ありがたい。

私も頻繁に王都のお店に足を運んだが、タイミングが合わず会ったことがない料理人さんたちもいた。ポルカノ料理長もその一人だ。

それでも同じ店で働いたことがあるせいか、みんな笑顔で出迎えてくれた。嬉しい。

ちなみに王都の支店では、人脈の広いクリスウィン公爵が信頼できる料理人や従業員候補となる人を紹介してくれて、ひいお祖父様とデイン辺境伯が何名か採用を決めたのだが、嬉しいことに繁盛しているので、未だに王都別邸の料理人さんたちがお手伝いに来てくれているらしい。

「お店が繁盛していると聞いて私たちもとても嬉しいです。人手が必要な時はまたいつでもお声がけください。喜んでお手伝いさせていただきます」

「ああ。よろしく頼む」

ポルカノ料理長の言葉にリンクさんが頷いた。

「長旅で疲れたでしょう？　海鮮丼を作るのは、休憩してからにした方がいいのではなくて？」

「ああ。そうだな。河を下って来て、船酔いしたって言ってたしな」

マリアおば様とローランドおじい様が私を見てそう話す。

そうなのだ。

私は今世で生まれて初めて船に乗った。

王都外れの船着き場から数日かけて河を下って来たのだ。

この数日で、生まれ変わっても三半規管が弱かったと思い知った。

酔い止めの薬を飲んでこの数日を耐えたが、実際はまだ船の揺らぎが身体に残っていて体調が万全ではない。

海の見えるテラスで風に当たって休んでいると、軽食と飲み物が用意された。

「イチゴを使ったジュースをお作りしました。どうぞお召し上がりください」

ポルカノ料理長が出してくれたのは冷たいイチゴジュースだった。

「いちごじゅーす!!　しゅき!!」

イチゴにお砂糖、そして少しだけミルクが入っている。絶妙な美味しさだ。

「おいちーい!!　だいしゅき!!」

「本当に美味しいわ。とっても滑らかだし。どうやったらこの滑らかさが出るのかしら」

確かに。ちゃんとイチゴの果肉を感じるけど滑らかで美味しい。ミキサーで作られたような舌ざわりだ。

ローズ母様が首を傾げていると、ローランドおじい様がにこりと笑って答える。

「実はな、加工場でエビの殻を粉末にできるように、魔道具をいくつか試作したのだよ。何しろエビの殻はたくさん出るし、それを手作業で粉末にするのは大変だから、ディークに手伝ってもらっていくつか試作したのだ。そしてつい最近完成したのがミキサーで、色々試しているうちにエビ殻を粉末にするだけでなく、ジュースも滑らかにできることを発見してな。そしてミキサーの製作途中で出来たのが食材を切り刻むフードプロセッサーなのだよ」

なんと！　いつの間に。ローランドおじい様とディークひいお祖父様、すごい!!

こっちの世界には電気がない。だから灯りも電気ではなく魔力を使う。

前世ではあらゆるものが電気製品で作られていたものだけど、こちらの世界では魔道具ですらあまり種類を見たことがなかった。

「しゅごい!!　しょれ、ほちい!!」

「よしよし。加工品がこうして増えたのはアーシェラのおかげだからな。もちろんプレゼントしよう」

ローランドおじい様がにこにこと笑いながら頷いた。

やった〜!!　ミキサーとフードプロセッサーがあればいろんなものが出来る!!

「ありがとうごじゃいましゅ!!」

「この前大陸に行って帰って来たばかりだから、お土産もたくさん用意してある。休憩が終わったら見せてあげよう」

お土産！　それはもちろん見たい！

ローランドおじい様は次々と新しいものを購入してくる。

前回は米酢を買ってきてくれたのだ。

それに菜箸《さいばし》と、私の名前入りのマイお箸も。アースクリス国はお箸を使う習慣のない国で、ずっとフォークで代用していたから物凄く嬉しかった。

菜箸は油の中のドーナツをひっくり返す時にも大活躍だったので、お店でも重宝された。

おかげで、バーティア家とデイン家の厨房では調理に必要なものとしてお箸が置かれるようになったので、とっても嬉しい。

さて、今度は何が入っているかな。

休憩を終えて厨房横の従業員用食堂に移動すると、お土産が箱で積み上がっていた。

また箱買いですか。いつ見ても豪快だなあ。

定番の調味料とお酒と味醂。もち米と海苔。まずはお馴染みのお土産のあと。

「こっちは海産物の加工品だが見た目が不気味でな」

と言ってローランドおじい様が箱を開けた。

「なんですか？　これ？　茶色い木片ですか？」

手渡されたローディン叔父様が首を傾げた。

私はそれを見て目を丸くした。

あれは絶対木片じゃない。

そもそもお土産のほとんどは食材なはずだ。

二つ打ち鳴らすとカンカンと音がした。

「これはカツオを加工して乾燥させたものだそうだ。大陸では料理に欠かせないものらしいぞ」

やっぱり。とはいえ、この形のモノは前世で子供の頃に家にあるのを見たきりだ。

後年は使いやすくパックになったものをよく使ったなあ。

「カチコチですがどうやって食べるんですか？　あ。説明書が入ってる」

説明書を開いたリンクさんが予想した通りの商品名を言った。

「かつお節――ふーん。この箱型の削り器で削るんだ。でもどうやって食べるんだ？」

またしても説明書には食べ方が載っていないらしい。

美味しい食べ方は、もちろん。

「――おだしにしゅるとおいちいの!!」

「『そうなのか』」

ローディン叔父様とリンクさんは私の言葉をまったく疑わず当然のように受け入れている。

そうそう、前世の知識の引き出しよ。便利だなあ。

「おだし、こじゃかなしゃん、おいちい。かちゅおぶしだともっとおいちい!!」

力いっぱい言うと、ローズ母様が反応した。

「まあ！　あのお出汁より美味しくなるの？」

「え？　そうなのですか!?」

ポルカノ料理長が同様に身を乗り出してきた。

すぐに出汁を引きに厨房に行きたいけど、まだお土産の箱が何個かある。そっちを見てからにしよう。

「おじいしゃま、そっちのはこは？」

「ああ。なんだか珍しいもの売っているなと思ってな。試しに一本買ってみたのだ」

「いっぽん？」

「うちでは見向きもされてこなかったものだったから、何か違うのかなと思ってな」

箱の中身を見て納得した。なるほどね。

確かにこっちでは見向きもされず廃棄されてきたものだろう。

「それと、これ。大陸で『海鮮丼を作る』って言ったら、店の店主に必需品だと言われて買ってきた。ワサビだ」

「ワサビって、これ。ウチの領地の沢でも自生してるよね。辛くて食べられないって誰も採らないけど」

え？　ワサビ自生してるの？　いいことを聞いた！

その他にも色々珍しいお土産を堪能した。

ローランドおじい様は大陸で目についた珍しいものをたくさん購入してきてくれる。

食材の他に、料理に合わせた食器や調理器具も。

茶碗蒸しの件で器も大事だと思っていたから大歓迎だ!!

ああ。やっぱり久遠大陸は私の心のパラダイス。

お土産を見て、作りたいものがたくさん浮かんできた。

「はやくかいせんどんも、ちゅくりたいでしゅ!!　おしゃかな、なまでもおいちい！」

お土産の中に丼の器を見つけて、テンションが上がった！

「ああ。クリスウィン公爵が美味しかったと言っていた海鮮丼だな。新鮮じゃなきゃ食べられないと聞いている。私が大陸に行っていた数日間、海が荒れて漁に出られない日が続いているということで、一緒に行った通訳が海鮮丼を食べることができずに残念がっていた。タイミングが合わなかったから仕方ないが、『大陸での楽しみだったのに』と相当嘆いていたな。それを聞いて私も期待していたのだ」

おう。通訳さん残念だったね。

生のお刺身は新鮮だからこそ食べられる。あまり保存技術が発達していないこちらの世界では本当に産地でしか出会えないだろう。

「まあ。通訳の方も海鮮丼がお好きなのね」

マリアおば様も期待しているようだ。

「サーモンやマグロで作る海鮮丼も美味いそうだ。冬の漁で獲るのが楽しみだな」

うわ！　それは絶対美味しいやつ!!

特に冬のは脂がのって美味しいはず!!

どうやらそれらの魚は寒くなってから回遊してくるらしい。次は冬にデイン領に来たい!!

では、今は手に入った海鮮で海鮮丼を作ろう。

「久しぶりに、アーシェと一緒に作れるな」

うん。ローディン叔父様、一緒に作ろうね。

「お手伝いさせてください！」

とポルカノ料理長。もちろん。今日はお祝いも兼ねて色々作るからね。


さて、今日のメインは宣言通り海鮮丼だ。

でも、前評判はいいものの、初めて食べる生ものに抵抗がある人もいるかもしれないので、別の物も用意しておくことにする。

まず手始めに、興味津々だったかつお節をポルカノ料理長に削ってもらい、出汁を引く。

昆布出汁と一緒にするのが好みなので、昆布を取り出した出汁の鍋を沸騰させて火を止めてから、かつお節をたっぷり入れてかつお節が沈むのを待つ。そして布を敷いたザルで濾す。

これで出汁はオッケーだ。

これを使って簡単にお味噌汁を作ってみた。

「なんだか小魚の出汁よりも、かつお節の方が上品な味がするような気がします」

ポルカノ料理長や料理人さんたちが言う。

うん。小魚の出汁はとっても美味しい。ただ、下処理を少しでも怠ると雑味が出るのが難だった。かつお節はカツオの内臓を取り除いているので雑味を感じることはなく、さらに時間をかけてかつお節に加工することで旨味成分が何倍にもなる。

「これは本当にいいものですね。これからも使っていきたいです」

味のプロのお墨付きを受け、ローランドおじい様がこれからも輸入することにしたみたいだ。

ツナ缶もどきを年中作っていることを考えると、カツオは年中とれるらしい。カツオも回遊魚だったはずだけど？　こっちでは違うのかな。

それならかつお節の加工もしたらいいだろうけど、それを決めるのはデイン辺境伯だ。

さて。では海鮮丼づくりかな。

クリスウィン公爵が食べたという具材で作ってみよう。

初めての生食。

クリスウィン公爵が食べて美味しかったという具材ならば、みんな受け入れてくれるだろうし。

まずは、ホタテ貝を殻から外してもらって、貝柱だけにする。それを食べやすくスライスしておく。

次に大好きなエビだ。殻を剝いて背ワタを取った後、海水と同じ濃度の塩水で洗う。

エビの血液は透明なので見た目には分からないが、そのまま食べると生臭さを感じる。塩水で血液を洗い流して臭みを取ると、甘味を感じる美味しいエビのお刺身の完成だ。

その次はイカにとりかかる。料理人さんたちは手際よく内臓を取り除いて皮を剝いでいく。

下処理の途中でリンクさんに寄生虫がいないか鑑定してもらった。

どうやらこちらの世界には寄生虫のアニサキスがいないのか、たくさんあったイカには一匹もいなかった。良かった。安心して生で食べられる。

隠し包丁を細かく入れた後、細く切る。

これで海鮮丼の具材はできた。

「うん？　これで終わり？」

そう。刺身は食材の美味しさを味わうので、下処理はこれだけだ。

「あい。これをごはんにのせて、おしょうゆをかけてたべりゅ」

「まあ。シンプルな料理なのね」

「素材の旨味を味わうのだろうな」

ローズ母様の言葉にローランドおじい様がふむふむと頷いていた。

よし、もっと作ろう。

「あのおしゃかな、しゃばいてくだしゃい」

立派な魚を一本捌いてから薄くスライスしてもらう。

私は魚を捌くのが得意ではない。常にスーパーで切り身を買ってくる派だった。

でも今世でスーパーのように捌いてくれるサービスはお店にはないので、見て覚えることにした。

そうじゃないと今後自分でお刺身を作れないだろう。

――ああ。そこに包丁入れるのね。うわ。そうやって内臓取り除くんだ。

ローズ母様が小さく悲鳴を上げた。うん、気持ちは分かる。

さすがに毎日魚を捌いている料理人さんたちは手慣れていて、あっという間にカツオの刺身が大皿にのせられた。

そして、今度は漬けるための調味液を作る。

醤油に味醂と砂糖を入れてひと煮立ちさせて冷ます。

薄く切ってもらったカツオのお刺身を冷ました調味液に漬け込む。

その間に別の料理人さんに、ショウガを薄く切ってもらい、塩をまぶして少し置いて水洗いし、軽く茹でて冷ます。

酢に多めの砂糖と少しの塩を加えて煮溶かした後、冷めたら、薄くスライスしたショウガと合わせてなじませておく。

そう、これはお寿司に欠かせない生姜の甘酢漬け。よくガリと呼ばれていたものだ。

前世でなぜガリと呼ばれたかというと、大きい生姜をガリガリと噛んでいたとか、包丁で切る時にガリガリと音がしたからだそうだ。なるほど。確かに包丁で切った時ガリガリと音がしていた。

これで二時間ほど漬ければ出来上がりだが、こっちの世界は同じ素材でも多少違いがあるせいかショートカットが多い。

実際三十分くらいで程よく漬かり、食べられるようになった。

「あら、甘くてさっぱりしているわね。ちょっぴり辛みもあっていい感じだわ」

「甘い酢の漬物か。なかなか美味い」

「口の中がスッキリするな」

どうやらおおむね好評のようだ。

さて、仕上げにいこう。

酢と砂糖と塩で作ったすし酢を温かいご飯にかけて混ぜ、カツオの漬け汁も少し混ぜ合わせる。

さらに作っておいたショウガの甘酢漬けを細かく刻んで混ぜ込む。個人的にはミョウガも入れたかったけど、ないものは仕方ない。

大きな皿にすし飯を広げて、その上にカツオの漬けをのせ、ネギを細く切って散らし、海苔を細く切って散らした。

全体的に少し暗い彩りなので菊の花びらを散らしたら、いい感じになった。

「かつおのちらしずしかんしぇい!!」

「ちらしずし?」

ずっと私の指示を聞きながら調理を担当していたポルカノ料理長が首を傾げた。

「これ!!」

指差ししたのは、大陸からローランドおじい様が購入してきたという米酢のラベル。

そこにはちらし寿司のイラストと料理名が載っていた。ラベルとはちょっと色合いが違うちらし寿司だけど。

私が作ったのはカツオの漬けを使ったちらし寿司。

前世では手こね寿司と呼ばれていたものだ。

家族で旅行に行った時に食べた手こね寿司が本当に美味しくてハマり、何度も家で再現した思い出の味だ。

「お酢の香りが食欲をそそるな。食べてみてもいいか？」

リンクさんがそう言うと、皆も試食を希望した。

「あい！」

もちろんだ。私も酢の香りのせいでお腹が空いていた。

お酢って食欲増進効果があるんだよね。

「火を通すとカツオの身は白っぽくなりますが、生の状態では鮮やかな赤です。今回調味液に漬けましたところ、深い色合いになりました」

ポルカノ料理長がカツオの身の状態をローランドおじい様に説明をしている。

加工場でツナみたいな加工品を製造しているので、ローランドおじい様も生の状態と加熱後の状態を把握しているようだ。うんうんと頷いている。

「ほう。ではこの色はカツオに調味液が染みているということなのだな」

そう。生のカツオを漬けたので色が少し変わり、照りとつやが出ている。

食欲をそそる色と香りだ。

これなら、ハードルの高い生の刺身をのせた海鮮丼を食べる前の前哨戦（?）としていいかもしれない。

全員に取り分けて。皆に渡ったたね？　では。

「いただきましゅ」

みんなが私のあとに「いただきます」を言う。

なぜかいつも食事の挨拶は私が最初だ。んん？　作った人が言うシステムなのかな？

ちょっと不思議で首を傾げたら、くすりとローディン叔父様が笑った。

「ああ。いただきます」

カツオの漬けをのせたすし飯をぱくり。

漬けにしたこととガリやネギなどたっぷりの薬味をのせたおかげで生臭みが消え、カツオの旨味ととろりとした食感が絶妙だ。

ああ、懐かしの味だ。美味しーい!!

「へえ。生のカツオの漬けって、美味い」

「本当だな。火を通したものと全然違うが、また違う美味しさだ」

リンクさんやローランドおじい様が口を綻ばせると、マリアおば様とローズ母様も頷いていた。

「すし酢とやらをかけると、お米がとても美味しくなりますね」

「さっぱりしてていくらでも入りそうです」

「このカツオの漬け。トロッとしてすごく旨味を感じます!!」

「火を通さなくても美味いんだな、魚って」

料理人さんたちにも抵抗なく受け入れられたようだ。

良かった。これなら今後もお刺身を作ってくれそうだ。

「調理していた時の魚の臭いが感じられません。これはこのすし酢やショウガの甘酢漬けのおかげなんでしょうね」

さすが、ポルカノ料理長。その通りだ。

カツオは旨味があるけれど、結構臭いがあるので薬味をたっぷりにする。そうすると臭いを打ち消してくれるのだ。

「おしゃかな。なまはおいちいけど、におぃしゅる。おす、しょうが、わしゃびがしょれをけしゅ」

「なるほど。だから大陸の店の主人は私にワサビを勧めたのか」

ローランドおじい様が納得して頷く。

「じゃあ、ワサビを用意して海鮮丼も食べてみよう。カツオが美味しかったから、海鮮丼も美味いはずだ」

ローランドおじい様がそういうので、続いて海鮮丼だ。

今はとにかく料理人さんたちに受け入れてもらうことが一番なので、晩餐までおあずけするようなことはしない。

ここはきっちり一緒に食べてもらって美味しいことを証明しなければ。

まずはワサビをすりおろしてもらった。

海鮮丼用のご飯は二種類用意する。

すし酢をかけたものと、普通のご飯。

これも好みなので、食べ比べてもらおうと思ったのだ。

ローランドおじい様が丼《どんぶり》の器を数種類大陸から買ってきてくれたので、すし飯を軽く盛り、その上に三種類の海鮮を前世の記憶通りに並べる。白っぽい具材ばかりなのは仕方がない。

彩《いろどり》に小葱の青い部分と菊の花を散らし、細く切った海苔を散らして完成だ。

醤油にワサビを少し溶かし、エビ、イカ、ホタテののった海鮮丼に回しかけ、皆で「いただきます」をして、一斉に頬張った。

先ほどカツオのちらし寿司で生に対するハードルを下げたからか、皆あまり抵抗感がなくなったらしい。

エビをちゃんと下処理したおかげで、トロリとした美味しさが口いっぱいに広がった。

おいし～い!!

「うわ！　エビ甘い。甘くてトロッとしてて美味い!!」

「ホタテもそうだ！　さっくりとした歯ごたえがいいな。美味い！」

「イカも歯ごたえがあるし、なんだか甘さを感じるぞ!!」

リンクさん、ローディン叔父様、ローランドおじい様が次々と絶賛した。

うんうん。この三つは私の大好きな海鮮だ。

前世は海に囲まれた国に住んでいたから、イカもホタテも小さい頃から食べていたし、エビも大好きだった。

器は丼で、しかもお箸まで用意された海鮮丼なのだ。

まさか転生したこの世界でこんな完璧な海鮮丼を食べられるとは思わなかった。感動～！

「ワサビ、ピリッとしてるけど、あった方がいいな」

「――生って美味かったんだな」

「多めに入れたらツーンとなった！　今度からほどほどにしなきゃ」

どうやら料理人さんたち、次からも海鮮丼を作ってくれる気になったらしい。ふふふ。

自生しているワサビを採りに行く算段もしているし。

「普通のご飯でも、すし酢をかけたすし飯でも美味いな！」

「どっちでもいける!!」

「美味しいわ。エビやホタテが火を通さなくてもこんなに美味しいなんて」

「そうですわね。イカもとても美味しかったですわ」

マリアおば様やローズ母様も大丈夫そうだ。

良かった。食の好みというのは人によって違う。

特に生のお魚を食べるというのはこれまでの食生活になかったことなので、受け入れられるかドキドキしていたのだ。

「晩餐にもお作りしますね」

とポルカノ料理長が言ったので、無事に受け入れられたらしい。良かった良かった。

——さて。さっきから私の視界に入っていたもの。

あれを使って大好きなアレを作ろう！

◇◇◇

——それは大きなアジだった。

アジの美味しい食べ方といえば、私の中ではまず一番にアジフライが来る。

すっごく美味しい。

ああ。アジフライが食べたい～！

と、いうことで。

「あじ、ほちいでしゅ」

「海鮮丼のように刺身にするのか？」

リンクさんの問いに首を振る。

「あじのおしゃしみもいいけど。あーちぇはあじふらいのほうがしゅき」

「揚げるのか⁉」

フライとは揚げるという調理法だということを既に知っているリンクさんが目を輝かせた。

「のうこうそーすとか、たるたるそーすでたべりゅとしゅごくおいちい」

「よし！　揚げ物は美味いからな！」

「まあ！　揚げ物ね！」

リンクさんとマリアおば様がとっても嬉しそうに声を上げた。

「揚げ物といえば、アメリカンドッグもフライドポテトも美味かったな。うちでもバーティアの店と同じフライヤーを購入したぞ」

意気揚々とローランドおじい様が言った。店と同じフライヤー？　あれって業務用の大きいやつだったような……

まあ、デイン辺境伯家ともなれば使用人も含めれば大人数だから業務用でもおかしくないのか。

さて、料理人さんたちにアジを三枚おろしにしてもらい、少量の塩コショウで下味をつけておく。

じゃあその間に。

「かたいぱんありゅ？」

「ございますよ。明日ラスクにしようと思っていたのですが」

大きめの丸いパンが何個かカチコチの状態で用意された。

うん。これならたくさんのパン粉が作れるだろう。

「しょれ、すりおろちてくだしゃい」

「はい？」

料理人さんたちが固まった。せっかく作ったパンをすりおろす意味が分からないのだろう。固くなってしまったパンは、ラスクにする他にもこういう使い方があるんだよ。

「すりおろしてどうするんだ？」

リンクさんとローディン叔父様が聞いたので、にっこりと笑って答えた。

「おいちいあげもののころもになりりゅ」

「なるほど」

「分かった」

リンクさんとローディン叔父様が戸惑っている料理人さんたちをよそにパンをすりおろしていった。

「あじにこむぎこ、たまご、ぱんをすりおろちたぱんこをじゅんばんにちゅけて、あげる」

調理工程を省くバッター液を作ろうかとも思ったけど、それだと衣がしっかり付きすぎてぶ厚くなる。

どちらかというと、私は軽い食感の方が好きなので、工程が一つ多い定番の作り方にした。その方がバッター液を纏わせるよりヘルシーだ。

リンクさんとローディン叔父様が手際よくアジに衣を付け、あっという間にフライパンで揚げ始めた。

それを見た料理人さんたちも慌ててパンをすりおろして業務用のフライヤーで揚げ始める。

――この国にパンからパン粉を作るという概念はなかったらしい。

食べたらその衣の美味しさに驚くよ？

ジュワッと音を立ててアジフライが揚がっていく。三分ほど揚げて余熱で火を通す。

「この揚げている音がいいな～」

「ああ。美味しそうな色に揚がっていくな」

ローディン叔父様が菜箸を使って油の中のアジフライをひっくり返していく。

菜箸はローディン叔父様がウルド国に行っている時にローランドおじい様がお土産に買ってきてくれたものだけど、ローディン叔父様はすでに使いこなしている。食事用のお箸も難なく使いこなし、「きんぴらごぼうが食べやすい！」と絶賛していた。

確かに、初めて食べたきんぴらごぼうはフォークを使っていたので食べにくかったよね。それにしても、一度で箸の使い方をマスターしたのは、素直にすごいなあ、と思ったものだ。

ローディン叔父様は、ウルド国から帰って来た日に、新店舗であるバーティア商会の王都支店に足を運んだ。

店の外まで行列が続いているのを見て、その繁盛ぶりに驚いていた。

もちろん、新商品のアメリカンドッグやフライドポテト、ドーナツを披露。

お隣のツリービーンズ菓子店で販売するドーナツのロイヤリティの件については、価格の上乗せ分をドーナツにして教会に寄進するという話をしたら、ローディン叔父様に「私の天使《アンジュ》！」とぎゅうっと抱きしめられた。嬉しい。

そんなことを思い出しているうちに、アジフライが美味しそうに揚がった。

さあ、付け合わせのレタスの上に、アジフライをのせて完成だ!!

「あげたてあつあつがおいちい!!」

「よし！　食べよう!!」

業務用フライヤーのおかげで一度にたくさん出来たので、皆で試食だ!!

いただきますをして、ぱくり。

パン粉を纏わせて揚げた衣の、サックリとした食感の後に、ふわっとした魚の食感と味が後を追う。

「おいちい！」

アジは漢字で魚へんに参と書く。

その美味しい魚の味に参った、というのが名前の由来という説もあるらしい。つまり、鯵《アジ》イコール、美味な魚なのだ。

私はそのアジフライを、とんかつソースそっくりの濃厚ソースで食べるのが大好きだった。

「アジフライうっまいな!!」

「カチカチのパンが衣になるとは。しかもソテーするより身がふっくらとしていて美味い」

リンクさんとローディン叔父様が二つ目を頬張る。ローランドおじい様も同様だ。

「濃厚ソースがすごく合う！」

「タルタルソースもです！　美味しいです！」

「今まで焼くかボイルしかしてこなかったけど、魚を揚げるのもいいですね!!」

「パンをすりおろしたパン粉がサクサクしてすごく食感がいいです！」

うん。お魚のフライ本当に美味しいよね。

「あーちぇ、えびふらいとイカフライもしゅき」

それとホタテのフライも美味しいよ、と言ったら。

「「やりましょう!!」」

ザっと、料理人さんたちが立ち上がった。

そして、さっきの海鮮丼の具材が今度は揚げ物になった。

エビは尻尾をつけたまま殻を剝き、イカはリングフライに。ホタテは貝柱をカットせずにそのままの大きさで。

生でも食べられるほど新鮮なので衣がほど良い色になったら完成だ。

「エビフライうっま!!」

真っ直ぐに揚がった大きなエビフライ。

「イカフライもホタテフライも美味い！」

「この美味しさは感動だ!!」

ふふふ。美味しいよね！

エビフライはプリッと、ホタテフライはサクッと、イカフライは弾力と旨味があって本当に美味しい。

好みでレモンを絞って食べたら、さっぱりしてもっと食べられると、皆に好評だった。

ローディン叔父様はアジフライが相当気に入ったようでたくさん食べていた。

あんなに食べたらたぶんお腹いっぱいだよね。しかたない。オムライスはまた後にしよう。

「本当に美味しいわ。これ、バーティアでも食べられるといいのに」

「そうだね。バーティアは内陸だからなかなか海の魚は食べられないよね」

ローズ母様とローディン叔父様が残念そうに話す。

内陸のバーティア領のお魚といえば川で獲れる淡水魚が主流なのだが、残念ながら、私は川魚が得意ではない。

「いつも通りにバーティア子爵家には保存魔法を施して、魚は送っておく」

ローランドおじい様は数日おきに、バーティア子爵家に保存魔法で新鮮な魚介を送ってくれている。

ローランドおじい様の一人娘であるローズマリー前子爵夫人や孫のローズ母様、ローディン叔父様のために、用意してくれているのだ。

それらはもちろん、バーティア商会の家にも届けられてはいるが、そちらには比較的下処理が簡単な貝やエビだけが届いている。

丸ごとのお魚を捌くことは、お嬢様育ちのローズ母様にはまだまだ容易ではないからだ。

それに私自身も幼児で大きな魚を捌くのは難しいし。

——それなら。最初から捌いてもらえればいいかな。

「ころもちゅけたじょうたいで、こおらしぇりゅ。こおったまま、おいるであげるとおにゃじようにたべりぇる」

　そう言ったら、ローランドおじい様とリンクさんが身を乗り出した。

「――！　それは面白いな!!」

「やってみる価値がある!!」

　さすが、氷結魔法を得意とするデイン辺境伯家。

　リンクさんとローランドおじい様が揚げる前のものを瞬間冷凍し、カチコチになったものをじっくりと揚げた。

「こういう状態にして冷凍するって目からウロコだな」

「本当に！　味も遜色ありませんね。魚にパン粉を付けた状態にしておいて、後は揚げるだけで美味しいアジフライやエビフライが食べられるなんて素晴らしいです!!」

　料理人さんたちにも好評である。

　ローランドおじい様もしっかりとすべてのフライを堪能した後、私を見た。

「確かに、これはいいな。――なあ、アーシェラ。この方法でアジフライをはじめとした魚介での冷凍加工品を作りたいと思うのだが、いいだろうか？」

　アジフライの冷凍加工品を作る、ということは？

「あじふらい。いちゅでもたべれりゅ？」

「もちろんだ。アジはデイン領近海では一年中獲れる美味い魚だ。だが内陸部では海の魚を食べる機会はそうそうない。それならばこうして加工し、冷凍すれば鮮度のいい状態のアジで作った美味しいアジフライを食べられるだろう。各地の商会には保存魔法の箱はなくても、冷凍庫ぐらいはあるから」

なるほど。冷凍庫は家庭にはなくても、店を営む上では必需品だ。

バーティア商会の店舗にも冷凍庫は置いてある。

――商会の家にないのが残念だったけど、魔法鞄を誕生日プレゼントに貰ったので今はもう不便さは感じていない。魔法鞄にはたくさんアイスクリームが入っている。ふふふ。

「それにね、アーシェラちゃん。デイン辺境伯領には難民がまだ増え続けているから、加工のために雇うこともできると思うの」

マリアおば様の言葉に、ローランドおじい様やリンクさんが頷いた。

デイン辺境伯領は海に面しているために、三国から逃げて来た難民を多数受け入れている。

だが、いくら高位貴族とはいえ、先が見えない無期限の無償援助は難しい。今はコンブの加工場が出来ていてそこで難民たちを雇用していると聞いていた。

けれど、未だ逃げてくる難民の数は増え続けているらしい。稲作などの農作業をしている難民もいるらしいけど、実はもうすでに余剰人員気味なのだそうだ。

「こんなに美味いのだから、絶対に内陸部でも需要は出るだろう。冷凍加工の部門を立ち上げて難民を雇うことができれば、うちは人材の確保が容易にできるし、難民も安定的な生活を得ることができると思うのだ」

さらに、頭を悩ませていた難民の受け入れ先の解消になるというなら、もちろん私の答えはイエスである。それに冷凍加工食品ができたら、美味しいアジフライやエビフライも商会の家で手軽に食べられるようになる。誰にとっても冷凍加工部門の立ち上げはいいことずくめだ！

「いいでしゅ!!」

「ありがとうな。アーシェ」

リンクさんが優しく頭を撫で、ローランドおじい様がにっこりと笑顔で言う。

「いつでも魚や加工品を送ってあげるからな」

「あい！　おねがいちましゅ!!」

イカフライもエビフライも全部大好きだ。調理が揚げるだけなんて楽でいい！

その後ロザリオ・デイン辺境伯が、冷凍加工品のレシピの報酬として利益の一部をくれると言ったので、難民の救済に使ってほしいと言ったら、デイン辺境伯とローランドおじい様にぎゅうぎゅうと抱き締められた。

「新しい仕事を作り、彼らに生きていくための土台を作ったことで十分難民を救済できているのだよ」とデイン辺境伯に言われ、結局利益の一部を貰うことになった。

――なんだか小金持ちになったみたい。

11　ぶちゃいくにゃの？

デイン領に着いた翌日。

今日は皆で海から少し離れた内陸部にあるデイン辺境伯領の田んぼを見に来ている。

広大な耕作地には様々な畑があり、その一角に新しく田んぼが作られていた。

見渡す限りの平坦な畑と田んぼ。そして草原と林。

まるで前世の日本を見ているようだった。

「順調のようだな。ちゃんと分《ぶん》けつもしているしな」

リンクさんとローディン叔父様が田んぼの中に入り、生育状況を確認している。

ホークさんやデイン領の農民さんたちも一緒だ。

「本当に水に浸かりっぱなしで大丈夫な作物なんだな」

「数本ずつ植えたのが増えて何倍にもなっています」

そう、稲は分けつして一本の苗が二十数本にもなるのだ。

稲作一年目の農家さんたちが感心して頷いているのを、私は少し離れたところから見ていた。

――私は去年の底なし沼事件（？）によって、水の張ってある田んぼに入ることは禁じられている。

デイン辺境伯領の田んぼは一年目なので、深さが一定ではない。

私としても去年のように深みに嵌まって恐慌状態《パニック》に陥るのは勘弁だ。

ということで、代わりに田んぼの近くの開けたところで、わらび採りにいそしんでいる。

ぷちぷちぷちぷちと。

楽しい～～！

今年の初めにクリスウィン公爵領でわらびを見つけてから、バーティア領でのわらび採りを楽しみにしていたけど、王都のバーティア商会支店の立ち上げ準備からオープン、その後の状況確認などで王都に出向いたりと忙しかったせいで、楽しみにしていたバーティア領でのわらび採りができていなかったのだ。


今からふた月ほど前、わらびの毒抜き《アク》方法が王家の名でアースクリス国全土に通達された。

その他に料理のレシピ、保存食にする方法など。

それまで駆除が厄介な毒草ということで、嫌われ者扱いだったわらびが食材になるという事実に、貴族も領民も皆驚愕したという。

毒抜きに必要なものは、一番に灰。あるいは食用の重曹。

どの家にも暖炉があるので、灰の方がお金もかからず、しかも捨てるものを有効活用できるため、灰が推奨された。

わらびは毒抜きさえできれば、立派な食材である。

スープに入れても炒め物にしてもいい。

しかも、塩漬けにすれば保存食になるのだ。

通達されたおかげで、毎年焼き払われていたわらびの群生地は、今年はわらびを心待ちにする人たちで賑やかになっているらしい。

この耕作地の脇の草地にもたくさんわらびが生えていて、少し離れた場所でも女性や子供たちが楽しそうにわらびを摘んでいるのが見えるし。

どうやらちゃんと、わらびが春の食材として受け入れられたらしい。ふふふ。良かった。

「なんだか面白いわね。わらび採りって」

マリアおば様が初めてのわらび採りを楽しんでいる。

私もわらびを摘む時のポキッという感触が楽しい。

今年の春はわらびの群生地が焼き払われなかったおかげで、今までこっちの世界で見たことのなかったものがいくつも見えていた。

マリアおば様やローズ母様がわらびを摘んでいる。――じゃあ私はこっちを摘もう。

わらびのすぐ横に生えていたお目当ての緑の葉は、背丈が三十センチメートルくらいで葉の裏側が白っぽい。葉っぱの新芽部分を摘むと、独特の香りがした。

「あら？　アーシェ、何を摘んでいるの？」

私用のかごに入ったものを見て母様が首を傾げた。

「よもぎ！」

柔らかい新芽の部分を摘んで母様に見せた。

「ああ、よもぎ。それ薬草だよ。止血したり、あと貧血にも効くし腹痛にも効く」

田んぼから上がってきたホークさんがそう説明する。

「まあ、薬草なのね。そういえば薬草学で見たことがあるわね」

「実際に生えている場所は見たことなかったけれど、こういう所に生えていたのね」

母様とマリアおば様がそう言う。薬草学で採取されたものを見ていたけど、生息地までは知らなかったらしい。

よもぎはお茶にしてもいいし、身体を温める効果があるからお風呂に入れてもいい。

でもやっぱり、よもぎの新芽といえば。

「てんぷらにしゅる！」

それが一番だ！

「『てんぷら？』」

「たいりくのおみやげのごまあぶらであげるとおいちい」

デイン家の厨房とお土産の箱の中で見つけたのだ。

しっかりと漢字で『胡麻油』とラベルに書いてあった。天ぷらのイラストも。

「よもぎを食べるのか？　……まあ、薬にできるんだから、身体に害はないよな」

「おいちいよ？」

「アーシェがそう言うんだから美味いだろうな」

「よし。それなら採っていくか」

田んぼから上がってきたローディン叔父様とリンクさんも加わって、よもぎの新芽の部分をたっぷりと摘んだ。

「わらびを根絶やしにするためにこの周辺を焼き払っていたけど、わらびもよもぎも食べられるのねえ」

マリアおば様が辺りを見渡して感心している。

たっぷりと皆でわらびとよもぎを採った後、ホークさんに抱っこをしてもらった。

「これもとりゅ」

指差したのは、とげのあるひょろりとした木。タラノキだ。

「これも薬用で、胃腸に効くやつだよね」

そう。前世ではタラノキの樹皮や根皮が糖尿病に効くと聞いて、父親のために煎じてお茶として飲んでいた。

「わかいめのぶぶん。たべりぇる」

私は前世、春になると母と二人でわらび採りに行くのが楽しみの一つだった。

そして、わらび採りをした場所の近くにタラノキの群生地があって、若芽をたくさん採り、天ぷらにして美味しく食べた。懐かしい思い出だ。

そして私は春の山菜のなかで、タラの芽の天ぷらが一番好きだったのだ。

だから、ひょろりと生えた棘のあるタラノキがたくさん生えていて、その木に新芽を見つけた瞬間に『タラの芽の天ぷら!!』と心を鷲摑みにされたのだ。

よもぎもあるし、春の山菜で天ぷらが食べた〜い！　と。

「そうなのか〜。どれ、高い位置だから俺が採るよ」

これまでわらびやよもぎ同様焼き払われていたので、タラノキも若い。

あちこちに生えていてたくさん採ることができた。

今日の夕食は、よもぎとタラの芽を大陸の胡麻油で天ぷらにすることに決定だ！

田んぼの視察が終わり、わらびもよもぎもタラの芽もたっぷりと摘んでほくほくしながら、ディン邸に戻ることになった。

その道中に、菊の花が根付いたという教会があると聞き、寄ってみることにした。

それに菊の花も夕食の食材にしたかったので、ちょうどいい。


畑からの帰り道、馬車は海にほど近い高台にある白亜の教会に着いた。

この教会は、ウルド国、ジェンド国、アンベール国の三国から逃れてきた難民の一時受け入れ場所になっているという。

以前から難民が次々と流れ着いていると聞いていたので、てっきり教会は難民で溢れかえっているのかと思ったら、今は二十名ほどとのことだった。あれ？　思ったより少ない？

「これまでに来た人たちは、加工場の近くに建てた共同住宅《アパート》に移り住んでいるんだ。ここにいる人たちはまだ避難してきたばかりで、リハビリ中という感じだな」

なるほど。教会にいるのは、アースクリス国に来たばかりの人たちなのか。

「ウルド国からの難民は、戦争が終わってからの新しい流入はないし、少しずつだけどウルド国に戻って行ってるんだ。ジェンド国、アンベール国からは変わらずこうして助けを求めて入ってくるがな」

「しょうなんだ」

話を聞きながら礼拝堂の中に入ると、お年を召した司祭様が突然の領主家族の来訪に驚き慌てている。

それを横目に、祭壇にたっぷりのドーナツを捧げた後、手を組んで祈った。

ローディン叔父様が無事に帰ってきたことへの感謝と、次に出征するリンクさんの無事を。

そして、デイン辺境伯領がもう二度と戦火に巻き込まれませんように――と。

――先日、河を下ってデイン辺境伯領に入ったあたりで、船の上からリンクさんが遠くを見て祈りを捧げていた。

遠い視線の先には、五年前のデイン領襲撃の際の、戦没者の共同墓地がいくつもあるとのことだ。

五年前、デイン辺境伯領は、ウルド国、ジェンド国、アンベール国の三国から一斉に襲撃を受けた。

デイン辺境伯領の国境線付近で何とか食い止めたため、領民の犠牲者はほとんどいなかったけれど、敵も味方も多くの人の命がデイン辺境伯領で散っていったのだ。

もしまたデイン領が戦火に巻き込まれたら、辺境伯領の領主であるデイン辺境伯や次期辺境伯のホークさん、元辺境伯のローランドおじい様がまたもや先頭に立って戦うだろう。

万が一でも攻略されたら、大好きなマリアおば様やデイン辺境伯をはじめとするデイン家の皆の命は失われてしまう。

大事な人たちがこれ以上危険な目に遭うのはイヤだ。

だから、時間をかけて女神様にお願いした。

早く争いの火種が消えますように、と。


「――さて、菊の花を摘んで帰ろうか」

「あい！」

素直にホークさんに手を伸ばすと、嬉しそうに私を抱き上げてくれる。

――ホークさんとデイン辺境伯は近ごろとても忙しい。

デイン辺境伯家は、平時から貿易を担い、辺境伯軍を統率するという、もともと役割が多い貴族だ。

しかも、この頃は新規事業の立ち上げや難民の受け入れと救済、さらにはウルド国への援助物資の輸送と、忙しさに拍車がかかっているのだという。

ウルド国への支援物資の輸送に関しては、王都の役人や他の領からの人も多数同行する。

色んな人が集まれば意見の食い違いやぶつかり合いが出るわけで。そんな人たちをまとめる役割を担うのがデイン辺境伯とホークさんであるため、相当神経を使って疲れているようだ。

二人は私がデイン家にやってきた時から「ああ、癒される」と言って、私を抱っこするのがお気に入りのようだった。

小さい子を抱っこすると癒されるのかな？

ホークさんに抱っこされて、菊の花の群生地が出来たという教会の敷地の海側へ向かい――唐突に眼前に広がった、その光景に息を呑んだ。

「――しゅごい!!　しゅごい、きれい!!」

視界に飛び込んできたのは、輝きを放つ青と黄色。

この教会は海に近いが少し高台に位置するため、海を眼下に見ることができる。

抜けるような青空と、エメラルドグリーンの海。

そして、なだらかな斜面には、鮮やかな大輪の菊の花が視界一杯に群生している。

海と空の色彩の違う美しい青に、鮮やかに輝く黄色が映えて、ものすっごくキレイだった。

「ああ。見事だな。この広い敷地いっぱいに花畑が広がるとは」

「鮮やかで心が洗われる光景だな」

「「本当に綺麗ね」」

皆が口々にその光景を絶賛した。

「きれい！　ここにめがみしゃまがいるみたい!!」

キラキラと眩しい光を反射する青い海と空を背にしながら、金色に輝く菊の花畑の中に――艶やかな長い金色の髪をなびかせた女神様がそこにいるような気がしたのだ。

それくらい美しく、心に染みる光景だった。

「いらっしゃるのかもしれないな。この花は女神様の花だからね。神気がある場所に咲く花だから」

ローディン叔父様が隣に来て目を細めて言った。

うん、本当に綺麗だ。

うっとりと見ていたら、海側からの緩やかな坂道を荷馬車が上がってくるのが見えた。

近づいてくる荷馬車から、見知った人が大きく手を振っている。

「あ！　かいんしゃん!!」

「アーシェラ様！　お久しぶりです～～!!」

カインさんはデイン商会の王都支店を任されていて、ホークさん同様に定期的にデイン領と王都との行き来をしている。今日は教会にいる難民のための支援物資を運んできたそうだ。

「今日は食材の他に調味料を補充しに来たんですよ。ほら、王都の教会で食材はあるけど、調味料はなかなか貰えないってサラさんとサラサさんが言っていたので、定期的に補充するようにしたんです」

なるほど。荷馬車から降ろしているものは小麦粉の他に、塩や醤油をはじめとした調味料が多いようだ。

「そろそろお昼になるな。早く菊の花を摘んで屋敷に戻ろう」

　そう言って、手早くリンクさんとローディン叔父様が菊の花を摘んでいく。

　私は、ホークさんに下ろしてもらうと、菊の花の群生しているところにトコトコと近づいて行った。

「まあ、アーシェ。花畑に入ったらアーシェが隠れて見えなくなってしまうわ」

　菊の花の背丈は百二十センチから百三十センチ。今の私が群生地に入ってしまったら、すっぽりと隠れてしまうだろう。

　心配するローズ母様に、「だいじょぶ。はっぱとるだけ」と答える。

「菊の葉？」

「きくのはっぱも、てんぷらにしゅるとたべりぇる」

　花が大輪な分、葉っぱも大きく厚みがある。これなら食べ応えもあるだろう。

　私は手早く菊の葉を摘んでいく。

「え？　花びらだけじゃなく、菊の葉も食べれるんですか⁉」

　カインさんが食いついた。

「あい。ちょっとほろにがいけど、おいちい」

「そ、それは食べてみたいです‼　というか、菊の花同様に貴重な食材になりますよ！　どうか食べ方を教えてください‼」

「はっぱは、てんぷらにしゅる」

私にとって、菊の葉のレシピは天ぷら一択だ。

おひたしにするのもアリだけど、一番美味しいのは天ぷらなのだ。

「てんぷら？　ってなんですか？」

「オイルで揚げる料理だそうだ」

「そ、それは絶対美味しいですよね！　フライドポテトもアメリカンドッグも絶品でしたし!!」

王都支店の立ち上げにはデイン商会も力になってくれた。

王都のバーティア商会にはカインさんも何度も来ていて、訪れるたびに山盛りのフライドポテトを堪能していたよね。

揚げ物＝美味しい、という方程式が頭の中で出来上がっているカインさんの目が期待でキラキラしていた。

「カイン、今日の夕方屋敷にいらっしゃい。天ぷらをご馳走するから。アジフライやエビフライも用意するわよ」

「アジフライ？　エビフライ？　魚もオイルで揚げるのですか？」

「ええ。とっても美味しかったから商品化しようと思っているのよ」

「お、お伺いしたいです。――ですが……」

マリアおば様のお誘いの言葉に、カインさんが申し訳なさそうに眉尻を下げた。

「母上。今日はカインの娘の誕生日なんだよ」

「あら。そうだったのね。久しぶりの家族団らんなのね」

カインさんもホークさん同様に忙しい。年の半分くらい王都にいるので家族と一緒にいる時間が少ないのだ。

「申し訳ございません。今日だけはちょっと」

「いいのよ。カインにはずっと無理をさせているから。セナちゃんによろしくね」

カインさんの娘さんはセナちゃんという名のようだ。マリアおば様の言葉にほっとしつつも、カインさんはなんだか天ぷらを諦められないような表情をしている。

そんなカインさんを見て、ホークさんが苦笑して言う。

「そんなに心残りなら、ここの厨房を借りるか？」

いいけど、今はお昼時に近い。おそらくはお昼の準備中で教会の厨房には入れないのでは？

同様のことをリンクさんやローディン叔父様も指摘すると、

「あそこに簡易的に作った炊事場があります！」

とカインさんが教会の敷地内に作られた屋根付きの場所を指差した。

東屋かと思ったら、屋外に作られた炊事場だったのか。

数年前デイン領が戦場になった時に、炊き出し用に外にもかまどを作ったとのことだった。

――なんと。こんなところにも、デイン領が戦場になった名残があったとは。

デイン領は五年前、三国からの奇襲を受けた。

その時のことをカインさんが教えてくれた。

東側国境の河からはジェンド国が。西側国境からは陸路でウルド国が侵攻してきた。

そして南に面している海からは三国の軍船が一斉に奇襲してきたのだ。

海岸線が敵の軍船で埋め尽くされた光景を見た時は震え上がったものだと、こちらの軍船に乗っていたカインさんはそう言った。

――だが、海に面したデイン領の辺境伯軍は海戦を得手とし、さらに地の利はこちらにある。

東西の国境は惜しくも越えられてしまったが、海からの奇襲に関しては本領を発揮し、敵船をことごとく沈め、一隻たりともデイン領への着岸を許さなかったそうだ。

そして、三方向からの奇襲だったために辺境伯軍を分けて対処したにもかかわらず、圧倒的な武力差をものともせずに敵船隊を壊滅させたデイン辺境伯に、三国は震え上がったという。

当時、クリスフィア公爵率いるアースクリス国軍とデイン辺境伯軍、二つの軍を合わせても、三国連合軍の軍勢の半数に満たなかったそうだ。

しかも、アースクリス国の南の玄関口でもあり、重要な要所であるデイン領を必ず陥落させるために三国は精鋭部隊を送り込んだはずだった。

加えてこの戦争において奇襲はまだ二度目。三国はまだまだ余力があるという認識だった。

だがその思惑を完全に潰したのがデイン領の戦いだった。

いくらデイン辺境伯軍が海戦に長けていたとしても、軍船の数は圧倒的に三国の方が多い。数の多い方が勝利するという定石を根底から覆した。

東側と西側、各陸路からの攻撃を防ぐために辺境伯軍を三手に分けたため、戦力は十分ではないはずの海戦だったというのに。

それを、デイン辺境伯軍のみで三国の軍船を壊滅させた。

そして、陸路においても、大軍を率いる将軍や上官たちがことごとく討ち取られ、統率力を失った三国の兵たちは敗走を余儀なくされた。

陸上戦はクリスフィア公爵率いるアースクリス国軍と、ホークさんが率いる辺境伯軍、そして駆け付けたディークひいお祖父様が戦術を駆使して敵を打破し、海上戦はロザリオ・デイン辺境伯とローランド・デイン前伯爵率いる辺境伯軍が敵船をことごとく駆逐した。

海上戦に関しては、ひいお祖父様も手助けしなかったというから、純粋にデイン辺境伯軍の力で撃退したのが分かる。

すごい。デイン辺境伯が軍部の重鎮として国王や多くの重臣から信を置かれている理由が分かったような気がする。

ローランドおじい様と、ロザリオおじ様はいつも優しいから、そんなにすごい人たちだとは思っていなかった。

「しゅごい！　ちゅよい！」

「ええ。旦那様は強くてかっこいいのよ」

マリアおば様がうっとりと微笑んだ。

そういえば、マリアおば様とデイン辺境伯様は恋愛結婚だと聞いていた。

なんだかんだと聞きそびれていたのだ。今度ちゃんと聞いてみよう。

◇◇◇

「お昼時で腹も空いたことだし、カインの言う通り、試しにそこのかまどでやろうか。カインも食べ方を知りたいだろうし」

「そうだな」

ホークさんの言葉に皆が頷き、教会のかまどで調理することになった。

「おいる、いっぱいいちゅかうけど、ありゅ？」

天ぷらは油をたっぷり使う。

せっかく難民の人たちのために持ってきたのに、たくさん使ってはなんだか申し訳ない気がする。

「もちろんです！　持ってきたばかりですので使ってください！　後で補充すればいいですから!!」

「アーシェラちゃん。オイルはフラウリン子爵領の特産なの。気にせずいくらでも使ってちょうだい」

マリアおば様の生家のフラウリン子爵領はオイルの原料の産地ということか。

よし、そういうことなら。

「胡麻油じゃなくてもいいの？」

大陸の胡麻油で作ると言っていたのを思い出してローズ母様が言う。

「ごまあぶらおいちい。でもいつものおいるでも、おいちい」

それに胡麻油は前世では少しお高めだったので、いつも天ぷらを作る時は普通のサラダオイルを使っていたのだ。全く問題はない。

カインさんが教会の厨房から大きな鍋を持ってきて、かまどにセットした。

難民を受け入れているため、この大きな鍋をいつも使っているらしい。

うん。これなら一気にたくさん作れるだろう。

たっぷりの油を温めている間に、よもぎやタラの芽、菊の葉を洗って汚れを落とし、水気を取る。

しっかりと水気を取っておかないと油がはねて火傷してしまうからだ。

見れば洗うのも水気を飛ばすのも、魔法でやっていた。便利だなあ、魔法って。

天ぷらの衣は、簡単に小麦粉と塩、井戸から汲んだばかりのキリッと冷たい水で。

片栗粉を入れるとサクッとするけど、薄い葉っぱだから小麦粉だけでも十分サクッと揚がる。

粉を混ぜ過ぎないのがコツだ。

「ちゅくったころもに、はっぱをくぐらせて、おいるであげる」

「「分かった」」

リンクさんとローディン叔父様が手際よく揚げていく。

ジュワー、パチパチ、という音があたりに響く。

菊の葉も、よもぎも薄いのですぐに揚がる。タラの芽もそんなに長い時間揚げる必要はない。

「あい、しょのくらいで」

「すぐに揚がるんだな」

ザルにあげて油を切り、すぐに試食する。

天ぷらは揚げたてが美味しいのだ。

「しおをちょっとちゅけて、たべりゅ」

いただきます、をしてそれぞれに塩を付けて食べる。

「わ。サクッとして美味い！」

「ほんとだ。軽い食感がいいな」

ホークさんとリンクさんがそっくりの顔で笑う。

「昨日のパン粉を使うフライもすっごく美味かったが、こっちも美味いな」

「ああ、シンプルだが美味い」

よもぎや菊の葉、タラの芽の調理法は、天ぷらがベストだと思う。

パン粉を付けてもいいだろうけど、山菜を揚げる方法としては天ぷら以外考えられなかった。

「よもぎって薬にするだけじゃなくて料理としても食べられるんだな。美味い」

「菊の葉も美味しいです！　ほんのりした苦みが後を引く美味しさですね！」

ローディン叔父様やカインさんも天ぷらを摘まむ速度が速い。

「タラの芽も美味しいわ」

「ええ、ほんとうですわね」

「これにちゅけてたべるのもおいちい」

そう言って用意したのは、こっそりと魔法鞄から取り出しためんつゆを水で薄めた、即席の天つゆだ。

私の魔法鞄には小さな薬瓶に入っためんつゆや数種類の調味料が数種類、常備してある。このくらいのサイズならポシェットから出しても怪しまれないと思って入れておいたのだ。

そうやって用意した天つゆを、ローディン叔父様に火の魔法の応用で温めてもらった。

塩もいいけど、天つゆで食べるのも大好きなのだ。

「まあ！　めんつゆで作った天つゆというのも、とっても美味しいわね！」

「私、塩よりこっちの方が好みだわ」

「ああ。これで食べても美味いんだな」

天つゆも皆に好評だった。

「いいですね、これ。以前よもぎを湯がいて食べたことがありますが、好みではなくて」

「ああ。それ、俺と一緒に試したやつだよな」

カインさんの言葉にホークさんが頷いた。以前、鑑定して食用と結果が出たものを片っ端から食べてみたことがあるそうだ。

「けっこう苦みがあって、断念したんだよな」

「はっぱ、あくぬきちないとにがい。おいるであげると、にがみがほどよくぬける」

よもぎと言えば、天ぷら。そしてよもぎ団子にするのが大好きだった。

今度餅つきした時に作ってみよう。ふふふ。

「そのようですね。揚げたら苦みがほどよく抜けて、美味しいですね」

「菊の葉の天ぷらも、いい感じの苦みで美味いものだな」

「菊の葉はよもぎよりも少し厚くて、食べ応えがある」

菊の葉も、よもぎも、タラの芽も、春の味覚でとっても美味しい。

菊の葉は年中あるからいつでも食べられるだろうけど。

「あーちぇ。えびとか、いかのてんぷらもしゅき」

「ああ！　それは絶対美味いはずだよね！　よし、家に戻ったら今日の夕食にそれを作ろう!!」

「それはいいわね！　フライと違う食べ方ができるのね。楽しみだわ！」

ホークさんとマリアおば様が楽しそうに言うと、

「よもぎも、タラの芽も、菊の葉っぱまで食べられると知ったら、親父たち驚くよな」

とリンクさんがにやりと笑った。

そんな会話をしていたら、教会の中から司祭様が出てきて、「難民の人たちと会ってほしい」とマリアおば様に言っている。

マリアおば様が了承すると、教会の中から世話人に連れられて子供たちが何人もぞろぞろと出てきた。子供たちは私のように小さい子からだいたい十歳くらいまでの子が九人。

そして、子供たちに続いて、母親や祖父母らしき人たちが出てきた。

大人と子供、全員で二十五人。結構な人数だ。

難民として逃げてきた人たちは、顔立ちがアースクリス国人とは違うのだと認識した。

もともとウルド国、ジェンド国、アンベール国の三国はセーリア大陸周辺からの移民であり、その前は長い間放浪の一族だったという歴史があるのだ。

そして、もともと一つの民族だったので顔立ちがとてもよく似ている。

三国を判別するのに有効なのは肌の色と身体的特徴だ。

ウルド国は骨格的にがっしりとした体格の人が多い。アンベール国とジェンド国は、ウルド国のような体格の特徴はなく、判別材料は肌の色。アンベール国はウルド国の者より肌色が濃く、ジェンド国は三国の中で一番肌色が薄い。

それでいくと、濃い肌色の人たちはアンベール国、薄い肌色の人たちはジェンド国からの難民なのだろう。

今教会にいるのは、ここ十日から二十日の間に保護された難民の人たちとのことだ。

──私はこれまであまりアースクリス国以外の人に会ったことがなかった。

クリスウィン公爵領で会ったサンダーさんはアンベール国の血が入っていたが、代を重ねているので外見はほとんどアースクリス国人だったし、純粋に外国人といえば王都の教会で会ったジェンド国出身のトムおじいさんくらいだ。

こんなに多くの外国人に会ったことはなかったので、驚いた。

そして、それ以上に驚いたのは、皆が皆、とても痩せているということだ。

対して、難民の人たちは、私たちを見て固まっていた。

どうやら教会の司祭様が、「領主様の御家族が来ているので、外に出て挨拶をするように」と促したらしい。

それで外に出てきたところ、カインさんを除いて銀髪（私は金髪だが）の貴族たちがずらりと並んでいて、驚いたみたい。

三国には金髪や銀髪はほとんどいないと聞いていた。

そしてアースクリス国で金髪や銀髪を持つ者は、貴族の血を引いている証でもあるのだ。

おそらく彼らは初めて金髪と銀髪の人間を見たのだろう。

マリアおば様は領主であるデイン辺境伯の夫人、ホークさんとリンクさんは辺境伯家の子息。

そしてローズ母様とローディン叔父様は血の近い親戚だ。祖国では見たことのない銀髪の貴族が五人も揃っていたら、そりゃ驚くだろう。

司祭様に挨拶をするように指摘されて、慌てて頭を下げたかと思ったら——なんと大人たちが一斉に膝をつき、地面に頭をつけるように全員土下座をした。子供たちも一緒に。

え?　——土下座ですか!?

「まあ。服が汚れてしまうわよ。いいから立ってちょうだい。私は顔が見えないのが嫌なの」

マリアおば様がそう言うと、またもや驚いたように何人かが顔を上げた。

「でも、えらい人のかおを見たら、『ぶれいもの』ってムチで叩かれないの？」

まだ六、七歳くらいのアンベール国特有の肌色をした男の子が顔を強張らせて言うと、他の子供たちも怯えたように腕を押さえたり頭をかばったりしながらこちらを窺っている。

なんてことだ。こんな言葉や条件反射のような反応が出てくるということは、子供に対してもそんなことをしてきた貴族がいるという証拠だ。許せない!!

「まあ。顔を見ないとお話しできないでしょう？　誰であってもお話しする時は相手の顔を見る。これが大事なのよ」

マリアおば様が優しく子供たちに話しかけた。

「今まで住んでいた所ではそうだったかも知れないけれど、ここでは顔を上げて、相手の顔を見て話してちょうだい。私の顔を見たからと言って罰するなんて絶対にしないわよ」

マリアおば様がしゃがんで男の子の手を取って立ち上がらせ、手や足についた土埃を手で払ってあげていた。

「ホ、ホントに？」

「ええ。ほら、あなたたちもお立ちなさい」

そう言って、数人の子供の手を取って次々と立たせ、先ほどの子供と同様に土埃を払う。

そんなマリアおば様の行動を見て、難民の女性たちが驚いている。

それもそのはず。貴族が平民の子供の手や服についた汚れを払うなんて、アースクリス国であってもなかなかないことだ。

しかもマリアおば様は高位貴族であるデイン辺境伯家の奥方。辺境伯は、アースクリス国では侯爵位と同等の権力を持っているのだ。

生まれながらの貴族は、身の回りのことはすべて侍女や従者が行う。

自分が物を落としたとしても自ら拾うことはなく、付き従う者が拾う。それが普通なのだ。

けれど、そんな生まれながらの貴族であるマリアおば様は『教育者』という顔を持っている。

そして、マリアおば様は私の令嬢教育の先生だ。

バーティア領に通ってきて、マナー教育だけでなく、家庭教師もしてくれている。

マリアおば様に身分制度を順序だてて教えてもらった後に付け加えられた言葉は、「相手が誰であってもきちんと話を聞くこと」だった。

「貴族、平民関係なく、先入観を持たずに自分の目で見て、自分の耳で聞き、自分の頭で考えなさい」――と。

その言葉で、マリアおば様が身分に関係なく、平等な考えを持っている人なのだということが分かった。

私の家族であるバーティア子爵家やデイン辺境伯家の皆も生まれながらの貴族なのだが、貴族や平民といった身分など気にせず関係を構築している。

そういえば、この前行ったクリスウィン公爵領でも、クリスウィン公爵は平民が営むパン屋に気軽に入ってきて、彼らの話を真剣に聞いていたし、わらびを見つけた時も、リュードベリー侯爵や王妃様も領民の人たちと平気で話していたような気がするから、アースクリス国の貴族ってそういう人が多いのかな?

でも、サラさんやサラサさん母子《おやこ》を見放した領主や、私腹を肥やすために教会の維持費を横領した貴族、人に危害を加えたミンシュ伯爵とかろくでもない貴族もいるから――たぶん私は周りの人たちに恵まれているのだろう。

うん。私は本当に幸せだ。

「そもそも貴族の顔をちょっと見たからと言って罰する方がおかしい」

うん、ホークさん。私もその通りだと思う。

貴族様の顔が何だっていうんだ。貴族は人間であって、神様じゃない。

心の目が汚れている人間が神様を見たら、あまりの神々しさに目が潰れるとか聞いたことがあるけど、そんなクズな人間の顔を見たって誰にも罰は当たらないはずだ。

「どうちて、かおみちゃいけにゃいの？　ぶちゃいくにゃの？」

私の言葉にリンクさんとローディン叔父様がぷはっと噴き出した。

「くくっ……そうだな。そういう奴らは『心が不細工』なんだ」

「そうそう。アーシェ、覚えておいで。そんなのに碌な奴はいない」

「ふふ。不細工、ね。――そんなことを言う時の顔は、大抵不細工になっているものよ」

ローズ母様が誰かを思い出したかのように言う。

「そうよ。アーシェラちゃん。顔を見ただけで『無礼者』だなんて言う人には近づかないこと」

みんなの言葉に相槌を打ったマリアおば様の言葉に「あい！」と元気に返事をした。

難民の人たちは、私たちの会話で、ここでは貴族の顔を見ても罰せられないのだと納得してくれたらしい。全員がめいめいに立ち上がり、おずおずと顔を上げた。

「さあ！　ちょうど新作の料理が出来たところなの。食べて、作り方を覚えてちょうだい」

柔らかな笑顔でマリアおば様が勧める。

追加の天ぷらをローディン叔父様とリンクさんが手早く揚げ、カインさんが塩を振ってそれぞれに渡した。

よもぎはたっぷり摘んであるし、菊の葉はすぐそこからいくらでも採れる。

彼らは、貴族が調理をして自分たちに振る舞っていることに驚愕している。

そして、「温かいうちに」と急かされて、恐縮しながらも口に運んだ。

こんなことは生まれて初めてだったのだろう。

そして恐る恐る食べた、よもぎの天ぷらという料理は驚くほど美味しかったみたい。

目を丸くして、頷き合っていた。

「！　……美味しいです」

大人たちは小さな声で。子供たちは素直に、大きな声で。

「おいしーい！」

よもぎの天ぷらを食べたら、少しだけ緊張がほぐれたのか、数人の女性たちが重い口を開けた。

「……これ、よもぎなんですね。こうやって食べるといいのですね」

「生で食べてお腹を壊したことがあったんです」

うん。加熱しないと苦いし、食物繊維が多いから生での大量摂取は控えた方がいいかも。

「タラの芽もこのように調理すると美味しいのですね」

「菊の花びらが食べられるだけでも驚いたのですが……葉も食べられるとは思いませんでした」

女性たちは初めての揚げ物料理と、葉っぱが食べられることに驚いている。

ふと、ジェンド国から祖父母と孫二人で逃げて来たというおじいさんと目が合った。

おかわりした菊の葉の天ぷらを孫に分けてあげている。

相手が子供なら色々話してくれるかな。

「ごはん、ちゃんとたべてりゅ？」

「ああ、ちゃんと日に三回。食べさせてもらってるよ」

小さな漁船で逃げてきたというおじいさんがかがんで話してくれた。周りにいた女性たちもおじいさんの言葉にこっくりと頷いて同意している。

「おじいしゃん、おしゃかなとりゅひと？」

「ああ。だが、年を取ったせいか、古傷がうずいて左腕が上手く動かなくなってな。近頃は農夫として働いていたんじゃよ。今回は漁師だった頃の小舟を洞窟に隠してあったからこうやって逃げてこれたんだ。ばあさんと必死に漕いでな」

「――ええ。けれど浸水して、沈没寸前だったところを、デイン領の漁師が助けたのですよ」

カインさんがおじいさんの言葉にそう付け加えた。

おじいさんたちは息子と嫁を早くに亡くし、残された孫たちを育てていたが、食べていくことができなくなったため、幼い孫を連れて小さな漁船でジェンド国から決死の覚悟で逃げてきたのだと、少し唇を震わせながら話していた。

「老い先短い私らまで手厚く保護してくださって、ありがとうございます」

と、話しながらホークさんとカインさんに深々と頭を下げる。

私はどうしてアースクリス国に逃れてきたのか聞いてみた。

ウルド国とは関係改善し始めているとはいえ、最近まで三国ともアースクリス国とは国交断絶状態だったため、普通であれば平民たちがアースクリス国のことを知ることは容易ではない。

こちらの世界にはインターネットもスマホもないのだ。どうやって情報を得たのか。

そして元々の同盟国であるアンベール国やウルド国ではなく、どうしてアースクリス国を目指したのか。

そしたら、おじいさんだけでなく、女性たちも色々と話してくれた。

やはり子供相手なら話しやすいみたい。

そして、みんなが話してくれたことを要約すると、こうらしい。

脱出してこれたのは海岸線近くに居住する人たちやその親戚にあたる人がほとんど。

港町には、他の大陸の交易商人が立ち寄る。

その交易商人はアースクリス大陸のすべての国と取引していたため、ウルド国やアンベール国、そしてアースクリス国の状況を教えてくれた。

そこで同じ大陸にありながら、アースクリス国が不作にも凶作にもなっていないことを知ったそうだ。

そのことは秘かに漁村から農村まで伝わり、故郷で餓死するのを待つより、『アースクリス国が難民を受け入れている』という交易商人の情報に縋《すが》って脱出して来たとのことだった。

「ここにいらっしゃる皆さんは、希望に応じて職に就いてもらうつもりです。稲作が始まったので、田や畑に携わるいわゆる農家、コンブの加工品作りや海産物の加工場の従業員、漁師も選択肢に入りますね」

カインさんの言葉に、難民の皆が目を見開き、そして嬉しそうに言った。

「働ける場所を自分たちで選べるなんて嬉しいです」

「ええ。私たち、逃げないように、ずっと監視されて働かされていたから」

「かんし!?」

驚く私に、女性たちが「そうなの」と頷いた。

――逃げないように、って。民たちが住み慣れた土地を捨てて逃げなければならないようなことをする方が悪いんじゃないの!?

うわああ！　そんなことをする奴に腹が立つ!!

その言葉を聞いて、ホークさんが目を瞑って頷いた。

こういう人たちの声を何度も聞いてきているのだろう。

そして、女性たちを見ると穏やかな声で言った。

「海産物の加工品は新しいものが増えることが決まったから、人手が必要だ。落ち着いたら考えてみてくれ」

「ええ。この天ぷらにちょっと似たものでね。とっても美味しかったのよ」

マリアおば様が楽しそうに微笑む。

マリアおば様の先ほどの行動と優しい笑顔に、避難してきた人たちは心を動かされたのだろう。

多くの人がほっと安心したかのような顔になった。

「大丈夫よ。ちゃんと雇用契約書を用意するわ。不当労働なんてもってのほかよ。字が読めない人にはちゃんと同じ国の読める人を付けて説明してあげるから心配しないで。教会《ここ》は周辺の子供たちに読み書きを教えるところでもあるの。読み書きを覚える気があるなら、あなたたちも授業を受けていいのよ」

そうだった。三国では基本的に貴族階級しか教育を受けられないと聞いていた。教育を受けるにはお金がかかるという。

貴族と平民の格差がありすぎるのだ。

だから、お金がかかる学校に行けない人たちは底辺の仕事しかさせてもらえない。

読み書きができないことを利用され、不当な雇用契約で一生を棒にする人たちも大勢いると聞いている。

マリアおば様の言葉に、難民の女性たちや老夫婦がまた目を見開く。

そして「まさか教育まで受けさせてもらえるとは思っていなかった」と呟くと、女性たちがこらえ切れなくなったように、ポロポロと涙を流しながら気持ちを口にした。

本当は、到着したと同時に殺されてしまうかもしれない。

無体を働かれ、自分も子供も売り飛ばされてしまうかもしれない。

奴隷として働かされるかもしれない。

——そう思って来たのだそうだ。

けれど。現実は驚くことばかりだった。

温かい寝床と三度の食事を与えてもらった。

故郷で鞭で打たれて負った傷を癒してもらっただけでなく、わらびの毒を中和する解毒薬まで貰った。

そのことに心の底から驚いた。

何年も食べ続けて来たわらびの毒素のせいで、長生きすることは諦めていたのに。

生きていていいのだと、未来を貰った気がした——と。

ただ、敵国の人間である自分たちにもこうして良くしてもらえるのには何か裏があるのではないか、と疑う気持ちもあったという。

そんな時、先に難民として避難していた同郷の人たちが教会に足を運んできて、怯える彼女たちに言ったのだそうだ。

『ここは、平民の私たちが「人」として暮らしていける場所なの』と。

祖国では、平民はいくらでも替えのきく道具のように扱われてきたということだった。

「わらびの毒を中和してもらえて、早逝する運命を変えていただいただけでなく——生きていくための職業を選ぶことができるなんて、本当に嬉しくて」

「文字を覚えるためにはお金が必要だったので、平民の私たちは自分の名前くらいしか書けません……」

女性たちの言葉を聞いたマリアおば様はゆっくり頷くと、柔らかく微笑んだ。

「デイン領では、読み書きや計算などの基礎教育は無料で誰でも受けられるの。うちの領にいるのだから、あなたたちも授業を受けられるわ。いつか祖国に帰ることを選択する時が来たとしても絶対に役立つでしょう」

マリアおば様の言葉で再び涙腺が決壊した女性たちが、声を上げて泣き始めた。

「まあ！　どうして泣くのかしら！」

私が生まれたアースクリス国では、平民であっても基礎教育を受けることができる。領主によって教育を受けられる人の範囲は変わるけれど、三国に比べたらその人数は桁違いだ。

そして、己の能力に応じて働き、日々の糧を得る。それが当たり前のこと。

こんな当たり前のことが、三国では容易ではなかったのだ。

教育も職業を選ぶ自由も、平民ということで与えられなかった。

それでもそれが普通だったのだ。

これまで国からさんざん虐げられてきた彼女たちにしてみれば、マリアおば様の言葉の数々が心の深いところに染みわたったのだろう。

泣きながらも嬉しそうに何度も「ありがとうございます」と頭を下げていた。

難民を受け入れて支援する——一時ならまだしも、やり続けるのはとても大変なことだ。

それでも、そんな大変なことに心を砕いて継続してくれているのは、デイン辺境伯やローランドおじい様、ホークさんやマリアおば様をはじめとするデイン辺境伯領のみんなだ。

こんな大変なことを当たり前のようにしてくれる、マリアおば様やデイン辺境伯家のみんなのことが、もっともっと好きになった。

12　フラウリン領はかくれざと

デイン辺境伯領は海に面しているため漁業が盛んで、それに伴い加工品も多く製造している。

カインさんの案内で、ローディン叔父様とリンクさん、そしてローズ母様と一緒に滞在中いろんな加工場を見て回った。

もともとあったツナ缶もどきを作る加工場に、小魚や小さなエビを処理して乾燥させる加工場。コンブの加工場とか塩を作る加工場など色々あった。

その中で思いがけず魚のすり身を細い棒に巻き付けて焼いた、ちくわのようなものを見つけることができたのは嬉しかった。

その他にも色々と珍しいものを貰った。ふふふ、見学って楽しい。

加工場の一角にある事務所奥の所長室で休憩していると、大きなガラス越しに先日教会にいた人たちが数人、加工場を見学しているのが見えた。

基本的にデイン辺境伯家の人しか入れない所長室のガラスは、実は魔道具で、前世で言うマジックミラーのようになっている。

この部屋から、魔道具のスイッチを切り替えすることで工場の中が見え、声も聞こえるようになっている。そして反対側の加工場からは壁にしか見えないのだそうだ。もちろんこちらの声は決して漏れることはない。

入室してきたカインさんが雇用契約書の原本を一部リンクさんに渡して加工場へ向かったので、おそらく教会にいた難民の誰かが加工場で働くことを決めたのだろう。

リンクさんが見ていた書類を覗いてみる。ふむ、きちんとした雇用契約書で安心した。正当な賃金と勤務時間、休日……残業手当もきちんと出すのだね。

雇用期間や契約更新の有無も明記してある。

うん、まっとうな雇用契約書だ。

「マーレンさん、これが今度雇用する人たちの契約書です。内容を確認して、彼女たちに説明をお願いします」

難民への説明は三国出身の事務員さんが担当すると聞いていた。魔道具のガラスの向こうでカインさんに声をかけられた女性は、ウルド国、ジェンド国、アンベール国のいずれかの出身者ということだ。

女性は二十歳前後で、明るい茶髪に茶色の瞳の、とても綺麗な顔立ちをしていた。

肌色からすると、ジェンド国の人だと思う。

加工場で働いている人たちは、髪の毛が落ちないように布で頭を覆っているが、彼女は長い髪をアップにして束ねていただけだ。それに事務所の人たちと同じ上着を羽織っているから事務員として働いているのだろう。

彼女の立ち姿はとても美しく、凛とした雰囲気に目がひきつけられた。

「まあ、綺麗な方ね。所作も美しいわ」

ローズ母様が言う。確かに、マーレンさんという人は洗練された所作で、立ち居振る舞いも美しい。

カインさんに渡された書類をめくる仕草も、文字を追うその視線の動きも。

あれ？　マーレンさんって――綺麗だけど、他の人と違う。

――何ていうか気高さを感じる。

ここは難民の人たちが多いけれど、彼女は絶対に難民に見えない。

「カイン、あの女性も難民なのか？　そうは見えないが」

ローディン叔父様とリンクさんもマーレンさんが気になったらしい。戻ってきたカインさんに問いかけた。

「マーレンさんですね。ご推察の通り、難民ではありません。ご領主様が昨年末頃に王都からお連れになりました。身元はしっかりしているからしばらく預かってくれと。主に難民の方々の世話をしてもらっています」

「へえ、親父が」

「マーレンさんは学術国として名高いグリューエル国に留学していたジェンド国の貴族のお嬢様だそうですが、ジェンド国に戻りたくないとグリューエル国から亡命されてきたそうです」

ジェンド国の貴族のお姫様だったのか。なるほど、それで気品があったわけか。

「って、それって結構厄介だな」

「ええ。マーレンさんは『このままグリューエル国にいると有無を言わさずジェンド国に連れ戻されてしまう』と、グリューエル国の高官を通して、アースクリス国に助けを求めて来たそうです。要請を受けてクリステーア公爵が直接グリューエル国に赴かれ、ご本人の意思を確認した上でアースクリス国に迎え入れたとのことでした」

「クリステーア公爵は外務大臣でもあるからな」

「はい。そして、マーレンさんご自身が、避難してきた難民のお世話をしたいとおっしゃったので、こちらで難民の方たちのサポートをしていただいています」

「なるほど。姿が見えないが護衛もついているようだな」

「そうだな」

リンクさんの言葉にローディン叔父様が頷いている。

ということは、私に常についている忍者のような護衛がマーレンさんにもついているということだ。

私の護衛は姿を見せないけど、ところどころで気配を感じたりする。

それと同じ気配をマーレンさんの近くに感じたとローディン叔父様とリンクさんは言うけど、なんでそんなことが分かるんだろう？　不思議だ。

◇◇◇

デイン辺境伯領で数日間を過ごした後、陸路でフラウリン子爵領に向かった。

船旅よりは馬車の方がそんなに馬車酔いしなかった。良かった。

領境の林を抜けると、眼前にフラウリン子爵領を代表する花が広がっていた。

どこまでも続くと思わせる、一面の黄色と緑。

「なのはなばたけ~!!」

奥には豆などのいくつもの花が色とりどりに咲いているのが見えたけれど、一番はこの菜の花畑の黄色だ。

「しゅごい！　しゅごーく、きれい!!」

このどこまでも続く黄色と緑の絨毯は圧巻だ。

「ね？　綺麗でしょう！」

手放しで喜んだら、マリアおば様も嬉しそうに笑う。

馬車の窓から畑で働いている人たちが見えた。

あれ？　なんだか肌の色が濃い人たちがいる。

それに体格のいい男性もちらほらといる。あれってウルド国やアンベール国の人たち？

「なんみんのひと。ここにもいりゅ？」

「そうね。デイン領から受け入れている難民もいるけれど、さっきの人たちはフラウリン子爵領の領民よ」

「？　りょうみん？」

「ええ。フラウリン子爵領はね、移民の隠れ住むところでもあったのよ」

「かくりぇる？」

アースクリス国には数は少ないけれど移民がいる。王都の教会であったトムおじいさんも移民だ。だけど、トムおじいさんはずっと王都で暮らしていたと聞いている。隠れ住んでいたとは聞いていない。そもそもなんで隠れ住む必要があるのだろう？

「三国がアースクリス国を長年敵対視してきたということは知っているわよね？　今は国境周辺は厳重に警戒されているけれど、その前は比較的自由に国を行き来できたの。――三国ではアースクリス国人と恋仲になったり、アースクリス国人との間に子供が出来たりすると迫害をするという悪習がはびこっているのよ。だから祖国に住めなくなって、アースクリス国に逃げて来たのよ」

唖然とした。なにそれ、アースクリス国人と結婚したら故郷に住めなくなるまで虐めるってことだよね。

「過去にはアースクリス国境近く――いえ、国境を越えてまで執拗に追いかけたりする悪辣な者もいたわ。だからアースクリス国人と婚姻したり、混血の子を持つ移民の人たちは、国境に近い土地や海辺、川辺の土地に住むのを避けて、奥まった内陸部であるこのフラウリン子爵領に逃れてくるようになったのよ」

「ひどい！　いじめっこ!!」

村八分もここに極まれりだ。住み慣れた土地を追い出すようなことをした挙句、国を越えてきてまで迫害しようとするなんて、なんて性格が悪い人がいるんだ。

マリアおば様は「酷いわよね。ほんとうに」とため息をついた。


フラウリン子爵領は内陸部に位置するため、農業が主流だ。

菜の花、紅花、綿花、ひまわり、トウモロコシ、それに豆類。

オイルがたくさん採れる植物が多い。

食用油は一般的に高い。オイルに精製するのが大変だからだ。

フラウリン子爵領は定期的に流入してくる移民の仕事を作るために、畑を増やし、加工場を増やすということを長年続けているうちに、国一番のオイルの産地になったのだそうだ。

ふわ〜。すごい。

フラウリン子爵領はずっと昔からそうやって移民を受け入れてきたらしい。

だから、ここは他国人も他の領地と比べたら多いし、混血児も多いのだそうだ。

「だからね。フラウリン子爵領には三国からの移民が心の拠り所にする、セーリア神の神殿があるのよ」

そうなんだ。それはそうだよね。

「アースクリス国では、女神様の神殿の近くにセーリア神の神殿を建てるという風習があってね。ほら、クリスウィン公爵領も同じよね」

そうだ。クリスウィン公爵領も国境から遠い内陸部に位置している。

もしかしたら同じような経緯で神殿が建てられたのかもしれない。

「まあ、こんな内陸部まで追ってくるような奴は相当な悪党だろう」

リンクさんがそう言うと、ローディン叔父様が「そうだな」と頷いている。私もそう思う。

改めて周りに視線を向けると、見渡す限り満開の黄色の花を咲かせている菜の花畑の中で、多くの人が作業しているのが見えた。

あれ？　油を採るための刈り取りなら時期的にもう少し後ではないのかな？

と首を傾げていたら、マリアおば様が私の疑問に答えてくれた。

「明後日、菜の花祭りがあるのよ。菜の花はとっても背が高いから一部を刈り取って迷路にしているの。なかなか抜け出せないのが面白いの」

菜の花畑の迷路！

「おもちろそう！」

「ええ、ちょうどいい時に来れて良かったわ。色々なお店も出るの。とっても楽しいわよ」

「たのちみ！」

「だからポルカノ料理長たちがついてきたんだな。デイン家からの出店要員か？　母上」

「その通りよ。それにアーシェラちゃんの新作の料理をフラウリン子爵領の料理人に仕込んでもらうことにしているの」

戦争中は菜の花祭りを自粛してきたが、今年はウルド国との戦争が終結したということで数年ぶりに開催することにしたとのことだった。

「まだまだ戦争は終結してはいないから、小規模で開催するのよ」

たぶんマリアおば様は、リンクさんが来月ジェンド国に出征するから、励ます意味も込めて開催するんじゃないかな、と思う。

菜の花祭りは、今までは周辺の他領地からの出店もあったけれど、今回は小規模での開催ということでフラウリン子爵領の特産物を販売するお店と軽食のお店、そしてデイン領からのお店だけに限定したらしい。

なのでポルカノ料理長と料理人さん二人がデイン領からの出店要員として一緒にフラウリン子爵領に来たそうだ。

そして、その他にも今回ポルカノ料理長が率先してフラウリン領に来たのには理由がある。

それは、ずばり天ぷらの普及である。

数日前にデイン辺境伯家で天ぷらを披露したところ絶賛された。

前日のフライのネタを天ぷらにしたのだけど、同じ揚げ物でも衣が違うと味わいも全く違う！

と驚いていた。ふふ、そうでしょう！

フライは濃厚ソースやタルタルソースで。

天ぷらは塩や天つゆが合う。

タラの芽、よもぎに菊の葉、ナス、カボチャやサツマイモを天ぷらにして、玉ねぎは菊の花や葉、人参と交ぜてかき揚げに、それらをエビやイカの天ぷらと一つの丼にして、天つゆをかけた天丼は、『豪華』の一言だ。

そして、ポルカノ料理長はじめ、料理人さんたちは丼をかかげてそれを崇めていた。

久しぶりに見たなあ、これ。

特にポルカノ料理長は天ぷらが大のお気に入りになったらしく、小麦粉や片栗粉の配合やら食材の下ごしらえの仕方、水の温度に至るまで私にしがみつくかのように、一から十まで教えを乞うていた。

「天丼美味かったよなあ。カボチャやサツマイモがホクホクして美味かった」

「ナスがあんなに美味しいものだと感じたのは初めてだったな」

「玉ねぎに菊の花びらや葉を入れたかき揚げも美味しかったわ。玉ねぎがあんなに甘くなって美味しくなるなんて。それにニンジンも入って色鮮やかで見た目にも綺麗だったわ」

「そうなの。あれをいつでも食べられるように、フラウリン子爵家の料理人にもしっかりと伝授してもらうのよ」

どうやら私のレシピはフラウリン子爵家にももれなく伝えられるようだ。

リンクさんも「それは必要なことだな」と深く頷いている。

フラウリン子爵家は将来リンクさんが継ぐ家なのだ。

それならば、しっかりとポルカノ料理長に使命を果たしてもらおう。

◇◇◇

フラウリン子爵家本邸のテラスで大好きなイチゴジュースでひと休憩。

ふう。馬車の揺れが身体からやっと抜けてきたような気がする。でも、船より悪酔いしなくて良かった～。

そこに、コック服に着替えたポルカノ料理長たちが入ってきた。

料理人さんたちは大丈夫そうだけど、ポルカノ料理長の顔がまだ青白い。

「ぽるかのりょうりちょう、だいじょぶ？」

「す、すみません。馬車酔いしましまして……」

「船は大丈夫なのにな。アーシェと逆だな」

「船は子供の頃から乗り慣れていたのですが、馬車はどうも……」

そう言いつつ、指示された席についた。

ポルカノ料理長たちに遅れて、フラウリン子爵家の料理人さんたちも入ってきた。

これからデイン家が出店で出す料理の話をするそうで、彼らもサポートに入る。

お祭りの出店は地元のお店がメインで、フラウリン子爵家の料理人さんたちは、毎回デイン領からの出店のサポートをするのが慣例なのだそうだ。

「でみせ、なににしゅるの？」

「パーティアのお店で出しておりました、シンプルなドーナツにしようと思います。食べ歩きできるものですし、まだ地方にドーナツは普及しておりませんので、他の出店と重なることはないかと思います」

「まあ、それはいいわね！　フラウリン子爵領特産のオイルで揚げたドーナツね。ピッタリだわ！」

「相当数が出ると予想されるので、シンプルなリングドーナツ一品に絞った方が良いかと思います」

「確かに。中に何か挟むと時間と手間がかかるからな。まあ、シンプルなリングドーナツでいいか」

お祭りの出店数は数が少なければ少ないほど、各店に来る客が増えるのは当然だ。

忙しくなるのが分かっているのに、あれもこれもとメニューを増やしたら天手古舞《てんてこまい》になるだろう。

――でも、なんだか物足りないな。

二階のテラスから遠くに見えている菜の花畑を見て――思いついた。

そうだ！　あれを作ろう！

「まりあおばしゃま。みきさーちゅかってもいいでしゅか？」

滑らかなイチゴジュースが出てきたから、フラウリン子爵家にもミキサーはあるはずだ。

「ええ。お義父様がくださったミキサーね。もちろん大丈夫よ。何に使うのかしら？」

「なのはなまつりだから。とくべつなどーなちゅにしゅる」

「まあ！　そんなのができるの？」

「あい！」

試作のためにフラウリン子爵家の厨房に場所を移した。

思った通り、食材の中に菜の花があったのでこれを使う。

まずは、フラウリン子爵家のトンイ料理長さんに軽く茹でた菜の花の若い芽の部分をミキサーにかけてもらい、鮮やかな緑のペーストになったものをドーナツのタネに混ぜ入れ、それをバーティア商会の王都支店で修業（？）をしたデイン家の料理人さんたちが手際よく揚げていった。

ぽんぽんと薄緑色のリング状のドーナツ生地がドーナツメーカーから押し出され、オイルの中に投下されていく。

このドーナツメーカーは、リングドーナツがたくさん売れるので、前世の記憶をもとに作ったものである。

粒あん入りやカスタードクリーム入りもよく売れたが、シンプルなリングドーナツが最も安価であり、ドーナツ本来の美味しさも感じられると、一番人気なのだ。

確かに。私もドーナツチェーンの変わり種も好きだったけれど、プレーンのリングドーナツを一番よく食べたものだ。

変わり種をたまに買う時も、〇ン・デ・リングのプレーンは絶対に一緒に買っていたし、それだけ買いに行ったこともあるから、それと同じかも。

商会の王都支店のリングドーナツは販売からしばらくの間、生焼け防止のために小さい型で真ん中を型抜きしていたが、作業効率が悪かった。絞り袋を使ってみても作る人によって大きさがまちまちになるし。

だから、ツリービーンズ菓子店のマークシスさんのお兄さんが経営する魔道具屋兼鍛冶屋さんにドーナツメーカーの作製を相談し、試行錯誤の上で完成させた。

ドーナツメーカーにタネを入れて押し出すだけで、形と大きさが同じものが簡単に出来るのだ。

ドーナツメーカーは、これまで同じ大きさのものを作るために苦労していた人たちに絶賛された。

ちなみにこのドーナツメーカーも国の機関に登録された。

ドーナツ自体はこの世界にあったけれど、ドーナツメーカーは存在していなかったそうだ。

まあ大量にドーナツを作るところはあまりないと思うから、そんなに数は出ないだろうけど。

それはさておきドーナツがいい色に揚がったので、軽く砂糖をまぶして。

「なのはなどーなちゅ。かんしぇい!!」

簡単なアレンジだが、これは前世で好きだった菜の花ドーナツだ。

さっくり、ふわっとしたドーナツをかじると、綺麗な黄緑色がのぞく。

「おいちい！」

「まあ！　割ってみると綺麗な黄緑色のドーナツね。美味しい上に菜の花の色と味を楽しめるなんて、とってもいいわ！」

「あ。いつものとちょっと違うけど、すごく美味い」

「これは新しい発想だな。季節限定で王都の店でもやってみるかな」

ローディン叔父様の言葉にリンクさんもうんうんと同意している。

うん。それも面白いかもしれないね。

「さすがです。アーシェラ様！」

ポルカノ料理長とデイン家の料理人さんたちが瞳をキラキラさせて絶賛してくれた。

「さいよう？」

菜の花を茹でてミキサーにかける手間が増えるけど？　と念のため聞いてみる。

「もちろんよ！　菜の花祭りに菜の花を使ったドーナツ！　これ以上のものはないわ!!」

「本当ですね！　菜の花が入っているなんて、皆ビックリしますよ」

「ひと手間増えるくらい大丈夫です。菜の花のペーストを事前にたくさん作って保存魔法の箱に入れておけばいけます」

「以前マリア様にお土産でいただいたドーナツもとても美味しくて、出店で出せることを楽しみにしていました。作る私たちも楽しいので、少しくらい作業が増えても大丈夫です！」

トンイ料理長やフラウリン子爵家の料理人さんたちも、いい笑顔で了承してくれた。

さっそくドーナツ用に、たくさんの菜の花が運ばれてきたのを見て、

「なのはなもてんぷらにしゅるとおいちい」

と、ぽつりと言ったら、天ぷらが大好物になったポルカノ料理長の目が輝いた。

「私は天ぷらマスターになります!!」

天ぷらマスターって……いいけど。

ポルカノ料理長、ふくよかなお腹がもっと成長するよ？

「もちろん、今夜は天丼にするわね～！」

マリアおば様は結構食べるけど太らない。
どうしてかなと思ったら、強い魔力を持つ者はそうそう太らないのだそうだ。
いいことを聞いた!!

13　ジェンド国のおひめさま

翌朝、朝食が済んだ頃、先ぶれもなく身分の高いお客様が来たとの知らせがあり、皆で慌てて玄関に行くと、クリステーア公爵のアーネストお祖父様がいた。

「！　おじいしゃま！」

そして、アーネストお祖父様の隣には長い銀髪を緩く三つ編みにした美丈夫なおじ様が立っている。

「クリスティア公爵！」

リンクさんが驚いて声を上げた。

クリスティア公爵といえば、来月ジェンド国に出征するリンクさんの上司だ。

すらりとした長身、青い瞳が物凄く綺麗だ。

クリスティア公爵はアーネストお祖父様と同い年だったはずだから五十歳くらいだけど、まだ三十代後半くらいに見える。

そういえば、アーネストお祖父様も実年齢よりもすごく若いことに今さらながらに気づいた。

魔力の強い男性は老化が遅いのだった。はあ、すごい。

その溢れんばかりの存在感からは年輪を感じるのだが、故意に気配を消されたら見た目で年齢は判断できないだろう。

――まあ、私自身が年齢不詳の代表格なんだけどね。

「いらっしゃいませ。クリスティア公爵様。クリステーア公爵様」

マリアおば様が優雅に礼をする。私も一緒に礼をした。

「朝早くにすまないな、デイン辺境伯夫人。急に用が出来たゆえ、先ぶれができずに驚かせたな」

クリスティア公爵はそう言うと、マリアおば様の隣にいた私に視線を移した。

「初めましてだな、アーシェラちゃん。一度寝顔は拝見したが、目を開けた顔の方が可愛いな」

あ、クリスティア公爵も私が王宮でぐっすりと寝入っている時に来てたんだ。

「あい。おはちゅにおめにかかりましゅ。あーちぇらでしゅ」

まだまだ舌足らずは卒業できないようだ。早く成長しないかな。

「ははは。可愛いな。これからもよろしくな」

クリスティア公爵が片膝をついて目を合わせて挨拶してくれた。やっぱり透き通った青色の瞳がとっても綺麗だ。真っ直ぐに私を見るそれには、翳りが見えない。

四公爵家の当主は誠実な心根の人ばかりのようだ。

「ふむ。うちの孫息子は今年二歳なのだが、アーシェラちゃんと背丈が変わらないな」

そう言って優しく私の頭を撫でた。

あう。二歳児の男の子と背丈が同じくらいなのですか。私はもう四歳半なのですが。――地味にへこみます。

「それだけ魔力が強いということだな、なるほど」

一人納得したクリスティア公爵がにこりと微笑んだ。

「明日は数年ぶりに開催される菜の花祭りだったのだな。では今日中に用事を終わらせて明日は祭りを楽しみたいものだ」

「そうだな」

クリスティア公爵の言葉にアーネストお祖父様が頷く。

「デイン辺境伯夫人。セーリア神殿と女神様の神殿を今日一日借り切る」

それは、神殿周辺への立ち入りを禁止せよという指示だ。

「はい。承知いたしました」

私は驚いたけれど、マリアおば様は慣れたように了承の言葉を返した。

次にクリスティア公爵がこちらを見た。正確には私の隣にいたリンクさんとローディン叔父様を。

「リンク・デイン。ローディン・バーティア子爵。そなたたちも同行せよ」

「「承知しました」」

うん？　何があるの？

『？』を顔に張り付けていたら、アーネストお祖父様がにこりと微笑んで、

「アーシェラもおいで」

と言ったので、素直に手を伸ばして抱っこしてもらった。

私が行くということは、危険がないということだろう。

何で神殿に行くのかは皆目見当がつかないけど。

――でも、まずは。お供え物をたくさん持って行こう。

◇◇◇

まずは女神様の神殿で、いつものようにお供え物をしてお祈りを捧げる。

今日のお供え物は、新作の菜の花ドーナツだ。

菜の花ドーナツは明日の菜の花祭りに向けて大量に揚げられ、揚げたてあつあつが保てる保存魔法で明日に備えられていた。

出店で揚がるのを待っていたら長蛇の列ができるだろうとのことで、今日も厨房でストック用の菜の花ドーナツを大量生産するとのことだった。

「ん？　これはドーナツかな？」

クリスティア公爵は祭壇の上のお供え物に興味津々だ。

「家の者がバター餅と一緒にドーナツを買ってきてな。孫はカスタードクリーム入りが大好きなのだ」

へにゃりと顔が綻んだ。お孫さんが可愛くて仕方がないのだろう。

「このドーナツはアーシェの新作ですよ。菜の花を練り込んで作ったドーナツです」

「ほう、そうなのだな」

「明日の菜の花祭りで初出しします。王都の店でも旬の時期限定で販売する予定です」

菜の花が食材として旬を迎える期間のみの限定商品。

人は『期間限定』、そして『数量限定』に弱い。それを狙っているのだ。

「それは楽しみだな。孫は野菜嫌いだからこのドーナツはいいな」

うん。前世でもニンジン入りやカボチャ入り、長芋入りなどもあった。レパートリーは無限大だ。

菜の花ドーナツを作った時にそれも提案していたので、おいおいそれらも出る予定である。

「良ければ、ご用事が済みましたら屋敷にて用意させていただきます」

「ああ、それは楽しみだな。では、先に用を済ませようか」

今日は他国の貴人と会うため、セーリア神の神殿を会談場所に選んだと教えてもらった。

そしてすぐに近くにあるセーリア神の神殿に足を運ぶ。

「あ。へきがかわってりゅ！」

祭壇奥のセーリア神の壁画。約五か月前までは一柱の金色の神様と随獣のフクロウだけが描かれていた。

ここだけではない。少し前までこのアースクリス大陸のすべてのセーリア神の神殿がそうだった。

それは信仰の過ちの証である。

それがクリスウィン公爵領の神殿を皮切りに、徐々に二柱の神様の壁画に変わっていっていた。

「ああ。サンダー神官がアースクリス国のセーリア神の神殿をすべて回り切ったから、本来の壁画に変わったのだよ」

クリステーア公爵のアーネストお祖父様がそう言う。

約五か月前のクリスウィン公爵領のセーリア神殿での出来事は、すぐに国王陛下に報告された。

そして、サンダーさんの決意を受け入れて、王家が全面的に活動のバックアップをすることになつたのだそうだ。

「他の三国と違って、アースクリス国にセーリア神の神殿はそう多くない。サンダー神官はアースクリス国にあるセーリア神の神殿を一通り回り切り、今はウルド国に出向いているよ」

ふむ。クリスウィン公爵領のセーリア神の神殿で自らの決意を表明したサンダーさんは、アースクリス国にあるセーリア神の神殿を数か月で回り切り、今は終戦直後のウルド国に入ってウルドの新国王のバックアップのもとで精力的に活動しているらしい。

サンダー商会も引き続き経営しているため、各地に赴いて物資不足等を見極め、必要な物を配分する役目も担っているのだそうだ。

セーリア神の神殿の祭壇にも菜の花ドーナツを捧げ、お祈りをする。

今日は獅子の神獣のイオンは近くにいないようだ。気配がしない。

ここにいたら「あんドーナツはどうした！」と文句を言いそうだ。

「――そろそろ時間だな」

そうクリスティア公爵がぽつりと言った頃、セーリア神殿の扉が開いた。

「――ようこそ、いらっしゃいました。イブシラ・マーレン公爵令嬢」

アーネストお祖父様の侍従のルイドさんに案内されて神殿内に入ってきたのは、先日デイン領の加工場で見かけた綺麗な女性だった。そして侍女らしき人が一人。

明るい茶色の髪に同色の瞳のその美しい女性は、庶民の外出着のような服装をしていたが、相変わらず気品が漏れ出している。とても目を引く人だ。

ジェンド国出身の貴族とは聞いていたけれど——公爵令嬢だったのか。

イブシラ様は美しく礼をし、顔を上げ、壁画を見たとたん、驚いたように目を見開いた。

「まあ……サンダー神官の言う通りでしたのね。本当に壁画が二柱の神様になっておられますわ」

美しい所作で歩を刻み、その視線は壁画へと釘付けになった。

「なんと……まあ。グリューエル国の本で見た通りの壁画ですわ。姫様」

「——申し訳ございません。驚きすぎて目を奪われてしまいましたわ。お久しぶりでございます。クリステーア公爵様、クリスティア公爵様。このような服装で申し訳ございませんわ」

「いいえ、構いませんよ。私たちもかしこまった服装ではありませんし」

アーネストお祖父様が返事をすると、クリスティア公爵が一歩前に出た。

二人で来たが、今日はクリスティア公爵が話を進めるらしい。

「紹介させていただきます。彼はリンク・デイン。このフラウリン子爵領の跡取りであり、ジェンド国に私と共に行く者です」

「ええ。よろしくお願いしますわ」

「隣の彼は先日ウルド国から帰国したローディン・バーティア子爵。マーレン公爵令嬢にウルド国でのことを知ってもらうために同席をさせます」

「はい」

リンクさんとローディン叔父様が挨拶をした。

そして、イブシラ様が私を見て首を傾げた。『どうして小さい女の子が？』という感じだ。

すると、アーネストお祖父様が私を抱き上げた。

「この子は、私の孫娘でアーシェラといいます」

「まあ、公爵様のお孫様なのですね。初めまして、クリステーア公爵令嬢」

「はじめまちて。いぶしらしゃま。あーちぇらでしゅ。よろちくおねがいしましゅ」

「まあ、なんて可愛らしいのかしら。こちらこそよろしくね」

緊張が解けたかのように、ふわりとイブシラ様と侍女さんが微笑む。

うむ、どうやら私はイブシラ様たちの緊張感をほぐすための要員だったようだ。

たぶん、幼い私を連れてくることで、敵国のジェンド国の貴族令嬢であるイブシラ様に危害を加えるつもりはないという意思表示をしたかったのだろう。自分の孫娘の前で残虐な行為はしない、ということかな。

そしてフラウリン領のセーリア神の神殿が会談場所に選ばれたのも、デイン領にいたイブシラ様が少しでも安心できる場所という配慮だと思う。

私がここにいる理由に一人で納得していると、席に着いたクリスティア公爵がイブシラ様を真っ直ぐに見て、問うた。

「――お申し出いただいた件ですが、お気持ちは変わりませんか？」

「はい。私はジェンド王家に抵抗する反乱軍に与します。どうぞ一緒にジェンド国にお連れください」

イブシラ様の凜とした声が神殿の中に響いた。

◇◇◇

「――私は、王女であった母から『命に貴賤なし』と教わってきました。幼い頃の私は、ジェンド国の人たちは皆、私や母と同じ考え方をしていると思ってきましたが――そう思っていたのは、わずかな人だけでした」

イブシラ様がゆっくりと話し出した。

イブシラ様のお母様――イブリン様は、現ジェンド国王の姉。

『命に貴賤なし』とは、素晴らしい考えの持ち主だ。

優れた資質をお持ちだったイブシラ様のお母様――イブリン王女は若い頃、一部の重鎮や穏健派であった父王から女王としての即位を望まれていたそうだ。

だが王女は後継争いを好まず、父である国王に進言して弟王子に王位を継がせたという。

「叔父であるジェンド国王は浅慮で、流されやすい方です。アンベール国やウルド国に迎合して戦争を引き起こすなど――母なら絶対にするはずがなかったのです！」

イブシラ様が悔しそうに強く言葉を発した。

ジェンド国王のアースクリス国への宣戦布告を強硬に反対したイブリン王姉殿下は、一年ほど経った頃、ある日突然倒れたという。

降嫁し、マーレン公爵夫人となった後も父王の時代からの重鎮に信頼を置かれていたイブリン王姉殿下。その彼女を煙たがっていた弟のジェンド国王から、気づかぬうちに少量ずつ毒を盛られ続けていたらしい。

体調の変化に気が付いた時にはすでに毒により内臓を侵され、今はベッドから離れられない状態ということだ。

治癒魔法は外傷には効果が顕著に見られるが、内側に浸潤した毒にはほとんど効果がないと言われている。賢者クラスの魔術師ならば身体の内部まで癒せると言われているが、定かではないし、そのような魔術師などそうそういないので確かめるすべもない。

だから病気や毒は薬草を用い、自己治癒力によって治していくしかないと言われている。

「毒に侵されても、イブシラ様のお母上は戦争を推し進める弟を討つべく反乱軍を結成し、ベッドの上から指示を出していらっしゃった。その胆力には頭が下がる思いです」

アーネストお祖父様がそう言うと、クリスティア公爵が同感だと頷いた。

本当だ。体調が悪ければ気力も衰えるだろう。それでも毒に侵された身体に鞭打ってイブリン王姉殿下が民のために一生懸命に考え、動いているということが窺える。

「いぶりんしゃま、しゅごい！」

思わず声を上げたら、イブシラ様と、その後ろに控えていた侍女さんが私を見て小さく微笑んだ。私を見て少し和んだのか、イブシラ様は胸に手を当てて、心を落ち着かせたようだ。

再びゆっくりと話し出した。

「――二十数年前のことです。母は姉弟間の継承争いを憂慮し、『王位を望まない』と宣言し弟に王位を継がせた後、学術国であるグリューエル国に留学という形でジェンド国を出ました。そのまま母は一生外国にいるつもりだったのですが、国王となった弟に『王家の姫として政略結婚しろ』とジェンド国に戻され、マーレン公爵家に降嫁し私が生まれました。――母にとって幸いだったのは、結婚直前に王家の腰巾着だった嫡男が廃嫡されて、まだ頭角を現していなかった次男と結婚した、ということです」

勝手な弟だ。腰巾着をするような者に姉を降嫁させたら、姉が不幸になるということが分かり切っていただろうに。いや、確実にそれを狙っていたのだろう。

「廃嫡、ですか。マーレン公爵家のご長男は、政敵に暗殺されたと聞いておりましたが」

アーネストお祖父様がそう言うと、イブシラ様が苦笑して否定した。

「それは事実と全く違うのです。たくさんの女性と関係を持っていたせいで、そういう女性から病気を感染《うつ》された末に心を病んだなんて恥ずかしくて公表できませんでしょう？　それにいつ殺されてもおかしくないことをしてきた人でしたから、暗殺されたことにしたのです。――でも、そのおかげで元々恋仲でありながら結ばれぬと諦めていた父と母が結婚できたのは本当に良かったです」

隣に座っていたローディン叔父様が私の耳をとっさに塞いだけど、しっかり聞こえたよ。

マーレン公爵家の長男は女性関係が派手だったってことだよね。そして節操がない彼は、そういう商売をしていた女性から病気を感染《うつ》されたらしい。

病気を発症した長男はやがて症状が悪化して、本当に亡くなったそうだ。

イブシラ様のお父様のシリウス様はマーレン公爵家の次男だが、両親から年の離れた跡継ぎの長男と差別されて育ったらしい。日和見で権力におもねる実家のことが大嫌いで、手っ取り早く留学と称してグリューエル国に行き、実に十数年もの長い間グリューエル国にいたのだそうだ。

イブリン王姉殿下も、シリウス様も同じジェンド国出身で、どちらも有能でありながら兄弟のせいで外国に出た身。

グリューエル国で出会った二人は自然と惹かれ合ったが、ジェンド国において微妙な立場にいる二人の婚姻は無理だろうと、諦めていたという。

けれど、イブリン王姉殿下のマーレン公爵家への降嫁が決まり、その相手である長男は結婚の直前に複数の女性との逢瀬の末に公にできぬ病気を発症。病気に脳を冒され、廃嫡を余儀なくされた。

王室とのせっかくの繋がりを諦めたくないマーレン公爵夫妻は慌てて、これまで放置していた次男をジェンド国に呼び戻して、跡継ぎに据えたという。

そして思いがけず政略結婚という形でイブリン王姉殿下とシリウス様は結婚した。

結婚を諦めていた二人にとって、この政略結婚は、まさに青天の霹靂だったそうだ。

長男の代わりにマーレン公爵家の跡取りとなったシリウス様は、やがて王家の腰巾着だった長男とは全く逆な意味で頭角を現したそうだ。

「現在ジェンド国の反乱軍を率いていらっしゃる、シリウス・マーレン公爵ですね」

　そう、イブリン様の弟のジェンド国王に従順で、王の汚れ仕事をしてきたマーレン公爵家は――今や現ジェンド国王を倒す旗頭になっていた。

「はい。両親は戦争の数年前から怪しい動きを察知していたらしく、戦争が始まる前に私をグリューエル国に留学させました。そしてグリューエル国で行方不明になったことにしたのです。おそらく戦争に反対するであろうマーレン公爵家を抑えるために私が王家に利用されるのを恐れたのでしょう。ジェンド国の国王は次々と有力貴族の姫を側室に迎え入れ、人質にしていましたから」

「娘を人質にして貴族を言いなりにする、か。確かに効率的ではあるが反吐が出るやり方だな」

　クリスティア公爵はどことなく、口が悪いクリスフィア公爵と口調が似ている。

「おそらくジェンド国王は私を同い年の王太子にあてがおうとしたのでしょう。あんな野蛮な人、絶対に嫌です！」

　美しい顔を歪めたイブシラ様にアーネストお祖父様が問うた。

「――野蛮とはどのようなことでしょう？」

「私が幼い頃――私のお友達を骨折するまで滅多打ちにしたのは、王太子です。まだ七歳であんな酷いことができるなんて。あの性根は成長した今でも変わっていませんわ」

　骨折するまで？　七歳の子供が？

「私がまだ七歳だった頃のことです。彼女はアースクリス国人を母に持つ混血児というだけで、王太子に暴力を振るわれたのです。――彼女は何も悪いことをしていないのに」

「にゃにもわりゅいことしてにゃいのに!?」

あまりのことに声が大きくなった。

何も悪いことをしていない人に手を上げるなんて最低だ!!

すると、三国ではそれが当たり前なのだとイブシラ様は悲しそうに告げた。

クリスティア公爵やアーネストお祖父様、リンクさんとローディン叔父様も、苦い顔をしている。

なんてことだ。

昨日マリアおば様からアースクリス人との混血が迫害されるとは聞いていたけれど。

実際にそれを見たというイブシラ様の言葉は、ずっしりと重みがある。

――イブシラ様が幼い頃、ジェンド国で貧民街から流行り病が発生し、国中に蔓延した。

圧倒的に医師の少ないジェンド国の力だけでの撲滅は困難と判断したジェンド王家は、学術国であるグリューエル国へ要請し、疫病治療に長けた医師団を派遣してもらうことにした。

グリューエル国の医師団が入国してから一年ほど経った頃、これから何年かかるか分からない長い期間をジェンド国で過ごさなくてはならないグリューエル国の医師たちのために、ある辺境伯領の海に面した港町で、国に残してきた家族と会って過ごす機会を設けたという。

うん、それはグリューエル国の医師にとって大きな励みになることだろう。いい試みだ。

医師と家族との面会については、グリューエル国での留学経験があるマーレン公爵夫妻が尽力したそうだ。

だが、医師たちがジェンド国の辺境伯の城で家族との再会を喜んでいた時に、その事件は起こった。

グリューエル国から来た医師の家族の中に、アースクリス人の母を持つ幼女がいたのだ。

その幼女の父はグリューエル国医師団の長で、イブシラ様のご両親の留学時代の友人。

辺境伯城での歓迎会の数日前に入国していた医師の娘は、イブシラ様ととても仲良くなり、友達になったそうだ。

彼女の母親は早くに亡くなり、医師である父親は自分の両親と共に、妻が遺した一人娘を大事に育ててきた。

グリューエル国側ももちろん、ジェンド国を含む三国でのアースクリス人との混血児に対する扱いを知っている。

だからきちんと前もってグリューエル国から知らせ、ジェンド国側に混血児に危害を加えぬように注意を促し、約束させていた。

だが、歓迎会の最中、イブシラ様の従兄弟であるジェンド国の王太子が医師団の家族の歓迎のために辺境伯城に訪れ、混血である彼女を見つけたとたん、一方的に彼女を責め立て、暴力を振るったのだそうだ。

――ただ彼女は大好きな父に一年ぶりに会いに来ただけだったのに。

騒ぎに気づいたイブシラ様やマーレン公爵夫妻が駆けつけて王太子を止めた時には、医師の娘は手や足を骨折する大けがを負っていたとのことだ。王太子は娘を庇った父親である医師にも暴行を加えていたそうだ。

ジェンド国の王太子による、グリューエル国の医師の娘への謂れなき一方的な暴行。

そして、その王太子の凶行をジェンド国の辺境伯は止めずにただ見ていたのだという。

その現場を見たグリューエル国の大使が、激怒したのは当然のことだ。

そしてそれは、国際問題へと発展した。

だが、王太子にはまったく反省の色がなかった。それどころか自分はジェンド国の王太子として当たり前のことをしたと宣《のたま》ったという。

イブシラ様はその時の王太子の所業を思い出して怒りに震えている。

「ひどしゅぎる」

そんな人が王太子だなんて。次のジェンド国王だなんて。

そんな息子を今でもそのまま王太子にしている国王も碌な人じゃない。

――実際、実の姉に毒を盛るくらいなんだから、元々ろくでなしなのだろう。

ジェンド国の王太子のその所業にクリスティア公爵やアーネストお祖父様も驚いていた。リンクさんとローディン叔父様も同様だ。

「本当に酷いことをしているのに、あの王太子は分からないのよ。今だって、なぜ自分たちが民に反旗を翻されているか分かっていないのだもの。どうしたらあんな人間が出来るのか不思議なくらいだわ」

「あの親にしてこの子ありといいますでしょう？　姫様」

侍女がイブシラ様に軽口を言うと、イブシラ様がくすりと笑った。

侍女はイブシラ様の精神面においても献身的に支えているようだ。

――激怒したグリューエル国の大使は、医療支援を打ち切り、ジェンド国から即時撤退した。

そしてジェンド国に今後一切の支援を打ち切ると通告したのだそうだ。

「グリューエル国との国交が一時断絶していたのはそういうことだったのですね」

大まかな事情は知っていたが、それが王太子の所業であったということまでは伝わってこなかったらしい。

「はい。両親が苦心してなんとか国交を回復することができましたが、今でもグリューエル国はジェンド国王家を嫌っています。――あの時の彼女は、グリューエル王家ゆかりの方に嫁ぎましたので、当たり前のことですわね」

イブシラ様が目を伏せて悲しげに言った。

大けがをした医師の娘は大使に手厚く保護され、その縁もあって、今から数年前に大使のご子息と結婚したそうだ。

大使はグレイン公爵といい、グリューエル国王の弟でもあったため、グリューエル国には正確な事実が伝えられた。

この件でジェンド国はグリューエル王家にすっかりと嫌われてしまったとのことだ。まあ、当然のことだろう。

「――それでも、私をジェンド国の追手から匿ってくれたのは、彼女が嫁いだグレイン公爵家の方々でした。そして、アースクリス国への繋ぎを取ってくれたのも」

戦争が始まる前にグリューエル国へと留学したイブシラ様は、ずっとグレイン公爵家で護られていたそうだ。

ジェンド国王からの追手が長年イブシラ様を見つけられなかったのは、そのためだ。

「私は、グリューエル国から――外からアースクリス大陸の戦争を見てきました。グリューエル国の人々から見ても、アースクリス国に対する三国の所業は目に余るものがある、と言われていました。『あのような者が国王で民が哀れだ』と何度も何度もたくさんの人から聞きました。ジェンド国王家の血を引く私には、耳に痛い言葉でしたが……本当にその通りです」

そう言ってイブシラ様がため息をついた。

「数年前、毒に侵された母から悔恨をにじませた手紙が届きました。王位を弟に譲ったのは過ちだったと。民を苦しませてしまったのは自分の罪でもあると。だからこそ、弟であるジェンド国王を討つのだと、反乱軍蜂起の決意表明を記した手紙でした。そして私も――小舟でジェンド国から脱出し、貿易船に拾われてグリューエル国に亡命してきたジェンド国の人たちに会って――決めたのです。遠いグリューエル国で息をひそめて戦争が終わるのをただ待っているのではなく、『戦争を終わらせにジェンド国に行く』と。ですので、グリューエル国の国王陛下を通して、アースクリス国に願い出た次第です」

イブシラ様は強い光を宿した瞳でそう言った。

「――私はアースクリス国に受け入れてもらい、この一年ずっとアースクリス国内で勉強をさせていただきました。そして、クリステーア公爵を通して両親と連絡を取ってきました。――私は、アースクリス国軍と共にジェンド国に戻り、両親と共に反乱軍の旗印になるつもりです。そのためにずっと準備をしてきました」

「――決心は変わりませんか？」

クリスティア公爵が真っ直ぐにイブシラ様の瞳を見た。その問いにイブシラ様はしっかりと頷く。

「はい。先日、アースクリス国王陛下に申し上げた通りです。――私はグリューエル国で帝王学を学んでまいりました」

帝王学。それは、イブシラ様自身に王位につく意思があるということだ。

「半年前、アースクリス国の王妃陛下より毒に対する特効薬が出来たと解毒薬をいただきました。そのおかげで毒に侵されていた母の身体が完全に治癒したのです。まだ敵を欺くためにベッド生活をしているように見せかけていますが。――母が完全復活した今なら、ジェンド国王を叩くことができます！」

イブシラ様は本当に嬉しそうに笑った。

ジェンド国王を倒しても、毒に侵された身体ではイブリン王姉殿下の即位は難しく、また即位できたとしても在位期間は短いだろうと憂慮されていたのだ。

せっかく有能な女王が誕生しても健康面は不安しかない状態だった。それに戦後の動乱期をしっかりと乗り越えられなければ、すぐに足をすくう輩が出てくるだろう。

それはイブリン王姉殿下を支えてきた忠臣たちがずっと抱えてきた不安だった。

だが、半年前、アースクリス国から新薬がもたらされ、イブリン王姉殿下の身体中に回っていた毒素が消え、健康な身体を取り戻したことで、憂いが消え、イブリン王姉殿下のもとで反乱軍の士気が高まっているとのことだ。

お母様の身体が治って良かった。毒の特効薬って、それ菊の花の解毒薬だよね。

菊の花は食すだけで、闇の魔術師がかけた強力な魔術の毒をも消すくらいだ。

人が作った毒くらいは簡単に消し去り、毒で傷ついた身体をも癒してくれるだろう。

「両親と私は、学術国であるグリューエル国で学び、我がジェンド国をはじめとする三国の正しき歴史を知りました。――だから、今のセーリア神信仰が間違っていることも知っています」

イブシラ様は壁画を見て感動の言葉を漏らしていたから、ちゃんとジェンド国や他二国のしてきた事実を受け入れていたのだろう。

「ふた月ほど前、デイン領でサンダーさんというセーリア神の神官様と引き合わせていただき、クリスウィン公爵領であったお話を聞かせていただきました。そして、これからウルド国に行くということや、それが女神様とセーリア神の御心だということも。私も――女神様から神託のようなものを受けましたので、戦争が終わった後は、ジェンド国でサンダーさんと同様のことをしたいと思っています」

「めがみしゃまの、しんたく?」

首を傾げていると、クリスティア公爵とアーネストお祖父様が頷いた。

「そうでしたね。――その時のことを、詳しく教えていただけますでしょうか」

どうやらクリスティア公爵とアーネストお祖父様はその話を聞いたことがあるみたいだ。

「はい。――私はデイン領で、菊の花が一斉に咲くのを見たのです」

一斉に菊の花が咲いたところを見た？　それはうらやましい。

私も咲き誇った花畑は見たことあるけれど、咲く瞬間は未だに見たことがなかった。

でもそれが何で神託なんだろう？

「私は、現ジェンド国家を倒すと決心してアースクリス国に来たとはいえ――ずっと、悩んでいたのです。本当に私にできるのか、と。何度も何度も悩みました。――そしてそんなある日、仕事場から馬車で屋敷へ戻る途中、ジェンド国の手の者に襲われたのです」

「え!?　そんなことがあったのですか？」

驚いたローディン叔父様に、リンクさんが苦い顔をして言った。

「デイン領は海に面している。いくらこちらが目を光らせていても、玄人であればいくらでも抜け穴を見つけて侵入できるだろう」

イブシラ様が滞在していたデイン領の屋敷は、加工場から教会を通り過ぎた東側にあったそうだ。

屋敷や仕事場は厳重な警戒態勢を敷いているので、その道中を狙われたという。

「綿密に計画をしていたらしく、あちこちから次々と私を捕えるための人が出てきたのです。護衛の人たちが私と侍女を逃がしてくれましたが、あっという間に追いつかれそうになった私は菊の花畑に飛び込んで身を隠しました」

イブシラ様を絶対に捕縛しようとかなりの人数が送り込まれたらしく、数名の護衛では対処し切れず、途中で背格好が似た侍女が自ら囮になりイブシラ様を逃がしたそうだ。そこから先は一人で逃げるしかなかった。

　ジェンド国からの侵入者は国王からの命令で来ており、イブシラ様を捕えて、反乱軍を指揮しているマーレン公爵夫妻を脅すための切り札にしようとしていたらしい。

「私が飛び込んだところは、まだ花畑が十分に形成されていない少しまばらな状態でしたが、足をくじいた私はもう動くことができなかった。『どうか見つからないように』と願うことしかできなかったのです。――そうして地面に伏せて息を殺していた私の目の前で、地面からいくつもの芽が出たかと思うと、瞬く間に茎と葉を伸ばして花を咲かせ、本当にあっという間に私を囲むように――まるで、私を追手から覆い隠すかのように、すっぽりと隠してしまったのです」

「あの教会の花畑でそんなことがあったのか……」

　リンクさんがポツリと言うとローディン叔父様が、ウルド国でも似たようなことがあったのだと話している。そうなんだ。

「護衛の人たちが追い付いて、ジェンド国の手の者を切り伏せて助けてくれました。あの時の奇跡としか言えない出来事は――絶対に忘れられません。そして、そのことをクリステーア公爵にお話しした時に教えてくださったのです。菊の花が女神様の花であることを。そこで――アースクリス大陸をお創りになった女神様が私を助けてくださったことを、確信いたしました」

　イブシラ様は両手を胸に当て、目を瞑って頷いた。

「『女神様は必然を与える』と言われています。私がグリューエル国で学ぶことになったのも、そこで国の真実を知ったことも。帝王学を学ぶことを選択したことも。アースクリス国で民のための政治をするという学びを得たことも――すべて必然だったのです」

イブシラ様は顔を上げて、クリスティア公爵とアーネストお祖父様を真っ直ぐに見た。

「女神様は私を助けてくださった。今のジェンド国王と王家を倒し、ジェ、ン、ド国の上に立とう、と、し、て、い、る、私を。それで、決心したのです。私の母は、弟であるジェンド国王と王家を倒して女王となり――私は、その母の跡を継ぎ女王となります」

その瞳には強い光が宿り、力に溢れていた。

「承知しました」

クリスティア公爵とアーネストお祖父様がイブシラ様の言葉を受け止め、ゆっくりと頷いた。

「――本日、セーリア神の二柱の神様のもとで約定を交わす。私、ソルティーク・クリスティアは、アースクリス国王の名代として、イブシラ・マーレン公爵令嬢をジェンド国のご両親のもとまで無事に送り届けます。そして、母君のジェンド国女王即位を手助けすることをお約束します」

クリスティア公爵の声に力がのった――これは、言霊だ。

二柱の神様がおわす神殿を会談場所に選んだのはこのためだったのか。

口約束ではなく、アースクリス国を代表する者としてジェンド国の次代の女王を認めるという文書を交わす。

それは、アースクリス国がイブリン王姉殿下率いる反乱軍に兵力を貸すという契約をするためだったと気づいた。

つまりアースクリス国のジェンド国への進軍は侵略行為ではなく、最初からイブリン王姉殿下の要請を受け、現政権を倒すための軍事援助だったという名分を掲げるということだ。

かつてアースクリス国の国王陛下が宣言したのは、『戦争を二度と起こさないための戦いにする』ということだった。

そのために三国の現王権を潰し、戦いの芽が二度と芽吹かないようにするのだと。

どうやるのかは私には分からなかったけれど、ウルド国は新王のもと『アースクリス国への侵略行為をしない』と誓約をしたことで、ウルド国は国として存続することができ——アースクリス国は、ウルド国との間の争いの芽を消すことができた。

女神様が助けたイブシラ様ならば、ジェンド国も形は違えどウルド国と同じように持っていけるとアースクリス国王は判断し、イブリン王姉殿下率いる反乱軍への助力をすることを決めたのだろう。

「ありがとうございます。私たちは必ず現ジェンド王家を倒し、民を救う治世を作ります。セーリア神の二柱の神様、そしてアースクリスの女神様方に——お誓いします」

イブシラ様が立ち上がり、セーリア神の二柱の神様が描かれている壁画に向けて、深々と頭を下げた。

「そして、正しき信仰に戻すことも——お誓い申し上げます」

その誓いの言葉に、イブシラ様の言霊が乗った。

◇◇◇

アースクリス国からジェンド国のイブリン王姉殿下率いる反乱軍への軍事援助については、近くに控えていた文官が文書を作成して、そこにイブシラ様とクリスティア公爵の二人が署名を書き込めば終了となる。

文書の作成を待っている間、気になっていたことをお願いしてみよう。

「いぶしらしゃま。じょおうさまになったら、もうだれも、あーすくりしゅのひと、もういじめにゃいようにちてね?」

誰も隠れ里に逃れてこなくてもいいようにしてほしい。

二度と混血児が迫害されて辛い目に遭わないようにしてほしい。

そう言うと、イブシラ様と侍女さんが目を細めて微笑んだ。

「ええ。新しいウルド国王の宣言はとてもいい参考になったわ。アースクリス人との混血児を迫害しない。そしてアースクリス国に対して侵略行為をしない――と。どちらも愚かな我が国を正すことができる誓約だわ」

これまで、自ら他国に侵攻したことのなかったアースクリス国が、ウルド国を標的にして侵攻した事実はジェンド国を震え上がらせた。

それも、わずか一か月半という短い期間でウルド国を陥落させてしまい、その時は衝撃以外の何物でもなかったという。

五年前から三国は共闘してアースクリス国を攻めたが、アースクリス国は決して落ちなかったというのに。

ウルド国との戦争がアースクリス国の勝利で終結したら、ウルド国という国がなくなるのだとイブシラ様は思っていたという。

けれど、戦勝国となったアースクリス国は新しいウルド国王に自治を認めた。

そのことを知り、現政権を倒すためにアースクリス国の助力を得たとしても、ジェンド国が国として存続できるのではという希望が見えたのだと話す。

ウルド国新王アルトゥール・アウルス王が即位と同時に宣言したのは、アースクリス国への侵略行為をしないという『誓約』だった。

誓約を違えれば、ウルド国は滅びを受け入れるというものである。

イブシラ様は、私に向けていた目をクリスティア公爵とアーネストお祖父様に向けた。

「――私はグリューエル国、そしてアースクリス国で、長期間にわたり勉強をさせてもらいました。アースクリス国で特に長く滞在していたのはデイン辺境伯領で、私はそこでアースクリス国の度量の広さを見せられた気がします。『敵国の民を受け入れて保護する』など、ジェンド国では絶対にできないことでした」

逆に、これまでと同様に迫害してしまったでしょう、と話す。

「私は、ジェンド国の誰もが教育を受けられるようにしたい、とそう思っています。デイン領の教会で読み書きを覚えた難民の子供や大人たちが、明るい笑顔になっていったのをこの目で見ました。読み書きを覚えたら仕事の幅が広がる。そうしたら底辺の仕事だけではなく色々な可能性が広がる。

そうしたら食べていくことにも困らなくなるでしょう。――すべては、教育から始まる。そう身に染みました」

イブシラ様は、グリューエル国で『大事なのは民に教育を受けさせることだ』と教わってきたが、デイン辺境伯領に来るまで本当の意味では分かっていなかった、と言う。

三国では文字を覚えるために学校に行くのはお金がかかるため、ほとんどの民は無学。だがデイン領では自領の民だけではなく、難民にも無償で教育を受けさせていたことに、とても驚いたのだそうだ。

さらに驚いたのは、加工場にいた難民の女性たちが「働いて得たお金で本を買った」と嬉しそうにしていたことだ。三国では平民が本を買い求めるなど、考えられないことだった。それはそうだろう。読めない本を欲しがる者はいないのだから。

他にも難しい算術を覚えて事務員として採用された者や、興味のあった本を読み込んだ結果、深い薬草の知識を得て薬師に認められ、弟子入りした者もいる。

加工場で働いている女性たちが増え続ける商品のために、商品ごとの作業手順書を自分たちで作って掲示板に貼り付けているのを見た時は本当に驚いたのだそうだ。

――教育を受けた者は、自らの才覚で人生を切り開いていける。

それを難民たちが体現していた。

教育を受けた難民たちが『成長していく姿』を目の当たりにして、教育が大事だということを、本当の意味で理解できた――そうイブシラ様は言った。

──ああ。やっぱりデイン辺境伯やマリアおば様、ホークさんやカインさんたちが難民を助けて、手厚く保護してきたことは間違いではなかったのだ。

「そして、フラウリン領に来て、私たちジェンド国をはじめとする三国の罪を強く思い知らされました。──ここは、三国で迫害を受けたために、民が逃れて来たところですから」

デイン領から一番近いセーリア神の神殿はこのフラウリン領にある。

セーリア神殿に詣でるため初めてフラウリン領を訪れた時に、ジェンド国や他の国の民を見かける──フラウリン領が隠れ里であることを知らされて衝撃を受けたそうだ。

アースクリス国の人を愛しただけなのに、祖国に住むことができなくなった人がこんなに多数いる。ことに、イブシラ様は改めて現実を突きつけられたという。

──フラウリン領は、三国で迫害を受けた人たちの隠れ里。

それゆえに混血児も多いし、外国人も多い。

それは平和的に移住してきた結果ではない。

ここでなければ安心して生きていけなかったからなのだ。

「──逃げなければ生きていけないようなことを平気でしてしまうのは、好戦的な因子を受け継ぐゆえであるということも知っています。母や私の代で迫害をただの『法』で禁じたとしても、将来私たちの子孫がこれまでと同様のことをしでかす可能性は大きい。おそらく、ウルド国のアルトゥール新王もそれを分かっていて誓約をし、時間をかけて好戦的な因子を薄めようとしているのですね。──それは英断だと思います」

誓約をしたことで、今後ウルド国ではアースクリスス人との混血児がウルド国に根付いていくことになるだろう。

「私はアースクリスの女神様に命を救われた者です。『女神様に仇なす行為はしない』というこれまでの誓約はもちろんのこと、そしてこの戦いが終結した後は、新たに国からの宣言として、『アースクリス国に仇なす行為はしない』と誓約をします。――これは、両親や同胞の重臣たちと決めたことです」

誓約。ウルド国とジェンド国で文言は違うけれど、『アースクリス国への侵略行為をしたら国が滅びる』ことを受け入れるという意味となる。

イブシラ様から『誓約をする』との言葉が出てきたことに、クリスティア公爵とアーネストお祖父様が目を瞠った。それはリンクさんとローディン叔父様も同じだ。

すると、イブシラ様は「本当は誓約の話は現政権を倒してからお話しするつもりだったのですが」と前置きをした。

「過去の歴史を見れば分かります。我が国は何度も何度も愚かな行為をしてきました。『ここでいったん戦争を終わらせる』だけではだめなのです。きちんと終わらせなければ、同じ愚を繰り返す。そしてそのたびに苦しむのはいつも民なのです」

イブシラ様は、クリスティア公爵とアーネストお祖父様を真っ直ぐに見て言った。

「――実は、この誓約をすると言ってきたのは母でした。半年前の、解毒薬により奇跡的に回復した時、母に『啓示』が降りてきたそうです。――『やり直しは一度きり』だと」

◇◇◇

――半年ほど前、イブシラ様を通し、イブリン王姉殿下のもとにアースクリス国王家から菊の花の解毒薬がもたらされた。

秘かに繋がりを持ってきたとはいえ、敵国からの薬。

彼女が飲むのを躊躇うのは当然のことだ。

けれど、デイン領で女神様の花に助けられたイブシラ様の説得により、イブリン王姉殿下はその薬を飲むことを決断したという。

薬を飲んだ瞬間、薬と共にふわりと白い光が身体の中に入ってきたような感じがしたという。

その光は身体の中心から外側へと放たれ、内側にあった黒いモノが一気に光にはじかれるように消えていく感じがしたと。

その光はイブリン王姉殿下の身体を縦横無尽に駆け巡った。

それと同時にいつもあった重だるい不快な痛みと嘔吐感が消え、さらに毒のせいで感覚がなくなっていた足に、ちりちりと痛痒さが戻ってきたのだという。

そして――身体を巡っていた白い光を瞳の奥に感じて、眩しさに強く目を瞑った瞬間。

――イブリン王姉殿下の脳裏に、不思議な声が響いたのだ。

『――やり直しは一度きりよ――』と。

その声に驚いてイブリン王姉殿下が目を開けると――驚いたことに、やはり毒のせいでこれまで白く濁っていた視界がクリアになっていた。

そして、イブリン王姉殿下の脳裏に響いたその不思議な声は、彼女の手を握っていた夫のマーレン公爵にも届いていたようで、彼も驚愕の表情をしていたという。

さらにイブリン王姉殿下やマーレン公爵は驚くものを見ることになる。

血管が傷ついて内出血したことで全身の肌に出ていた紫斑が、彼らの見ている前でみるみるうちに消え――綺麗な肌に戻っていったのだ。

しかも、壊死寸前で歩くこともできなくなっていた足までもが機能を回復していた。

いかな薬といえど、毒を消すことはできても、損傷してしまった部分を元に戻すことはできないのが常識だというのに。

――実に四年もの長い間イブリン王姉殿下を苦しませてきた毒は、たった一つの薬によって、跡形もなく消え去ったのだ。

その薬はこの大陸の女神様がもたらしたという花から作られたもの。

そしてイブリン王姉殿下の娘であるイブシラ様を助けてくれたという花。

イブリン王姉殿下はイブシラ様が偽りを言う娘ではないと思っていたけれど、完全にその話を信じていたわけではなかった。

けれど、その花を用いた薬は――紛れもない奇跡を、イブリン王姉殿下の身に起こしたのだ。

死出の舟に片足をかけていた身体を、生の世界に戻した。

――そんなことができるのは人間ではありえない。

そして、イブシラ様が語ったことも真実であると理解した。

『――ああ。イブシラを護ってくれたのも、そういうことなのだ』と彼女は確信した。

『やり直しは一度きり』

――その意味は。

女神様は『女王となり、ジェンド国を正しき道へと導け』と、自分と娘にその機会を与えてくれたのだ――と悟ったという。

そして、その機会は『一度きり』であるのだと。

長い間、ジェンド国は過ちを犯し続けた。

これほどまでに強大な力を持つ女神様であれば、ジェンド国を滅ぼすことも容易だろう。

そして、女神様の強大な力をこの身で感じたゆえに、確信した。

開戦後、凶作にみまわれたのは、女神様の天意――怒りであったことを。

ジェンド国はアースクリス大陸に受け入れてもらった立場であるのに、アースクリス国へ反旗を翻し、あまつさえアースクリス国の血を引く民を長い間迫害してきた。

そして、この卑怯極まりない戦争を仕掛けたのだ。

一方的に戦争を仕掛け、数多の命を失わせた罪は――重いのだ。

彼女は、女神様が与えてくれた自らの命、そして『やり直しは一度きり』という神託に――自分が何をすべきか、考えを巡らせた。

◇◇◇

イブリン王姉殿下が健康な身体を取り戻した数日後、重臣たちがマーレン公爵邸に呼び出された。

通された場所は、いつものベッドが置かれている部屋ではなく、日当たりのいいサロンである。

そこで見たのは、イブリン王姉殿下が自らの足で立っている姿だった。

毒が足に回ったことで、もう何年も車椅子生活をしていたというのに。――立っている？

「――殿下？」

驚きのあまり入り口付近で立ち尽くしていると、父王時代からの重臣たちの来訪に気づいたイブリン王姉殿下が笑みを浮かべ、彼らに駆け寄った。

「デミア爺！　エンテラ爺も！　見て！」と自ら袖をまくって二の腕を見せ、さらにデイドレスの裾を上げて大胆にも脚を見せたのだ。

すぐに「何をやっているんだ！　君は！」と夫君のマーレン公爵に怒られたが、「いいじゃないの。見せた方が手っ取り早いでしょう」と明るい笑顔を見せたという。

彼女はこれまで自分を苦しめていた毒が消えたあまりの嬉しさに、老臣たちに見せずにはいられなかったのだろう。

「淑女にあるまじき行動だ」とマーレン公爵はぶつぶつと説教を垂れていたが、彼女の行動で、毒が消えたことが一目で彼らにも伝わった。

——それに何よりも、毒により膜がかかったようだった瞳は、しっかりと彼らの顔を捉えており、輝きを取り戻していたのだ。

根治は不可能だろうと思われていたイブリン王姉殿下の快復した姿に、驚愕を隠し切れない重臣たち。

ジェンド王が用意した毒は遅効性でじわじわと時間をかけて身体中の機能を確実に壊すものだった。これまで色々な治療を施してきたが、特効薬を見つけ出せず、「よくもこんな悪趣味な毒を自分の姉に仕掛けたものだ」と腹立たしいことこの上なかったという。

病状が進み、皆が諦めかけていた時、イブシラ様が絶対に飲んでほしいと送ってくれたのは、アースクリス国に咲く花から作られた解毒薬。

その薬を飲み、医師から「毒が完全になくなった」と告げられた時、皆が感極まって泣きむせんだという。

重臣たちは、イブリン王姉殿下の命を救った解毒薬の原料になった植物を見るため、女神様の神殿に足を運んだ。

そこには解毒薬と一緒に贈られた菊の花が移植されていた。

かつて、マーレン公爵領にあった女神様の神殿は、先代公爵の代に崩れ落ちて放置されていたのだが、グリューエル国で学び、正しい歴史を知るシリウス・マーレン公爵が、女神様をないがしろにすることを良しとしなかったため再建されていたのだ。

――そして、反乱軍に与する父王時代からの重臣二人も、女神様の神殿を領地に有している者たちなのである。

彼女はそこにまた女神様のご意思を感じずにはいられなかった。

そして、菊の花はすぐに花畑を作ると聞いていたため、株分けをしようと思ったのだ。

数日前に植えたばかりの一株の菊の花。

そのつぼみに触れ、彼女が女神様への感謝と、謝罪の言葉――そして女王となる決意を口にした刹那、菊の花が金色とプラチナの光を放った。

すると地下茎が光の線を帯びて伸びていき、あっという間にたくさんの芽を出したかと思うと、茎と葉を伸ばし、大輪の花を咲かせ――神殿の敷地いっぱいに鮮やかな黄色に輝く花畑を作ったのだ。

ジェンド国王による、イブシラ様の捕縛未遂事件の顚末を聞いていた重臣たちは、目の前で繰り広げられた奇跡に、「女神様の花が助けてくれた」というイブシラ様の言葉が、偽りでもなんでもなく、真実であったのだと知った。

イブリン王姉殿下の身体を蝕む毒を消し去り、イブシラ様をジェンド国王の手の者から守ったのは、アースクリス大陸の女神様なのだと。

自分たちがあの愚王に反旗を翻したのは間違いではなかった――と重臣たちが確信した瞬間でもあった。

さらに彼らは、女神様の花が食べることもできるのだと、アースクリス国のクリステーア公爵から教えられた時には驚愕した。

常に花を咲かせて民を飢えから救い、これ以上はない薬となる。

その上、菊の花を不正な商売の道具にしようと、花を掘り起こしたり刈り取ろうとした者の手からは、忽然と消えてしまうのだ。

誰もがこの花が女神様の花であることを、そして女神様が己らを見ているということを感じずにはいられなかったのである。

やがて、デミア侯爵領やエンテラ辺境伯領でも菊の花が花畑を作った。

薬にも、食料にもなる菊の花が咲く女神様の神殿には、菊の花を求めて大勢の民が集まるようになったのは当然のことだ。ほとんどの民が飢えに苦しんでいるのだから。

しかし、そうして女神様の神殿に人々が集まっているところを狙って、国王派が反乱軍の領地の民を駆逐しようと、同時多発的に襲撃を仕掛けたのだ。

マーレン公爵領、デミア侯爵領、エンテラ辺境伯領の女神様の神殿に集まっている民は武器など持たない者たちばかりであるのに。

だが、国王派の魔術師が放った魔術は、自らの身にそのまま返り、絶命した。

兵が民に向けて矢の雨を降らせれば、その矢が自らに降り注いだ。

三領に派遣された部隊は、相手に振るった容赦のない力のすべてが自分に返り——全滅した。

女神様に仇なす行為をするべからず――

ほとんど意味をなさないと思われていたその誓約は、容赦のない制裁が降りかかったことで、今でも変わらず生きているのだと、ジェンド国の者たちすべてが思い知った。

その後、デミア侯爵やエンテラ辺境伯をはじめ、反乱軍の盟主たちは、グリューエル国で学んできたイブリン王姉殿下とシリウス・マーレン公爵から大きな事実を聞くこととなった。

――それは、三国で示し合わせて隠蔽してきた本当の史実。

つまり、三国の――自分たちの先祖がセーリア大陸に侵略行為をし、セーリア大陸の二柱の神様の怒りにより放逐されたということを。

さらに、この話をする時に『真実を話さなければ死ぬ』という誓約魔法をイブリン王姉殿下が使ったのだ。

これまで知っていながら口を閉ざしていた者はもちろんのこと、これまで知らなかった者たちも、この事実を受け止めなければいけないと、そう思ったという。

その上で、彼女は告げた。

セーリア大陸に襲いかかっただけでなく、さらにアースクリス国をも襲った。

この元凶となる好戦的で攻撃的な因子を何とかしなければ、おそらくこのアースクリス大陸からも放逐されるだろう。

――もしくは、女神様の怒りゆえに民族ごと絶やされるだろうと。

盟主たちは、イブリン王姉殿下が快復してからの数か月でこの大陸の女神様の存在を強く感じるようになった。

そして、開戦後三国が凶作となったのは、卑怯な戦争を仕掛けたことへの怒りであったことを感じずにはいられなかった。

歴史を紐解いてみれば、アースクリス国に離反し始め、アースクリスの血を引く民への迫害を始めた頃から、土地が痩せてきたことが分かる。

――それはすべて、自らの国の過ちの結果だったのだ、と。

――ここで選択を誤ってはいけない。

女神様は自分たちに、今この先のジェンド国の未来を選択させようとしてくれているのだ。

これまでの過ちを正さなければジェンド国の民は消されるだろう。

『やり直しは一度きり』という神託は、これまでの悪行に目を瞑るから、正しき道を選択しろということなのだ。

振り返ってみれば、悪行三昧だったということが分かる。

それは、何かあれば奪えばいいという、この身に流れる好戦的で攻撃的な因子が強いからだ、とイブリン王姉殿下は言った。

ならば、その因子を薄めればいいと。

ジェンド国を含む三国は、三国以外の国との混血を嫌う――純血主義だ。

だからアースクリス国だけでなく、それ以外の国との混血をも排除してきた。

かつてセーリア神の怒りを買い、セーリア大陸から追い出されたほどの、忌むべき気質——それを薄めなければ、どこに逃れたとしても結局は追い出されてしまうだろう。

だから、国全体に『誓約』という首輪をつける。

一番有効なのは『アースクリス人との混血を迫害しない』ことだと。

それにより、いつかはこの身に潜む因子を薄め、この大陸に本当の意味で同化していけるだろう。

そして、ジェンド国をこの大陸に存続させるために、『アースクリス国に侵略行為をしない』と誓約をする。

——彼女の決意は、最善の道として重臣たちに受け入れられた。

◇◇◇

『やり直しは一度きり』

イブシラ様が語ったその言葉に、クリスティア公爵とアーネストお祖父様がぴくりと反応していた。

そしてローディン叔父様もどこかで聞いたことがあるみたいだった。

女神様の花である菊の花で作られた解毒薬。

その時に降りてきた啓示は——女神様からのものだろう。

確かにセーリア神の獅子の神獣イオンも「やり直しの機会は一度きりと見える。女神様は我が神より手厳しい」と言っていた。

「私をジェンド国王の手の者から護ってくれたのも、そして母を毒から救ってくれたのも女神様の花です。この事実がこの大陸の女神様からの啓示であることに気づいた両親は、与えられた一度きりの機会を最善のものにしようと——ウルド新国王の誓約を踏襲することに決めたのです」

イブシラ様は凛とした瞳で真っ直ぐに、クリスティア公爵とアーネストお祖父様を見て言った。

「私は新生ジェンド国の女王となる母イブリンの名代として、そして次代の女王としてお誓い申し上げます。『新生ジェンド国は、アースクリス国に侵略行為をしない』と」

——イブシラ様がそう言った瞬間、文官がテーブルの上に置いた文書が目の前で金色に輝いた。

「「「——えっ!?」」」

突然のことに皆が驚く。もちろん私もだ。

皆が立ち上がってその文書を覗き込む。

すると、イブシラ様が先ほど宣言したお二人の信念が、書記官の作成した文言の下に、虹色に輝く文字で刻まれていた。

さらに、新しき女王としてイブリン王姉殿下の名と、王太女——次の女王としてイブシラ様の名が刻まれていた。

刻々と色を変えるその文字が——誰の御業であるか、誰も何も言わなくても明白だった。

「？　せーりあのしんじゅうしゃま？」

文書の上部の左右にさっきまでなかったものが、見えた。

「！　――これはセーリア神の神獣様だね。銀色のフクロウと――そして、こちらは金色の獅子」

クリスティア公爵が文書の左側に獅子の神獣、右側にフクロウの神獣が刻まれていることを示す。

「しょれと、すかし？　きくのはながみえりゅ」

それはぱっと見には分からなかったらしく、アーネストお祖父様が文書を手に取った。

ああ、やっぱり。アーネストお祖父様の手元を覗き込むと、紙全体に菊の花が透かしのように現れている。

「――ああ、確かに菊の花が見える。セーリアの二柱の神様だけでなくアースクリスの女神様方も、イブリン王姉殿下とイブシラ公女様を、ジェンド国を担う人物だとお認めになられたということだろう」

――次のジェンド国を担う者が神様によって定められた。

ウルド国のアルトゥール王をはじめ、三国の新たな王は天上の方々に見いだされ、それぞれに導かれているのだろうと思わざるを得ない。

おそらく、イブシラ様のご両親がグリューエル国で学び、そこで出会ったことも、イブシラ様がグリューエル国やアースクリス国などの外国で長い間学んだことも、これからのジェンド国を正しく導くために必要なことだったのだろう。

「――セーリア神とアースクリスの女神様が見ておられるということですわね。心強いですわ」

イブシラ様の瞳に強い意志の光が宿った。

凜としたオーラが見える。

いつの日かイブリン王姉殿下の後を継いで、イブシラ様がジェンド国の女王様になる。

イブシラ様なら間違いなくきちんとジェンド国を率いていけるだろう。

◇◇◇

「すごいですわ！　アーシェラちゃん！　ただの四角い布が鳥になりましたわ！」

イブシラ様の侍女さんが折り鶴を手に感動の声を上げた。

文書への署名が終わった後、イブシラ様とクリスティア公爵、リンクさんがジェンド国の現状を、それからローディン叔父様も加わってウルド国での復興支援の話をしている。

そうなると一人だけ暇な私は、ポシェットから取り出した聖布で鶴を折っていた。

だって、手持ち無沙汰だったんだもの。

聖布を手に三角に折って、さらに三角、三角を開いて四角に、と折り込んでいくのを不思議そうに見ていた侍女さんとアーネストお祖父様。

次々と折り込んで、首の部分を折り、羽の部分を広げると完成。

二人とも、四角い平面の布が立体的な鳥になったのが驚きのようだった。

侍女さんは拍手喝采だ。

「本当にすごいですわ！」

「こりぇ、つる」

「ああ、久遠大陸にいる鳥だな。平和の象徴にして瑞鳥と言われている」

アーネストお祖父様が『鶴』という名を聞いて気が付いたようだ。実は以前王宮の図書館の絵本を読み聞かせしてもらった時、絵本の中に久遠大陸のものがあって、そこに鶴が出てきたのだ。

「しょれでしゅ。――あい、おじいしゃま。ぷれじぇんと。こっちはれいちぇるおばあしゃまに」

「ああ、嬉しいな。ありがとう」

アーネストお祖父様は嬉しそうに金色の聖布で作った折り鶴を手のひらに載せた。

「あい、じじょしゃんも。ぶじにじぇんどにかえれりゅように。おまもりでしゅ」

「まああ！　ありがとうございます！」

もちろん、イブシラ様にも。ご両親にもあげたいとイブシラ様に乞われたので、お母様のイブリン王姉殿下とお父様のマーレン公爵様の分も作って渡した。

「おや、御守りなら私も欲しいな」

クリスティア公爵が羨ましそうに言ったので、もちろん一折り一折り心を込めて作った。

ローディン叔父様とクリスフィア公爵は大きなケガもなく無事にウルド国から帰ってきてくれた。

それでもローディン叔父様たちと同じように、リンクさんやクリスティア公爵が絶対にケガをしない、無事に帰ってくるという保証はないのだ。

だから、私にできることは祈ることだけだ。

リンクさんが無事に帰ってきますように。クリスティア公爵が無事でありますように、と。

「あい、くりすてぃあこうしゃくしゃま！　ぶじにかえってきましゅように！」

「!!　――ああ。ありがとうな、アーシェラちゃん」

折り鶴を渡すと、クリスティア公爵がなぜか目を瞠り、それから優しく微笑むと頭を撫でてくれた。あう。気持ちいい。

撫でられていたら、急に眠気がきた。

「――ふにゅう……ねみゅい……」

「ああ、眠くなったのだな。ほら、おいで。――おやすみ、アーシェラ」

アーネストお祖父様が優しく笑い、私を抱いてぽんぽんとしてくれたので、すぐに寝落ちしてしまった。

このすぐに眠くなるのはどうにかならないものかな。

――幼児だから仕方ないか。

翌日、菜の花祭りの迷路や菜の花ドーナツを堪能したイブシラ様は、半月後祖国のジェンド国へと旅立った。

――リンクさんも一緒に。

書き下ろし　しあわせの赤いメッセージ（ローディン視点）

デイン辺境伯家本邸に着いたその夜、私は部屋でリンクから渡された仕事の引き継ぎ書類を確認していた。

リンクは来月ジェンド国に出征する。通常業務とこの半年間で増えた新規事業など、引き継ぐ仕事はかなりの量だ。

――私は数日前にウルド国から戻ってきたばかりである。

ウルド国との戦争が終わった後はアースクリス国とも連絡が取れるようになっていたので、王都にバーティア商会の支店が出来たことは知っていた。

さらにアーシェがツリービーンズ菓子店で売るドーナツのロイヤリティを教会に寄付してほしいと希望したことを聞いて、そんな方法の寄付もあるのか、と驚きと共に感心し、それ以上にアーシェの賢さと可愛さに悶えたものだ。

さすがは私の天使《アンジュ》である。

――私は数か月前に、アーシェから貰った光の魔力を開花させた。

だがそのことは口外しないようにと言われている。知る者は王家と公爵家、そしてごく少数の者だけである。

「これから先、その力が必要となる時が必ず来る。その心づもりをしておけ」と、帰ってくるなり国王陛下にそう告げられた。

さらに「私たちの同業者になるんだな！　よろしくな！」とクリスフィア公爵に背中を叩かれた。

どうやら私は、公爵たちが関わっている何らかの仕事を共に担うことになったらしい。時が来たら教えるということで詳細はまだ不明だが。

「まあ、その時まで数年の余裕はあるだろう。それまでには地盤固めをしておけ」と、陞爵《しょうしゃく》を匂わされた。

地盤固めに爵位を上げることが必要なのか？　とさらに混乱したものだ。

◇◇◇

「おじしゃま」

考え込んでいたところに、扉がノックされ、アーシェの声がした。今日は姉さんと一緒に寝ると言っていたはずだったよな？

「ん？　どうした？　まだ寝衣に着替えてなかったのか？」

招き入れると、もう寝る時間だというのにアーシェはまだ普段着のままだった。

「あい。あのね、あーちぇ。おじしゃまにぷれじぇんともってきたの」

「プレゼント？」

「そうそう、これな」

と言って、リンクと一緒に姉のローズがワゴンを押して部屋に入ってきた。

「本当は今日の夕食の時に作ろうと思っていたものなの。だけど、海鮮丼やアジフライとかで盛り上がってしまったでしょう？　でもアーシェは今日作るつもりだったのよ。それなら、お夜食でもいいかなと思ったの」

そう言って料理に被せていた銀色のクローシュを持ち上げる。

そこには、見たことのない料理が載っていた。

「？　――赤いライスにオムレツ？」

「おむらいしゅでしゅ！」

「オムライス？」

「そうそう、アーシェがね、ローディンが帰ってきた時に作ってあげたいって言っていたお料理なの。トマトケチャップで味付けしたライスの上に、柔らかく仕上げたオムレツをのせたものよ」

トマトケチャップとは、つい先日初めて食べたアメリカンドッグやフライドポテトのトッピングとして供された濃厚なトマトソースのことだ。

今までたっぷりの油を使って食材を揚げる、という料理はこの国では味わうことがなかったため、アメリカンドッグの美味しさに驚いたものだ。

フライドポテトは手が止まらず、エンドレスでいける感じで、何度でも食べたくなる中毒性のある美味しさだった。王都にオープンした店に行列が出来ていたのも納得だ。

リンクも「揚げ物って美味いよな。今まで知らなくて損をした気分だ」と言っていたが、その言葉に思い切り同感した。

そのアメリカンドッグに添えられていたトマトケチャップは旨味が凝縮していて、料理とも相性抜群だったが……そのトマトケチャップをご飯に？

ご飯はパンと同じく主食であり、これまではシンプルな食べ方をしてきていたので、真っ赤になったそのビジュアルにものすごく驚いた。

「ふふ。見た目はびっくりだけど、とっても美味しいのよ」

そう言って、姉がオムレツに一筋ナイフを入れる。すると、赤いケチャップライスに鮮やかな黄色い卵がとろりとかかった。半熟のオムレツは私の好物だ。そして、アーシェが私のために作りたいと言ったのであれば、このオムライスはもちろん美味しいだろう。

「美味しそうだね」

皿を受け取ろうとしたら「ちょっとまって」とアーシェが言う。

アーシェがスプーンを持ってオムライスに何かしようとしているようだ。近づいて見ようとしたら、リンクに「最後の仕上げをしてるんだ。少し待て。後のお楽しみだ」と隠されてしまった。

？　――お楽しみ？

少しすると、「できた！」とアーシェの声がして、改めて私の前に料理の皿が置かれた。

「――っ！」

見た瞬間、驚きと感動で、一瞬言葉が出なかった。

美味しそうなオムライスの上には、赤いケチャップで、

『大好き』

と書かれていた。

「あーちぇ、おじしゃまだいしゅき！」

――私のアーシェが可愛すぎる。

「ああ、私もアーシェが大好きだよ」

――ああ、無事に帰ってくることができて本当に良かった。

ウルド国でアーシェに助けられなかったら、私は今ここにいなかっただろう。

女神様の愛し子ゆえの力で私を助けてくれたアーシェ。

――でも、特別な力を持っていなくても、アーシェは私の大切で可愛い子なのだ。

思わずアーシェをぎゅうっと抱きしめ、ぐりぐりと頬ずりをして、生きて帰ることができた幸せを改めて噛みしめた。

「ほら、やっぱりな」

リンクがからかって笑う。リンクは私の行動パターンをよく分かっている。

――いいじゃないか、可愛いのだから。

「早く食べないと冷めてしまうわよ」と姉がくすくすと笑った。

アーシェを膝に乗せて、一緒にオムライスを頬張る。

これから先に何が待っているか分からないが——今は、ただこの幸せを噛みしめよう。

——ああ、やっと帰ってきたのだ、と心に染みた夜だった。

あとがき

こんにちは。あやさくらです。

『転生したら最愛の家族にもう一度出会えました　前世のチートで美味しいごはんをつくります』の四巻をお手に取ってくださり、ありがとうございます！


プロローグはローディン視点の書き下ろしです。

戦地のウルド国で、料理の味から可愛いアーシェを思い出すお話。でかカボチャに挑んでいくアーシェの姿は、書いていてほっこりした気持ちになりました。

本編は、アーシェがあんドーナツ好きの神獣様に出会う話や、ローディンが関わるウルド国での戦争、これからリンクが関わることになるジェンド国の話となります。

ウェブに掲載した時、ウルド国側の視点で語られる内容が思ったより長くなってしまったので改稿作業で削ろうと思ったのですが、流れの上で重要な部分なので、少し手を加えただけでそのまま載せることにしました。

ウルド国との戦争が終わると、ローディンが帰ってきます。デイン辺境伯領やフラウリン子爵領に行き、リンクが出征するまでの束の間の家族団らんです。

今回も美味しいごはんをたっぷりと書きましたので、お楽しみください！

近況ですが、三巻の発売日に『最愛の家族』の二つ目のＣＭがＹｏｕＴｕｂｅに配信されました！　アーシェが可愛くて何回も見返しました。前回同様素晴らしい出来でしたので、皆様にも是非観ていただきたいです。

製作してくださったアース・スターの皆様、本当にありがとうございます！

そしてもう一つ嬉しいお知らせが。なんと本作のコミカライズが決定しました！　描いてくださるのはみずち泉巳先生です。初めての著書でコミカライズ！　本当に嬉しいです。今まで想像の中にいたアーシェラやローズ、ローディン、リンクが絵になって動くのが楽しみで仕方ありません！

現段階ではまだ連載時期とか決まっていないのですが、詳細がわかりましたらＸや「小説家になろう」の活動報告などでお知らせしますね。

最後になりましたが、この本に関わってくださった全ての方々に心から感謝いたします。編集様、素敵なイラストを描いてくださっているＣＯＮＡＣＯ様、そして「小説家になろう」の読者の皆様、この本を手にとり、最後まで読んでくださった皆様、本当にありがとうございました。

あやさくら

転生したら
最愛の家族にもう一度出会えました
4

おめでとうございます
sonaco.
意外と
アップが少ない
リンクさん

EARTH STAR
LUNA

転生したら最愛の家族にもう一度出会えました
前世のチートで美味しいごはんをつくります ④

発行 —— 2024年4月1日　初版第1刷発行

著者 —— あやさくら

イラストレーター —— CONACO

装丁デザイン —— 山上陽一（ARTEN)

発行者 —— 幕内和博

編集 —— 筒井さやか・蝦名寛子

発行所 —— 株式会社アース・スター エンターテイメント
〒141-0021　東京都品川区上大崎3-1-1
目黒セントラルスクエア　7F
TEL：03-5561-7630
FAX：03-5561-7632

印刷・製本 —— 中央精版印刷株式会社

ISBN 978-4-8030-1933-9